마이 국가

マイ国家

Book #6 Mai Kokka
by Shinichi Hoshi

"Tokushô no Otoko", "Urusai Aite", "Gishiki", "Shinitagaru Otoko",
"Iiwake Kôbê", "Katarai", "Chôsei", "Yoru no Arashi",
"Keiji to Shôsuru Otoko", "Anzen na Aji", "Chigai", "Ôsetsushitsu",
"Tokushu na Shôjô", "Nemuri Usagi", "Shumi", "Kobun-tachi",
"Himitsu no Sambutsu", "Shôhin", "Onna to Kane to Bi",
"Kokka Kimitsu", "Yûjô no Sakazuki", "Nigeru Otoko",
"Yuki no Onna", "Kubiwa", "Shukumei", "Omowanu Kôka",
"Hisokana Tanoshimi", "Garasu no Hana", "Shinsensa no Kusuri",
"Fuku wo Kita Zô", "Mai Kokka" were written by Shinichi Hoshi,
originally published in Mai Kokka in 1968 by Shinchosha, Tokyo.
A paperback edition of the book is currently published by Shinchosha,
Tokyo.

マイ国家

마이 국가

호시 신이치 지음

김진수 옮김

하빌리스

목차

대상 당첨자

나는 어느 화장품 회사의 사원이다. 소속은 홍보부. 우리 회사에서는 이번에 새롭게 남성용 고급 향수를 대대적으로 출시하기로 했다.

그 홍보 전략의 일환으로 TV와 신문에 퀴즈를 실었다. 흔한 이벤트다. 뻔한 답을 엽서에 적어 회사로 보내면 정답자 중에서 추첨을 통해 몇 명에게 경품을 주는 방식이다.

최고는 대상 한 명. 경품은 수입산 양주 100병이었다. 제법 호화로운 경품이다. 모든 업무는 내가 담당했다.

엽서는 산더미처럼 쌓였다. 욕망의 소용돌이라고 할 정도는 아니지만 혹시나 하는 기대가 만들어내는 묘한 열기가 피어올랐다.

마감일이 지나 경찰 관계자의 입회하에 공정하게 한 명을 추첨했다. 남자 이름이었다. 제품이나 경품의 특성상 남성 응모자가 압도적으로 많았던 만큼 예상했던 일이다. 대충 휘갈겨 쓴 필체였다.

약간 질투심을 느꼈다. 내 월급으로는 기껏해야 싸구려 술을 마시는 게 고작이다. 고급 양주 같은 것은 입에 대기도 어렵다. 그런데 이 남자는 엽서에 대충 휘갈겨 쓴 것만으로도 그걸 100병이나 손에 넣은 것이다.

하지만 언제까지고 그런 생각만 할 수는 없다. 어서 경품을 전달해야 한다. 기왕이면 빠를수록 좋다.

지금 당장 예고 없이 찾아가볼까. 가서 자, 받으세요 하고 내밀면 효과가 클지도 모른다. 상대는 꿈인가 하고 기뻐하며 몹시 흥분하겠지. 그 모습을 보면 나 역시 뭔가 좋은 일을 한 것 같은 기분이 들 것이다. 그런 기분이라도 느껴야 이 일을 담당한 보람이 있지 않을까. 잘하면 한 병쯤은 나눠줄지도 모른다.

카메라도 가져가기로 했다. 감격한 표정을 사진으로 찍어 우리 회사 홍보지에 실어도 괜찮을 것 같다. 최대한 이용해 먹어야지.

외출 준비에 착수했다. 경품인 양주 100병은 이미 준비되어 있다. 발송 담당자에게 연락해 소형 트럭을 내달라고 했다. 100병은 상당히 무겁다.

조수석에 타고 주소와 지도를 보며 방향을 지시했다. 운전사는 차를 몰며 말했다.

"아무래도 교외의 교통이 불편한 곳 같군요. 도심에 있는 회사에 다니면서 매일 출퇴근하는 사람이 살 만한 동네는 아니네요."

"어쩌면 농사를 짓는 사람일 수도 있지. 상점 주인일 수도 있고. 우리 회사 화장품은 폭넓은 계층에 사랑받고 있으니까."

이윽고 목적지에 도착했다. 운전사가 말했다.

"아, 저 집이군요. 좀 이상한 집인데요."

"그러게…."

정원이 딸린 아담한 서양식 집으로 흔히 볼 수 있는 평범한 주택이었다. 농사를 짓는 것도, 장사를 하는 것도 아닌 것 같았다. 하지만 운전사가 이상한 집이라고 한 이유는 따로 있었다.

옆에 큰 헛간이라고 해야 할지, 작은 창고라고 해야 할지 어쨌든 그런 느낌의 건물이 있었는데 왠지 집과 잘 어울리지 않는 인상을 받은 것이다.

나는 트럭에서 내렸다. 그 집 정원에서 서른 살쯤 되어 보이는 남자가 식물을 가꾸고 있었다. 평일인데 한가한 사람이군. 직업은 뭘까.

그런 생각을 하면서 명함을 내밀며 말을 건넸다.

"화장품 회사에서 나왔습니다. 실례지만 혹시…."

나는 당첨 엽서를 보여주며 물었다.

"아, 네, 맞습니다…."

남자는 자신이 당첨자 본인이라고 대답했다.

꽤 잘생긴 외모에 몸매도 늘씬했다. 우리 회사 포스터 모델로 써도 될 정도다. 아니, 잘생겼지만 밋밋하고 경박한 프로 모델보다 훨씬 낫다. 이 남자의 표정에는 우울한 그늘이 드리워져 있어서 더욱 매력적이었다. 게다가 이번 행운까지. 운이 좋은 사람은 뭘 해도 운이 따르나보다.

나는 말했다.

"축하드립니다. 대상에 당첨되셨습니다. 이 소식을

전하러 찾아뵈었습니다."

"아, 네, 그렇습니까…."

남자는 아무렇지도 않은 어조로 말했다. 단정한 얼굴은 여전히 흐트러짐이 없었다. 나는 조금 당황했다. 이게 어떻게 된 거지. 엽서를 보여주며 축하한다고 말하면 그것만으로 눈치를 챘어야 한다. 아니, 그 전에 내 명함을 본 순간 펄쩍 뛰며 기뻐했어야 한다.

좀 더 감격하거나 흥분하면 안 되나. 어깨에 맨 카메라가 무색하게 느껴졌다. 이래서는 사진을 찍을 수가 없다. 혹시 너무나 갑자기 닥친 행운이 믿기지 않아서 멍해진 것일까.

다시 한번 설명했다.

"아시겠습니까? 당신께 수입양주 100병을 드리겠다는 말씀입니다. 트럭에 싣고 온 저 상자가 바로 그 경품입니다."

"아, 네, 수고하셨습니다…."

시큰둥한 대답이다. 상황파악은 한 것 같은데 감정이 전혀 실려 있지 않다. 혹시 이 남자, 머리가 조금 모자란 것 아닐까. 잘생긴 남자들 중에는 그런 경우가 종종 있다.

그렇다면 더는 기대해도 소용없다. 사무적으로 처리하고 돌아가기로 했다.

"그런데 경품은 어떻게 할까요? 집 안으로 옮겨드릴까요?"

"아뇨, 저 창고에 넣어주세요. 지금 안내해 드리겠습니다."

아까 봤던 그 눈에 띄는 건물이다. 남자는 익숙한 손길로 수령서에 사인을 하고 앞서 걸어가서 열쇠로 창고 문을 열었다. 나는 무심코 안을 들여다보다가 깜짝 놀라 소리쳤다.

"뭡니까, 이건…."

창고 구석에는 커다란 사탕 박스가 쌓여 있고 고급스러워 보이는 골프 세트도 있었다. 그리고 음향 장치가 세 개 정도, TV가 다섯 대, 삼면거울을 비롯한 신혼 가정용품도 한 세트 있었다. 그 위에는 먼지가 앉지 않도록 투명한 시트가 덮여 있었다.

가운데에는 사용한 흔적이 없는 새 차가 놓여 있었다. 건강 기구와 책장에 가지런히 꽂힌 백과사전 세트도 있었다.

뭐가 뭔지 도무지 통일성이 없었다. 의아해하는 나

에게 남자가 말했다.

"그럼 양주 박스는 저기 신형 경보기 상자 옆에 놓아주세요. 또 당첨됐네. 슬슬 창고를 하나 더 만들까."

그냥 넘길 수 없는 말이었다. 박스를 옮기며 참지 못하고 물었다.

"또 당첨됐다고 하셨는데 여기 있는 물건들도 전부 경품으로 받으신 겁니까?"

"그렇습니다."

남자는 나직하게 대답했다.

그러고 보니 여기 있는 물건들 모두 경품으로 자주 나오는 것들이다. 아무래도 사실인가보다. 장난을 치기 위해, 타지도 않을 오토바이나 통조림 1년치를 사들일 사람은 없다.

"정말 믿기지 않는군요. 굉장히 운이 좋은 분이신가 봐요. 부러움이나 질투를 뛰어넘어 인간이 아닌 것 같습니다. 이 정도면 아무 일도 안 하고 사셔도 되겠네요."

"네, 일이라고 할 수 있을지 모르지만 경품 엽서나 쓰는 정도죠. 가끔 해외여행도 갑니다. 그것도 당첨돼서 가는 거지만…."

"세상에 이런 사람이 있다니….."

"하지만 부러워할 만한 상황인지 아닌지는 잘 모르겠습니다."

남자는 팔짱을 끼며 말했다.

그러나 나는 한숨만 나올 뿐이었다. 잘생긴데다 이렇게 행운을 타고난 사람이 세상에 존재하다니. 실제로 증거를 눈앞에서 보고 나니 뭐라 할 말이 없었다. 내 처지가 초라하게 느껴져서 슬슬 돌아가야겠다고 생각했다.

그때 집 쪽에서 남자를 부르는 여자의 목소리가 들렸다.

"여보, 정원 손질은 끝났어? 이제 집안 청소해. 내일부터 3박 4일 여행을 가니까 그것도 준비해야지."

거칠고 투박한 목소리였다. 목소리의 주인을 돌아보자 그 목소리에 어울리는 무시무시한 여자가 서 있었다. 몹시 뚱뚱하고 어딜 봐도 미인이라고는 할 수 없는 얼굴이었다. 취향도 최악이다. 머리는 헝클어지고 요란한 빨간 옷에 브로치를 잔뜩 달고 있었다.

"방금 그분은…."

그렇게 묻자 남자는 조용히 대답했다.

"제 아내입니다."

"이렇게 말씀드리면 실례일지도 모르지만 조금 의외군요."

무례한 질문이 입 밖으로 튀어나왔다. 이렇게 잘생기고 행운을 타고난 남자가 어째서 저런 여자와 결혼했는지 도무지 이해할 수 없었다. 그러나 남자는 화내지 않고 말했다.

"이해합니다. 왜 굳이 저런 여자와 결혼했을까, 라고 말하고 싶으시겠죠. 경품을 전해주러 오신 분들은 다 그렇게 말씀하세요. 사실 저도 몇 번이나 그런 생각을 했는지 모릅니다…."

"그런데 당신처럼 부족한 것 없는 분이 왜 참고 사시죠? 여자라면 얼마든지…."

"그게 쉽지 않아요. 이 편한 생활에 너무 익숙해졌거든요. 이제 와서 벗어나긴 무서워요."

"대체 부인은 어떤 분입니까?"

"믿기 힘드실지 모르지만, 아니, 당신이라면 믿으시겠죠. 아내는 행운의 여신입니다. 아무것도 모르는 사람은 그림이나 이야기 속에 그저 아름답게만 그리지만 진짜 모습은 저렇습니다."

이제야 이 남자의 얼굴에서 사라지지 않는 우울한 표정의 원인을 알 수 있었다.

시끄러운 상대

　길을 걷고 있는 N씨에게 뒤에서 누군가가 말을 걸
었다.

　"저기요, 잠깐만요…."

　그 말에 걸음을 멈추고 뒤를 돌아본 N씨는 불쾌한
기분에 사로잡혔다. 그곳에는 로봇이 서 있었다.

　로봇의 끈질긴 판매행위는 소문을 통해 어느 정도
알고 있었다. 아, 나도 드디어 찍혔구나. 하지만 끝까
지 넘어가지 않을 거야. 나는 다른 사람들처럼 호락호
락하지 않아.

　그런 N씨의 속마음은 아랑곳없이 로봇은 옆으로

다가와서 부드러운 목소리로 말했다. 얼굴은 무표정하면서 말투만은 기분 나쁠 만큼 친근했다.

"보아하니 정말 훌륭한 분이신 것 같군요. 부디 당신 같은 분이 절 써주셨으면 좋겠습니다. 저를 사주시면 안 될까요."

"미안하지만 필요 없어. 난 지금 생활에 만족하고 있거든."

N씨는 냉정하게 거절했다. 하지만 상대는 로봇. 그 정도로 물러날 리 없다. 다시 걷기 시작한 N씨를 뒤따르며 로봇은 계속 속삭였다.

"로봇의 편리함을 모르셔서 그런 말씀을 하시는 겁니다. 저는 갤럭시사에서 만든 G형 로봇입니다. 연구부가 오랜 시간 공들여 개발한 최신형 모델이죠. 이미 많은 가정에서 사용되고 있습니다. 많은 사랑과 호평을 받고 있지요. 저를 구입하면 생활의 질이 한층 향상될 겁니다. 분명 왜 진작 사지 않았는지 후회하실 거예요…."

자신의 장점을 끝없이 늘어놓는 상대에게 N씨는 걸으면서 말했다.

"필요 없어. 무슨 말을 해도 안 사. 로봇을 사지 말라는 게 돌아가신 아버지의 유언이었거든. 나도 같은 생각이야. 기계에 의존하면 인간은 퇴화하기 마련이지. 바람직하지 않아."

"그건 잘못된 생각입니다. 동굴 안에 살면서 날고기를 먹고 추위에 떨던 원시시대가 더 좋으신가요? 그건 문명이라고 할 수 없어요. 진심으로 하신 말씀이 아닐 거예요. 아아, 아버님이 살아계실 때 저를 보셨어야 하는데. 그럼 유언은 반대로 바뀌었을 겁니다. 로봇을 사셔야 해요. 인류의 필수품이죠. 일상의 사소한 일은 저에게 맡기고 당신은 좀 더 고차원적이고 정신적인 일에 전념하셔야 합니다…."

"시끄럽군. 사실은 사고 싶어도 돈이 없어. 이제 그만 포기해라."

"농담이시죠. 돈이 없다니. 혹시 지금 현금이 없어도 걱정하실 필요 없습니다. 가까운 은행에 신청하시면 바로 구입비용을 마련할 수 있습니다. 상환은 부담 없는 할부로 가능하답니다…."

무슨 말을 해도 맞받아치며 로봇은 절대로 떨어지지 않았다. 지금까지의 판매경험을 바탕으로 고객의 어떤 말에도 즉각 대응할 수 있도록 두뇌가 조정되어 있는 모양이다.

　말로는 도저히 이길 수 없다. N씨는 화를 내며 로봇을 밀어내려 했지만 힘으로는 상대가 되지 않았다. 로봇이 상냥한 목소리로 말했다.

　"어때요. 제가 얼마나 튼튼한지 아시겠죠. 꼭 사주세요. 부탁드립니다."

　"글쎄 필요 없다면 필요 없는 줄 알아. 더 이상 따라오지 마. 돌아가. 어디로 가버려. 로봇이면 명령을 따라야 할 거 아니냐."

　"네. 구입하셔서 주종관계가 성립되면 물론 어떤 명령이든 따르겠습니다. 한시라도 빨리 그렇게 되고 싶네요…."

　이윽고 N씨의 집 앞에 도착했다. 로봇은 안으로 들어갈 수 없다. 허가 없이 강제로 들어가면 로봇을 만든 회사는 법적으로 처벌받는다. 로봇도 그 규정을 알고 있는지 그 자리에 멈춰 서서 집 안으로 들어가는 N씨에게 말했다.

　"잘 생각해보세요. 여기서 기다리고 있겠습니다."

　N씨는 집으로 들어갔다. 겨우 해방되어 안도의 숨을 내쉬었다. 뭔가 기분전환이라도 해야겠다. 그러나

옷을 갈아입고 꽃을 가꾸려고 마당에 나가자 장미가 얽혀 있는 담장 너머에서 목소리가 들렸다.

"안녕하세요. 외출할 때 입었던 옷도 훌륭했지만 평상복도 시크하고 멋지네요. 센스가 뛰어나시군요⋯."

아까 그 로봇이었다. 담장 위로 고개를 내밀고 있었다. 아직도 가지 않았나 보다. 상대하기 시작하면 끝이 없다는 것을 이제는 충분히 알게 된 N씨는 말없이 장미를 손질하기 시작했다.

"⋯멋진 장미로군요. 품종은 뭔가요. 비료는 뭘 쓰시죠. 저한테 맡겨주시면 더 근사한 꽃을 피워드리겠습니다. 당신도 행복하고 저도 행복하고 장미도 행복한, 그야말로 완벽한 상태가 되겠지요. 아아, 그 가지는 자르지 않은 게 좋겠습니다⋯."

로봇의 조언에 N씨는 가위를 멈추고 고개를 들었다.

"시끄러워. 그럼 어느 가지를 잘라야 되는데?"

"어서 저를 구입하시면 그런 질문에도 대답해드리고 직접 도와드릴 수 있답니다⋯."

"정말 짜증나는 녀석이군."

N씨는 가위를 집어던지고 화단으로 향했다. 담장 너머 로봇의 목소리도 뒤를 따라왔다.

"멋진 화단이군요. 하지만 꽃의 배열을 조금만 더 신경 쓰시면 미적 효과를 더욱 높일 수 있답니다. 그러면 보는 사람도 행복하고 당신도 행복하고…."

정원 손질을 계속할 마음이 사라진 N씨는 집 안으로 돌아갔다. 귓속에 들러붙은 로봇의 목소리를 지워 버리고 싶었다. 그래서 음악을 들으며 시간을 보냈다.

밤, 잠들기 전. N씨는 로봇을 떠올렸다. 그 녀석은 어떻게 됐을까. 구입할 의사가 없다는 건 충분히 전달되었을 것이다. 아무리 그래도 이제는 포기하고 돌아갔겠지.

확인하려고 밖에 나가보니 로봇은 아직도 그곳에 있었다. 로봇이 말했다.

"이런, 어쩐 일이신가요. 잠이 오지 않으신가요? 심심하신가요? 저를 구입하면 그런 걱정도 사라진답니다. 함께 운동도 하고 잡담 상대도 되어드릴 수 있어요…."

"그런 게 아니야."

"아하, 몸이 안 좋으신가 보군요. 저녁식사에 문제가 있었던 것 아닐까요. 저에게 명령만 하시면 어떤 요리든…."

이렇게 N씨를 향한 로봇의 집요한 따라다니기가

시작되었다. 아무리 언성을 높여도 빈정거려도 상대는 끄떡도 하지 않았다. 조금 단조롭지만 부드러운 어조로 계속 말을 이어갈 뿐이었다. 밖에 나가면 뒤를 따라오며 같은 말을 되풀이했다.

"저를 사주세요."

물론 교통수단을 이용하거나 엘리베이터에 들어가면 일시적으로 따돌릴 수는 있다. 하지만 로봇은 서두르지 않는다. 시간은 충분하다. 무엇보다 이미 집까지 알고 있으니까.

N씨를 놓치면 집 앞에 돌아와서 기다리면 그만이다.

집 안까지 들어오지는 않았지만 밖에서 계속 기다리고 있다고 생각하니 N씨는 신경이 쓰여서 견딜 수 없었다. 이대로는 외출을 꺼리게 되고 결국에는 정신이 이상해질지도 모른다. 인내심만으로는 절대 이길 수 없다.

N씨는 약국에서 환경적응제라는 약을 사서 먹기 시작했다. 조금은 마음이 가라앉았다. 하지만 진정하고 생각해보다가 너무도 어이없는 사실을 깨달았다. 이 약을 만드는 회사가 바로 그 로봇을 만든 회사와 같은 자본 계열이었던 것이다.

N씨는 약을 끊었다. 약기운이 떨어진 탓인지 아니면 부작용인지 이번에는 불안감이 밀려왔다. 저 로봇은 언제까지 나를 기다려줄까.

언젠가 나를 포기하고 떠나서 다시는 만나지 못하는 것 아닐까. 그러면 얼마나 쓸쓸할까. 그리고 다음에는 내가 불러도 모르는 척하고 가버릴지도….

아니야, 이래서는 안 된다. 처음 결심했던 대로 끝까지 의지를 관철해야 한다.

하지만 N씨는 조금 혼란스러운 상태였다. 친구에게 전화해서 상의해보기로 했다.

"사실은 갤럭시사의 로봇이 계속 따라다니는데 사는 게 좋을까."

"글쎄. 살지 말지는 본인 마음이라 뭐라고 해줄 말이 없네. 우리 집은 얼마 전에 하나 샀는데 나쁘지 않아. 꽤 편리해. 속는 셈치고 사보면 어떨까."

그 대답에 망설이던 N씨의 마음이 정해졌다. 왠지 후련한 기분이었다. 밖으로 나가서 기다리고 있는 로봇을 불렀다.

"들어와. 사주마."

"감사합니다. 역시 눈이 높으시군요. 그럼 구입비용

대출 절차를 안내해 드리겠습니다…."

로봇의 지시대로 서류를 작성하고 은행에서 돈을 빌려 갤럭시사에 송금했다. 이제 이 로봇은 내 것이다. 마음껏 부려먹어 주마. N씨는 단단히 벼르며 명령했다.

"자, 가서 정원손질 해라."

하지만 로봇은 뜻밖의 대답을 했다.

"네. 하지만 이대로는 불가능합니다."

"뭐라고. 무슨 뜻이야."

"갤럭시사에서 정원관리용 두뇌를 구입해서 제 몸에 삽입해주셔야 합니다. 또 흙을 만지는 전용팔도 필요합니다. 야외작업용 강력 배터리도…."

"어이가 없군."

"걱정마세요. 모든 구매절차는 제가 처리하겠습니다. 대금은 나중에 지불하셔도 됩니다. 주인님은 서류에 사인만 하시면 됩니다…."

생각지도 못한 지출이었다. 이럴 줄은 전혀 몰랐다. 구입계약서를 살펴보자 반품은 할 수 없다는 내용이 교묘한 문장으로 적혀 있었다.

모든 게 이 모양이었다. 요리를 하려면 요리용 두뇌

를, 칵테일을 만들려면 칵테일용 두뇌를….

그때마다 사인을 하고 대출금은 점점 불어났다. 이것들을 하지 않으면 이미 로봇에 들인 큰돈은 모두 허사가 된다. 어쩔 수 없이 사인을 했다.

그뿐만이 아니었다. 정기적으로 점검과 수리를 받아야 한다며 로봇은 툭하면 밖으로 나갔다. 가지 말라고 하면 고장을 일으켜 동작을 멈추고, 가면 가는 대로 거액의 청구서에 사인을 해야 했다.

한편 각종 작업용으로 구입한 전용 두뇌들은 계속 늘어만 갔다. 이 부품들은 로봇이 알아서 수리했다. 그점은 그나마 다행이다. 그러나 N씨의 주관적인 감정일지도 모르지만 로봇은 늘 자신의 두뇌 점검과 수리만 하고 있을 뿐 정작 주인을 위해 일하는 모습은 볼수 없었다. 대충하라고 하면 정말 대충해서 어이없는 실수를 저질렀다.

그러던 어느 날 어떤 친구로부터 전화가 걸려왔다.

"사실은 갤럭시사의 로봇이 자꾸 따라다녀서…."

친구는 진지한 목소리로 상담했다. N씨는 생각했다. 이런 고생을 나만 겪는 건 불공평해. 좀 더 피해자를 늘려야지. 그렇게라도 해야 속이 풀릴 것 같아.

아니야, 나는 그렇게 나쁜 사람은 아니야. 아직 산 지 얼마 안 돼서 우왕좌왕하고 있지만 언젠가 이 생활에 익숙해지면 만족감을 느낄지도 몰라. 그리고 그거야말로 진보라는 것일지도 모르지.

하지만 어쨌든 대답은 정해져 있었다.

"글쎄. 살지 말지는 네 마음이지만 꽤 편리해. 뭐 시험 삼아 속는 셈치고…."

의 식

산속에 있는 황량한 지방. 바위가 많은 지면에는 키 작은 나무들이 듬성듬성 자라고 있다.

광물 자원이 있는 것도 아니다. 품을 들여 개간하면 조금은 작물이 자랄지도 모르지만 이렇게 불편한 땅에서는 이익을 보기 힘들다.

인가가 있는 마을까지는 좁은 길을 따라 산을 하나 넘어야 한다. 읍내에 가려면 그 마을에서 오토바이를 빌려 몇 시간을 달려야 한다. 그나마 여름에는 호기심 많은 여행자들이 가끔 찾아오지만 다른 계절에는 지나가는 사람조차 없다.

이곳의 어떤 건물에 두 명의 청년이 살고 있었다. 이것이 그들의 일이다. 이 건물은 기상관측을 하는 곳 이고 여기가 두 사람의 직장이다.

어느 날 아침. 하늘에 펼쳐진 잿빛 구름을 올려다보 던 한 사람이 큰 소리로 외쳤다.

"이봐, 저기 좀 봐. 저게 환각이 아니라면 엄청난 사건이야."

"웬 소란이야."

시선을 돌리자 구름 속에서 커다란 원반형 물체가 나타나 점차 하강하고 있었다.

"저게 UFO라는 건가. 인간이 만든 건 아닌 것 같군."

"쌍안경으로 자세히 살펴보자."

두 사람이 지켜보는 가운데 원반형 물체는 맞은편 산비탈에 착륙했다. 안에서 기묘한 복장을 한 사람 몇 명이 나와 무언가를 건설하기 시작했다. 공사는 급속 도로 진행되어 곧 돔 형태의 건축물이 만들어졌다.

두 청년의 안색이 변했다. 즉시 본부에 보고해야 한 다. 다급히 건물 안의 통신기로 달려들었다.

"여기는 263 관측소. 본부, 응답 바랍니다."

"여기는 본부. 무슨 일인가. 아직 정기보고를 하기

에는 이른 시간인데. 긴급 상황인가. 아니면 급병이라도 났나? 급병이라면 관련부서에 연락해서 즉시 헬리콥터를 보내주지."

"헬리콥터 부탁드립니다. 긴급사태입니다. UFO가 착륙해서 기지를 만들기 시작했습니다."

"뭐? 지금 뭐라고 했나."

"외계인의 침략입니다…."

"그만해라. 둘이 지내느라 외롭고 따분한 건 이해한다. 즐길 거리라고는 TV나 라디오나 책 정도밖에 없다는 점은 매우 동정한다. 하지만 장난은 곤란해."

"아닙니다. 저희는 힘든 생활을 각오하고 이곳에 와서 임무를 수행하고 있습니다. 장난이 아니라 사실입니다. 큰일입니다. 어떻게 하면 좋을까요."

두 사람은 입을 모아 이변을 알렸다. 하지만 본부의 대답은 냉정했다.

"장난이 아니라면 대책을 지시하겠다. 알겠나, 비상용 구급상자를 열어라. 안에 강력한 진정제가 있으니 그걸 먹어라. 그리고 푹 자라. 3일 정도 지난 후에도 이상한 것이 보이면 교대할 사람을 보내겠다. 뭐 그럴 일은 없겠지만."

그걸로 끝이었다. 두 사람은 실망했다.

"믿어주질 않아. 우리가 미쳤다고 생각하나 봐. 맘대로 하라고 하고 싶지만 이 위기를 내버려둘 수는 없어."

"할 수 없군. 내가 읍내로 보고하러 가겠어. 직접 설명하면 믿어주겠지."

"글쎄. 남을 설득하는 건 쉽지 않을 텐데. 혼자서는 힘들어. 나도 같이 가지."

카메라로 원반형 물체를 몇 장 찍은 후 필름을 주머니에 넣고 서둘러 출발했다.

급한 걸음으로 쉬지 않고 산을 넘어 마을에서 오토바이를 빌렸다. 울퉁불퉁한 길을 달려 읍내에 도착한 두 사람은 급히 경찰서로 향했다.

필름을 움켜쥐고 정색을 하면서 꿈같은 이야기를 늘어놓는 두 사람을 보며 경찰은 난처해했다. 그렇다고 내버려둘 수도 없어서 각 방면에 연락을 취했다.

의사도 오고 신문기자도 왔다. 그밖에 관청 관계자들도 호기심에, 혹은 귀찮아하며 찾아왔다. 그때마다 두 사람은 지치지도 않고 같은 이야기를 되풀이했다.

이윽고 필름이 현상되었다. 그러나 이 사진을 둘러싸고 논쟁이 벌어졌다. 진짜라는 의견과 가짜라는 의견으로 갈라져서.

답답해진 두 사람은 책상을 내리치며 큰 소리로 주장했다. 그러자 그들의 정신 상태를 두고 또다시 의견이 갈라졌다.

그래도 몇몇 사람은 두 사람의 말을 믿고 지지해 줬다. 그들은 다음날 두 사람과 함께 현장에 가기로 했다.

두 청년은 안심했다. 이제 증인의 수가 늘어날 것이다. 하지만 이렇게 시간을 허비하다가 대책이 늦어지지는 않을지….

일행은 녹초가 되어 겨우 건물에 도착했다. 사람들이 말했다.

"대체 UFO는 어디 있습니까."

"저 산에…."

청년은 손가락으로 산을 가리키려다 말을 멈췄다. 아무것도 없었다. 원반도 돔도. 평소와 다름없는 황량한 풍경만이 펼쳐져 있었다. 사람들은 얼굴을 찌푸리며 말했다.

"당신들을 믿고 여기까지 왔습니다. 너무하지 않습니까?"

"아닙니다, 진짜입니다. 저 산비탈까지 가봅시다."

두 청년은 억지로 사람들을 끌고 그곳으로 향했다. 그러나 도착한 곳에는 아무것도 없었다. 바위와 빈약한 나무들 외에는 아무 흔적도 남아 있지 않았다.

이쯤 되면 사과하는 것 말고는 방법이 없었다. 사람들은 화를 내고 빈정거리면서 돌아갔다.

건물 안에 두 사람만 남아 있을 때 이번에는 중앙본부에서 무전이 날아왔다.

"그 지방 읍내에서 연락이 왔다. 지시를 무시하고 멋대로 직장을 이탈해서 이런 어처구니없는 짓을 저지르다니. 덕분에 완전히 웃음거리가 됐다. 어떻게 된 일인가?"

"죄송합니다. 어떤 처분이든 달게 받겠습니다."

"처분은 곧 통보하겠다. 그때까지는 충실히 직무를 수행해라."

"네."

하여간 이게 무슨 봉변인지 모르겠다. 두 사람은 진정제를 먹고 잠을 청했다.

다음 날 아침. 먼저 일어난 한 명이 말했다.

"잠깐 저것 좀 봐. 보고 싶지 않은 게 보여."

"또 나타났나."

"그래. 이젠 어쩔 방법이 없어."

두 사람이 시선을 향한 곳에서는 어제와 똑같은 광경이 펼쳐지고 있었다. 다른 점이 있다면 건조물을 만드는 속도가 조금 느리다는 것뿐이었다. 한 사람이 중얼거렸다.

"이해할 수 없겠군. 왜 저런 짓을 하는 걸까…."

물체에서 나와 작업을 하면서 외계인 한 명이 동료에게 말했다.

"이해가 안 돼. 왜 이런 짓을 해야 하지."

"본격적으로 기지를 건설하기 전에 얇은 자재로 형체만 만들었다가, 그걸 부수고 철수한 후 다시 착륙해서 본 작업을 시작하는 이 관습 말인가?"

"그래. 의미 없고 비합리적인 미신일 뿐이잖아. 바보 같은 짓이야."

"뭐 너무 그러지 마. 선조들이 만들고 지금까지 전해 내려오는 전통이잖아. 하나의 의식이라고 생각하고 참아. 한 행성을 침략하려고 최초의 기지를 만드는 일인데 의식 하나쯤은 있어도 되잖아. 물론 나도

이런 미신의 효험은 믿지 않지만. 이러면 주민들의 소
란이 잠잠해지고 적의 반격 개시가 늦어진다니 그럴
리가…."

죽고 싶어 하는 남자

　도심 가까이에 있는 빌딩 7층 사장실. 여기가 내 방이다. 넓고 훌륭하고 호화로운 의자는 매우 편안하다. 의자가 좋은 탓도 있지만 회사가 순조롭게 좋은 실적을 올리고 있어서 더욱 그렇게 느껴진다.

　사람들은 모두 나를 부러워한다. 나 또한 매우 만족하고 있다. 하지만 그 기분도 가끔은 한순간에 사라지고 어둡고 절망적인 상태에 빠질 때가 있다. 문제의 남자가 찾아올 때면….

　그 남자만은 비서를 통하지 않고, 문을 노크하지도 않고 제멋대로 찾아온다. 그가 오면 무조건 들여보내라고 직원들에게 지시해뒀기 때문이다.

물론 반가운 손님은 아니다. 얼굴도 보기 싫은 상대다. 하지만 어쩔 수 없다. 내쫓을 수 없는 사정이 있기 때문이다.

지금도 그 남자가 무례하게 들어와 내 책상 맞은편에 앉았다. 그리고 친한 척하며 말했다.

"이봐."

이 목소리를 들으면 진절머리가 난다. 대꾸하기도 싫지만 그럴 수도 없다.

"뭐야. 자넨가."

"그래."

"무슨 일이지."

"유흥비가 다 떨어졌어."

"그래? 그래서…?"

딴청을 부려 봐도 소용없다. 그러나 조금이라도 반항해보지 않으면 화가 가라앉지 않는다. 그런 내 마음은 아랑곳없이 상대는 내 얼굴 앞에 손을 내민다.

"돈 줘."

"얼마 전에 꽤 많이 줬을 텐데."

"다 썼어. 돈이란 쓰면 없어지는 거야."

"내 사정도 좀 생각해줘. 그렇게 자주 줄 수는 없어."

"뭐야, 서운한 소리 하지 마. 우린 한배를 탄 사이잖아. 잊진 않았겠지. 잊어버렸으면 복습시켜줄 수도 있어. 잘 들어. 옛날 우리 둘이 같이 사업을 시작했지. 하지만 사업은 잘 풀리지 않았어. 왜냐면 수완 좋은 경쟁사가 있었거든. 이대로 가면 영업부진으로 파산할 판이었지. 우린 궁지에 몰려서 결국 비상수단을 택했어. 즉 우리 둘이 힘을 합쳐서 경쟁사 사장을 사고로 위장해 죽여 버렸지…."

툭하면 이 짓을 하다 보니 청산유수가 따로 없다. 나는 고개를 끄덕였다. 맞는 말이었기 때문이다. 범행은 발각되지 않았고 예상했던 대로 강력한 경쟁자가 사라지자 우리 사업은 급격히 성장했다.

아니, 정확히 말하면 내 사업이다. 나만의 사업이다. 일에 열중한 건 오직 나뿐이었다. 그는 그 후로 아무 일도 하지 않고 오로지 놀러 다니기만 했다. 물론 돈이 남아날 리 없다. 그래서 돈이 떨어지면 나를 찾아와서 돈을 요구한다. 이렇게….

이런 일이 몇 년이나 계속되었다. 긴 세월 동안 가끔은 전부 다 던져버릴까 생각한 적도 수차례 있었다.

하지만 그때마다 그는 "그랬다가는 전부 다 폭로해 버릴 거야"라고 협박했다. 나는 일에 몰두할 수밖에 없었다. 덕분에 회사는 점점 발전했다. 평범한 회사경영자처럼 단지 이익만이 목적이었다면 이만큼 순조롭게 성장하지는 못했을 것이다.

오랜 고통을 회상하며 이를 갈고 있을 때 그가 말했다.

"나를 죽이고 싶겠지."

"당연하지."

"그래도 돼."

그는 히죽 웃었다. 그럴 수 없다는 걸 알고 있기 때문이다. 그의 말에 의하면 모든 정황을 서류로 작성해서 변호사에게 맡겨두었다고 한다. 자신이 죽으면 개봉하라는 말과 함께.

즉 그를 죽이면 과거의 범행이 발각됨과 동시에 또 다른 살인혐의까지 씌워지게 된다. 그걸 생각하면 결행할 수가 없다.

서류를 맡겼다는 변호사를 찾아내려고 한 적도 있다. 서류를 매수하거나 강탈할 생각이었다.

하지만 실패했다. 게다가 서류는 한 부가 아닌 여러

부를 만들어서 은행 금고 등에도 맡겨두었다고 한다. 포기할 수밖에 없었다.

그는 기세등등하게 말했다.

"원한다면 죽어줄 수도 있어."

그리고 웃으며 의자에서 일어서 창문을 열고 몸을 내밀었다. 돈을 내주지 않고 머뭇거리면 어김없이 쓰는 수법이다.

가끔은 변화를 주기도 한다. 독약을 먹으려고 할 때도 있고, 칼을 배에 꽂으려고 할 때도 있다. 물론 연극이다. 하지만 진심이 아니라고 단정할 수도 없다. 이 남자는 내게서 돈을 뜯어내는 것 말고는 살아갈 방법이 없기 때문이다.

내가 단호히 요구를 거절하면 정말로 죽을 마음을 먹을 수도 있다. 그러면 서류는 무조건 개봉되고 나는 싫든 좋든 그의 길동무 신세가 될 것이다. 그래서 나는 늘 황급히 그를 말릴 수밖에 없다.

나는 창가로 달려가 그의 다리를 잡았다.

"잠깐, 성급하게 굴지 마. 생각을 바꿔."

"생각을 바꾸면 뭐 좋은 일이라도 있나."

"알았어. 돈을 줄게."

그는 실내로 돌아와서 아무 일도 없었던 듯한 말투로 말했다.

"좋아, 합격이다. 그게 정답이야. 내가 최대한 오래 살 수 있게 온갖 수단을 써야 할 거야. 내가 먼저 죽으면 어떻게 될지 잘 알고 있지?"

"그래. 그러니까 건강 조심해라."

"하지만 금욕적인 생활은 싫어. 계속 놀러 다니느라 피곤해서 그런가, 요즘 몸이 좀 이상해. 이제 얼마 못 살지도 몰라."

"이봐, 놀라게 하지 마. 빨리 의사한테 가봐."

"그렇게 해주지. 믿을 만한 의사한테 자세히 진찰받을까. 그 비용도 내놔."

지독하다. 울고 싶어진다. 이 녀석과 얘기하다 보면 요구하는 금액이 점점 커진다. 요구하는 대로 돈을 줬다. 돌려보내려면 다른 방법이 없다.

"자, 이제 당분간은 오지 마."

"약속은 못 하겠군. 아무튼 회사일 열심히 해…."

그는 받은 돈을 주머니에 넣고 어디론가 사라졌다. 그가 곁에 있는 동안은 정말 악몽을 꾸는 것 같다. 악몽이라면 잠에서 깨어나면 그만이지만 이건 현실에서 실제로 돈을 뜯긴다. 게다가 그는 언젠가 또 나타날 것이다.

돈이 떨어지면 그는 어디선가 불쑥 나타난다. 때와 장소를 가리지 않는다.

그날. 나는 해질 무렵 거리를 걷고 있었다. 그때 그가 맞은편에서 걸어왔다.

"여어, 잘 지냈나."

그가 나를 알아보고 말을 걸었다. 먼저 말을 거는 것은 항상 그쪽이다. 나는 인사했다.

"생각지도 못한 곳에서 만나는군."

"아니, 우연이 아니야. 볼일이 있어서 찾아온 거야."

이 남자는 언제나 내가 있는 곳을 쉽게 알아낸다. 사냥감을 찾는 사냥개나 시체를 찾는 독수리와도 같다. 몇 년이나 이런 일을 반복하는 동안 점점 재능이 발달한 모양이다. 그에게는 그 재능만 있으면 충분하다. 나는 말했다.

"무슨 일이지."

"매번 같은 소리군. 일일이 설명하게 하지 마. 지금부터 신나게 술을 마시고 싶어."

"나도 그래. 오늘은 실컷 마실 생각이야."

"하지만 같이 마시는 건 그만두지. 서로 재미없으니까. 나는 인생을 즐기려고 마시는 거고 너는 나에 대한 불만을 달래려고 마시는 거잖아. 기분이 안 맞아. 각자 마시자. 그러려면 돈이 필요해."

"미안하지만 지금은 가진 돈이 없어."

"뭐야. 그렇게 나와도 되겠어? 순순히 내놔. 인생을 즐길 수 없다면 나는 확 죽어버릴 거야."

뻔한 수작 부리지 말라는 듯이 그는 목소리를 높였다. 그 소리에 놀라 지나가던 사람들 몇몇이 무슨 일인가 하고 걸음을 멈췄다. 나는 그에게 속삭였다.

"제발 소리 지르지 마."

"아니, 원하는 대로 죽어주지. 죽어버릴 거야."

그는 언제나처럼 최후의 수단을 꺼내들며 더욱더 목소리를 높였다. 그리고 비틀거리며 차도로 나가는 척했다. 내버려두면 차에 치일 것이다. 그는 늘 그랬듯이 내가 곧 붙잡아줄 거라고 확신하고 있었다.

몇 번을 반복하다보니 죽으려는 그와 말리는 나 사이에는 일종의 요령 같은 것이 생겼다. 마치 공중그네를 타는 곡예사들처럼.

하지만 이번에는 말리지 않았다. 비틀비틀 차도로

걸어가면서 그는 '이게 아닌데' 라고 생각했을 것이다.

순간 질주하던 자동차가 그를 세차게 들이받았다. 거의 즉사였다. 죽음에 이르기까지 수 초 동안 그는 여전히 내가 붙잡아주기를 기대하고 있었을 것이다.

사람들이 웅성거렸다.

"발작적인 자살이야."

'죽어버릴 거야' 라고 외치면서 도로로 뛰어들었으니 살인도 사고도 아니다.

몰려든 인파 속에 섞여 나는 조용히 그 자리를 떠났다. 그리고 예정대로 바에 들러서 마음껏 축배를 들었다.

그는 이제 다시는 찾아오지 않는다. 나도 일하는 데 질렸다. 그래서 회사를 다른 사람에게 넘기기로 하고 오늘 그 대금을 받았다. 앞으로는 느긋하게 놀면서 살아야지.

그가 말했던 서류라는 것은 정말로 존재할까. 사실이라면 언젠가 변호사가 개봉하겠지. 하지만 그대로 쓰레기통행일 것이다. 오늘로 공소시효가 끝났으니까. 어쩌면 참고용으로 경찰에 보낼지도 모른다. 하지만 그렇게 된다 해도 이제는 아무 상관 없다.

변명하는 고우베

고우베라는 이름은 다소 고풍스러워서 아직 서른 도 안 된 독신 남자에게는 어울리지 않는다. 하지만 부 모가 그렇게 지어줬는데 이제 와서 신경 써봤자 뭘 어 쩌겠는가. 그는 아무렇지도 않았다.

고우베는 어느 회사의 직원이다. 매일 아침 한산한 버스를 타고 출근한다. 버스가 한산한 것은 딱히 이 상한 일이 아니다. 러시아워가 지나서 타기 때문이다.

그렇다고 다니는 회사가 특별하거나 그가 회사에 서 특별한 대우를 받는 것도 아니다. 명백한 지각이다.

지각하는 이유는 단순하다. 졸려서 일어나기 싫기

때문이다. 억지로 일어나면 하루종일 머리가 멍하고 기분도 안 좋다. 보통 회사원들은 상사에게 혼나는 것보다 억지로 일어나는 쪽을 택한다. 하지만 고우베는 그 둘을 비교해보고 혼나는 쪽을 선택한 것뿐이다.

회사에 도착해서 사무실로 들어서면 동료들이 책상에서 고개를 들고 일제히 고우베를 바라본다. 그리고 과장이 있는 쪽을 슬쩍 살피며 사무실 전체가 조용해진다. 이제부터 벌어질 일에 대한 기대감이 감도는 것이다.

"이봐, 고우베."

과장이 말했다. 특이한 이름 탓에 그는 항상 이름으로 불린다. 그의 성은 곤도지만 같은 부서에 성이 같은 직원이 있어서 그 사람과 구분하기 위해서이기도 하다.

"네…."

고우베는 과장의 책상으로 다가갔다. 과장은 굳은 얼굴로 입을 꾹 닫고 거센 콧김을 뿜었다. 이렇게 연일 지각하는 직원은 용서할 수 없다. 단호하게 추궁하고 일의 경중에 따라 해고를 통보하겠다. 그런 결의를 발산하고 있었다.

"도대체 이 시간에 어슬렁어슬렁 나타나서 뭐 하자는 거야. 어제 다시는 지각하지 않겠다고 맹세하지 않았나. 그제도 그랬고 그 전날도 마찬가지고. 이제 변명할 거리도 다 떨어졌을 텐데. 어디 할 말이 있으면 해봐. 들어주지. 하지만 들어주기만 할 거야. 동정 같은 건 기대하지 마."

과장의 말투에는 분노가 잔뜩 실려 있었고 목소리는 떨렸다. 고우베는 과장만큼이나 진지한 말투로 말했다.

"그렇게 말씀하시다니 정말 의외로군요. 항의하고 싶은 심정입니다. 일찍 왔다고 칭찬을 받아도 모자랄 상황인데…."

"무슨 소린지 모르겠군. 지각을 해놓고…."

"아, 그건 제 불찰입니다. 사정을 말씀드리지 않았으니 당연히 모르시겠죠. 그 점은 진심으로 사과드립니다."

"정작 중요한 지각 문제는 사과할 생각이 없나?"

과장은 못마땅한 듯이 물었다. 눈물을 흘리며 반성하기를 기대했지만 고우베는 한 번도 그런 적이 없다.

"자, 일단 들어보시죠. 전 물론 아침 일찍 일어났습

니다. 하지만 막 나가려는데 손님이 찾아왔어요. 중년의 신사였는데 처음 보는 사람이었습니다. 용건이 뭐냐고 물어보니까 다른 기업에서 스카우트를 하러 왔다는 겁니다. 꼭 우리 회사에 와달라고….”

“무슨 말도 안 되는….”

“그러니까요. 저도 그렇게 생각했습니다. 당연히….”

고우베는 가슴을 펴며 몸을 앞으로 내밀었다. 과장은 고개를 끄덕였다. 그렇다면 그 회사로 가라며 해고를 통보하면 그만인데 좀 더 자세히 알고 싶은 호기심을 억누를 수 없었다.

“그래서 그 다음은 어떻게 됐지? 왜 다른 회사에서 자네를 눈여겨본 거야?”

“저도 모르겠습니다. 화를 내면서 쫓아내려고 했는데 그때 예상치 못한 사태가…. 양복 안주머니에서 손이 베일 만큼 빳빳한 지폐 뭉치를 꺼내서 부채처럼 좌라락 펼치는 것 아니겠습니까. 마치 마술사가 트럼프로 카드 마술을 할 때처럼. 하지만 카드가 아니라 고액의 지폐였죠. 장관이라고 해야 할지 아름답다고 해야 할지, 충격적이었습니다. 그 사람은 그걸로 저에게 부채질을 했습니다. 새 지폐에서 나는 잉크 냄새. 어떤 기분일지 상상해보세요."

"음…."

과장은 잠시 눈을 감고 한숨을 내쉬었다. 정말로 그 광경을 상상해본 모양이다. 그 모습을 바라보며 고우베는 말을 이었다.

"뭔가 착오가 있었던 것 아니냐고, 지금 회사에 가지 않으면 지각이라고 몇 번이나 말했습니다. 하지만 상대는 쉽게 돌아가지 않았습니다. 꼭 우리 회사로 와달라고 끈질기게 매달리더군요. 저는 끝까지 거절했습니다. 저질러놓고 허락받는 것 같아서 죄송하지만 나중에는 과장님 이름을 빌렸습니다. 우리 회사에는 저보다 더 유능한 사람이 많다고. 예를 들면 과장님 같은…."

"아니, 나는 전혀 유능하지 않아…."

과장은 아주 싫지만은 않은 듯 슬쩍 웃었다. 자신도 한 번쯤은 돈다발을 들고 온 사람에게 스카우트되어보고 싶었는지도 모른다. 그러나 고우베는 걱정스럽게 말했다.

"겨우 돌려보내고 서둘러 회사로 달려왔습니다. 그런데 생각해보니 혹시 산업 스파이일 수도 있을 것 같더군요. 기밀을 훔치는 것보다 사정을 잘 아는 직원을 빼돌리는 게 훨씬 쉬우니까요. 혹시 과장님 댁에도 그런 사람이 찾아온다면 꼭 단호하게 거절하세요. 물론 승낙하실 리 없겠지만….”

과장의 기분은 조금씩 풀리기 시작했다.

“당연하지. 나도 애사심은 강해. 그런데 우리 회사에 노릴 만한 기밀이 뭐가 있지. 도무지 짐작 가는 게 없는데….”

“저도 그 점이 이상해서 아까부터 여러 가지 가정을 논리적으로 검토하고 있습니다. 그중 하나는 우리 아파트 옆집에 사는 사람과 착각한 것 아닐까 라는 겁니다. 굉장히 특이한 남자인데 머리 회전은 남들보다 한 옥타브 높을 만큼 뛰어난데 목소리는 한 옥타브 낮습니다. 예를 들면….”

고우베는 매우 진지하게 그 목소리를 흉내 냈다. 과장은 이미 기분이 풀려서 이윽고 웃음을 터뜨리기 시작했다. 고우베는 이야기 중간 중간 후렴구처럼 반복해서 말했다.

“…이제 다시는 지각하지 않겠습니다. 지각하면 과장님은 절 해고하셔야 합니다. 그러면 다른 직원들에게도 본보기가 되겠죠…."

"알겠다. 지금 이야기를 더 듣고 싶지만 그럴 수는 없지. 가서 일해."

이것으로 모든 문제는 해결되었다. 그러나 고우베의 변명도 효력은 그리 오래가지 않는다. 듣고 있을 때는 진짜인 것처럼 느껴지지만 가만히 생각해보면 어딘가 이상하다. 예를 들어 옆집 사람만 해도 얼마 전 이야기에서는 다른 인물이었다.

그 사실을 과장은 퇴근 후에야 깨닫는다. 전부 즉석에서 지어낸 거짓말이고 자신은 고우베에게 속았다는 것을. 사람 좋은 자신에게 화가 나고 다음에는 절대 용서하지 않겠다고 다짐한다.

다음날 아침. 과장은 벌레 씹은 표정으로 고우베를 기다렸다. 고우베는 한 시간쯤 늦게 유유자적 나타났다.

"고우베, 이리 와보게…."

동료들이 숨죽이고 귀를 기울이는 가운데 고우베가 말했다.

"과장님, 화내십시오. 이럴 때일수록 화를 내셔야 합니다. 말도 안 되는 일입니다. 아, 저한테 화를 내라는 게 아니라 사실은 아내가….”

“독신이면서 아내는 무슨 아내야. 이젠 안 속아. 거짓말도 정도껏….”

“그렇습니다. 정말 어처구니없는 거짓말이죠. 오늘 아침 일찍 일어나서 세수를 하고 있는데 현관에서 벨소리가 들렸습니다. 문을 열어보니 어떤 여자가 뛰어 들어와서 자기가 제 아내라고 하지 뭡니까. 정말 요염한 여자였습니다. 몸을 비비 꼬며 이렇게 다가와서….”

과장은 자제심을 잃고 흥미를 보였다. 그러나 고우베는 말했다.

“…아니, 이쯤에서 그만두겠습니다. 변명은 하지 않겠습니다. 이유가 뭐든 지각은 지각이니까요.”

“그래서 어떻게 됐나. 그 요염한 여자는….”

과장은 뒷이야기를 듣고 싶었다. 이야기가 너무 흥미진진해서 화내는 것은 중단이다. 이렇게 되면 이미 끝난 것이다. 고우베는 천천히 말을 이었다.

“놀라고 있는데 이유도 말하지 않고 엎드려 우는 겁니다. 손수건을 빌려줬죠. 보세요, 여기 조금 젖어 있죠? 여자의 눈물입니다. 화장품 냄새도 남아 있는 것 같네요."

고우베는 손수건을 꺼냈다. 과장이 그 손수건을 들고 살펴보았다.

"그래그래, 그러고 보니 냄새가 나는 것 같군. 그래서…."

과장은 이제 완전히 고우베의 페이스에 말려들었다. 고우베는 손짓발짓을 곁들여가며 궁금증을 유발하는 식으로 이야기를 이어가다 적당한 지점에서 툭 끊었다.

"정체를 알고 보니 별거 아니었어요. 신종 방문판매였죠. 정말 어이없죠? 그래서 과장님이 화를 내주셨으면 한 거예요. 그런데 생각해보면 꽤 괜찮은 아이디어 아닙니까. 우리 회사도 이런 식으로 광고하면 재미있지 않을까요? 나쁘지 않은 것 같으면 다음 회의 때 과장님 아이디어로 가볍게 제안해보세요. 과장님의 판단력은 확실하니까 전부 맡기겠습니다."

"그래, 생각해보지…."

이렇게 해서 상황은 그럭저럭 마무리된다. 과장이 그런 판매방법이 있을 리가 없다는 걸 깨닫는 것은 다음날 아침이 되어서다.

그러나 과장이 생각을 정리해서 모순을 발견하고 기다리고 있어도 소용이 없다. 고우베는 같은 변명을 두 번 다시 써먹지 않는다. 매번 의표를 찌르는 새로운 변명을 만들어낸다. 그래서 잘 통하고 결국 또 속아버리는 것이다.

이런 상황이 계속 이어지고 있다. 누구도 이걸 아침행사로 인정하는 것은 아니다. 과장은 진심으로 화를 내고 동료들은 잔혹한 기대감을 품으며 조용히 상황을 지켜본다. 하지만 결국 고우베의 변명에 속수무책이다.

어쩌면 이 일은 과장이나 동료들의 마음속에서 일종의 쾌락으로 바뀌어버렸는지도 모른다. 현실보다 고우베가 만들어내는 허구의 이야기가 훨씬 재미있기 때문이다. 만약 고우베가 정시에 출근한다면 그날 아침은 얼마나 공허하고 허전할까. 하지만 그런 일은 일어나지 않는다. 고우베는 반드시 지각을 한다.

고우베는 중요한 업무를 맡고 있지 않다. 맡겼다가는 오히려 일이 진척되지 않는다. 하지만 본인은 그런 상황에 충분히 만족하고 승진 같은 것은 생각하지 않기 때문에 특별히 욕구불만도 없다.

그렇다고 아예 아무 일도 안 하는 것은 아니다. 가끔 동료들이 이렇게 독촉한다.

"이봐, 고우베. 그 수금 건은 어떻게 됐어. 그거 네 담당이잖아. 슬슬 해결할 때도 되지 않았어?"

"아, 그거. 물론 나도 처리하려고 필사적으로 애쓰고 있어. 지난번엔 받아내지 못하면 죽을 거라는 각오로 덤벼들었지. 하지만 세상일이란 정말 예측할 수 없더라. 그 가게 주인 알지…?"

"아니, 잘 모르는데."

"그래? 아무튼 그 가게 주인이 지금 집안 문제로 난리도 아니야. 그 성실해 보이는 사람이 말이지. 이게 참 보기 드문 사건인데."

"무슨 일이길래…?"

상대가 호기심을 보이면 그때부터는 고우베의 독무대다.

"혼인신고를 아직 안 했다더군. 그걸 그 사람 애인이 알아내서는 교묘하게 서류를 꾸며서 구청에 제출한 거야. 자기가 호적상 본처가 된 거지."

"뭔가 복잡한 얘기네."

"말하자면 애인이 본처가 되고 진짜 부인은 애인

신세로 전락한 거지. 하지만 애인이 되었다고는 해도 실질적으로는 어디까지나 본처고, 같이 살고 있고, 또 본인도 그렇게 생각하고 있어."

"그래서 돈은 받아냈어?"

"계속 들어봐. 애인으로 전락한 진짜 부인만큼 불쌍한 사람이 없어요. 사실 그녀가 연대보증인이거든. 하지만 공동책임이 있다고 해도 지참금 적금까지 압류해서 강제로 받아내긴 너무 안됐잖아. 너라면 그럴 수 있어? 당연히 못 하겠지?"

"응."

"무리가 가지 않는 상환계획을 세워보자고 괜히 나서서 진심으로 대화하고 고민을 들어준 게 잘못이었어. 이 부인한테, 정확하게 말하자면 지금은 애인이지만 아무튼 이 사람한테 남동생이 있거든 그런데 그 남동생이 여자관계가 복잡해. 하필이면 예전부터 현재 호적상의 부인과…."

고우베의 이야기는 끝없이 계속된다. 계속된다기보다는 발전한다는 표현이 옳을 것이다. 환상의 누각이 쌓여가는 것이다. 듣는 사람은 어차피 지어낸 얘기라고 생각한다. 애초에 고우베만 매번 이렇게 재미

있는 사건에 휘말리는 것은 통계적으로 있을 수 없는 일 아닌가.

그렇게 생각하면서도 굳이 사실을 확인할 정도는 아니다. 듣다 보면 어느새 빠져들어 몸을 앞으로 내밀게 되는 것이다. 심지어 사실이었으면 좋겠다는 생각마저 든다.

그리고 나중에야 시간만 낭비했다는 사실을 깨닫게 되지만 그때는 이미 늦었다. 따지려고 다시 돌아가서 이야기의 모순점을 지적하면 거기서 또다시 이야기가 확장되어 기껏 찾아낸 모순도 어디론가 사라진다.

백로를 까마귀로 둔갑시키는 것도 모자라 지렁이를 사자로 만들고, 심지어 튤립을 타자기로 만들어버리기까지 한다.

놀라운 재능, 아니, 성격이라고 할 수 있다.

"저 녀석, 혹시 '잔소리꾼 고우베'의 후손 아니야?"

이런 소문이 회사에 돌기도 한다. 잔소리꾼 고우베란 잔소리에 이상하게 정열을 불태웠던 인물을 말한다. 누군가 맞장구를 쳤다.

"그럴지도 몰라. 대대로 부모한테 잔소리를 들으며

자란 집안이지. 대를 거듭하는 동안 잔소리도 점점 세련되어진 거야. 그렇다면 그에 맞서는 변명의 기술 또한 동시에 발전해야 한다는 얘기지. 생각해봐, 아침부터 쉴 틈 없이 잔소리를 듣는 일상을….”

“끔찍하겠지. 그런 환경에서 단련됐으니 과장이나 우리가 무슨 수로 고우베를 당해내겠어. 그 녀석 입장에서는 천하장사가 아이와 씨름하는 거나 다름없을걸.”

어딘가 그럴싸하면서도 수상쩍은 설이다. 동료들도 어느새 고우베식 사고방식에 영향을 받은 모양이다. 또 이렇게 생각하며 의아해하는 사람도 있었다.

“그 녀석, 차라리 작가가 되면 좋았을 텐데.”

하지만 그것은 고우베에게 맞지 않는 일이다. 그의 변명은 궁지에 몰릴 때만 튀어나온다. 그 대신 궁지에 몰리면 끝도 없이 쏟아져 나온다. 그런 확신이 있기 때문에 그는 제대로 일하지 않는 것이다.

한순간의 위기에 두뇌 전체를 연소시키고 그 순간 생명의 충만함에 황홀해진다고 할 수 있다.

그를 억지로 작가로 만들면, 어쩌면 글을 쓸 수도 있다. 마감이 코앞에 닥쳐서 벼랑 끝에 몰리면 그땐 글을 쓰겠지. 하지만 왜 마감 직전까지 구상이 떠오르지 않았는가에 대한 이야기만 잔뜩 쓸지도 모른다. 변명 소설이라는 새로운 분야도 한동안은 괜찮겠지만 계속 그런 작품만 쓸 수도 없다

게다가 말은 공기 속으로 사라지고 인간의 기억은 불확실하기 때문에 얼마든지 둘러댈 수 있다. 하지만 활자로 만들면 사라지지 않고 남는다. 즉 곧바로 허점 이 드러나는 것이다.

고우베의 변명은 금방 허점이 드러나는 하루 넘기 기나 임기응변에 불과하다. 그래도 그 순간만큼은 더 할 나위 없이 훌륭하다. 어두운 밤하늘에 일곱 빛깔로 반짝이며 흩어지는, 그 찰나에만 하늘을 지배하는 불 꽃놀이 같은 것이다. 그는 과거나 미래 같은, 있는지 없는지 모를 존재는 믿지 않는다. 오직 현재만을 믿는 것일지도 모른다.

회사의 아침행사인 고우베의 변명. 넋을 잃고 그 이 야기를 듣다가 과장이 간부회의에 참석하는 것을 깜 빡할 때도 있다. 그때마다 부장이 찾아와서 과장에게 호통친다.

"왜 회의에 참석하지 않았지."

그런 경우 고우베가 대신 사과한다.

"말씀 중에 끼어들어서 죄송하지만 과장님 책임이 아닙니다. 전적으로 제 잘못입니다. 사실은 조금 전에 전화가 왔는데 우리 회사의 대형 거래처 중 한 곳이 도산 직전이라는 정보가….."

그 말에는 부장도 놀랄 수밖에 없다.

"뭐? 그게 사실인가. 사실이라면 회의고 뭐고 당장 대책부터 세워야지."

"네, 전화가 온 것은 사실입니다. 하지만 자세히 알아보니 허위 정보였습니다. 악질적인 방해공작이죠. 분명 경쟁사의 음모입니다. 우리 회사와 거래처 사이에 의심의 안개를 퍼뜨리고 그 틈에 끼어들려는 속셈이겠죠. 세상이 참 각박해졌습니다. 부장님께서 회의 시간에 직접 요즘 이런 수법이 판치고 있으니 다들 조심하라고 주의를 주십시오."

"그래야겠군. 그런 수법이 유행하는 줄은 몰랐네."

모르는 게 당연하다. 방금 고우베의 머릿속에 떠오른 이야기일 뿐이니까. 부장은 연신 감탄하며 귀를 기울였다. 고우베는 더욱더 서비스 정신을 발휘했다.

"그 사실을 알려준 사람은 저의 지인인 한 여성입

니다. 어느 회사의 사장 비서로 일하고 있죠. 직무상 당연히 입은 무겁지만 약간 특이한 구석이 있죠. 딱 하나 기묘한 약점이 있는데….”

그렇게 이야기는 또다시 발전해나간다. 마치 마법사의 지팡이처럼 고우베의 혀가 움직이면 그 가상의 여성은 순식간에 실존인물이 되어 생생하게 살아 움직이기 시작한다.

이윽고 고우베는 대화를 점점 점성술 쪽으로 유도하여 부장의 운세가 아주 좋다고 추켜세우고 또 과장의 장점을 슬며시 칭찬한다. 대놓고 말하면 야비한 아첨이지만 운세를 빙자하니 그다지 거슬리지 않는다.

그러면서 고우베는 자신의 운세는 별로 좋지 않다며 자신을 낮춘다. 점성술을 이용한 변명은 편리해서 여러 번 써먹은 수법이다. 이번에는 ‘전파천문학 점성술’이라는 새로운 종류를 만들어냈다. 그리고 그 창시자라는 인물을 창조하고 성격을 부여하여 그 기행을 소개하는 이야기로 이어지는 것이다.

부장은 과장만큼 고우베의 변명에 익숙하지 않아서 효과가 더욱 컸다. 열심히 듣다가 정신을 차리고 시계를 보았을 때는 이미 회의시간은 한참 지나 있었다.

이렇게 고우베는 아무 일도 하지 않고 하루하루를 요령껏 넘기며 살아간다. 곁에서 보면 아슬아슬해 보이지만 애초에 그는 그런 방식밖에 모르니 그다지 힘들 것도 없다.

어느 날, 고우베는 부장에게 불려갔다. 급한 일이라고 한다. 부장은 이렇게 말했다.

"실은 지금 감독관청에서 감독관이 왔는데 큰소리로 화를 내고 있어. 우리 쪽이 잘못했으니 어쩔 수 없지만 달랠 방법이 없어서 곤란하다네. 자네가 잘 대응해주게."

"하지만 저 같은 게….

"아니야, 자네의 변명하는 재능에는 언젠가 아주 감탄했던 기억이 있거든. 그게 생각나지 뭔가."

"무슨 말씀이십니까. 변명이라뇨. 저는 항상 진실만을 말합니다. 교묘한 변명은 졸렬한 진실만 못하다고 한비자(韓非子)라는 책에도 나와 있습니다. 이것이 저의 인생신조로 정직함이야말로….

"뭐 그런 변명은 됐어. 여기서 떠들기는 아까우니까 나머지는 응접실의 감독관 앞에서 하게."

"하지만 뭐가 문제고 상황이 어떻게 된 건지 정도

는 알아야⋯."

"그럴 시간이 없어. 부탁하네⋯."

고우베는 강제로 응접실에 들어갔다. 감독관은 서류를 앞에 두고 굳은 표정을 짓고 있었다. 절체절명의 상황에서 부장은 비정하게도 적당히 인사를 하고 방에서 나가버렸다.

하지만 부장도 불안하기는 마찬가지. 조금 떨어진 곳에서 결과가 어떻게 나올지 초조하게 기다렸다. 그리고 잠시 후, 부장은 눈이 튀어나올 뻔했다.

감독관과 고우베가 담소를 나누며 방에서 나왔던 것이다. 오해는 모두 풀렸다는 듯 마치 오랜 친구처럼 화기애애하게. 감독관이 돌아간 후, 부장은 고우베에게 무슨 변명을 했는지 물어보려다가 그만두었다. 그게 정확한 보고일 것이라는 보장은 어디에도 없었기 때문이다.

그래서 부장은 그저 칭찬만 건넸다. 고우베는 체면을 살렸다.

그러나 열흘쯤 지난 후, 부장은 새파랗게 질려 고우베의 책상으로 다가왔다.

"지난번 감독관한테서 전화가 왔어. 뭔가 엄청나게

화가 나 있더군. 말도 안 되는 거짓말에 넘어갔다면서. 혹시 뭔가 기분 상할 말이라도 했나?"

"그럴 리 없습니다. 저는 진심을 다해 성의껏 마음을 열고 이야기했을 뿐입니다. 분명 뭔가 오해가 있을 겁니다. 설명하면 바로 이해해주실 겁니다."

"다행이군. 실은 그 감독관이 곧 이리 오겠다고 했거든. 잘 응대하게. 나는 끼어들지 않을 테니 자네 하고 싶은 대로 해. 이건 자네 책임이야."

어느새 책임이 전가되었지만 고우베는 싫은 내색 하나 없었다. 이윽고 감독관이 얼굴을 붉히고 찾아왔다. 당장 영업허가를 취소하겠다며 길길이 날뛰었다.

그런데도 고우베가 응대하면 결국 웃으며 돌아가고 마는 것이다.

그 후로 감독관은 거의 열흘 간격으로 찾아왔다. 마치 마약중독자가 약 기운이 떨어져 발작을 일으키며 약을 찾아 달려오는 것 같았다. 실제로 고우베의 변명은 이 감독관에게는 그 정도 기간밖에 효과가 없다. 물론 고우베의 절묘한 변명을 듣고 싶어서 일부러 발작을 일으키는 것일지도 모르지만.

자세한 속사정은 부장도 잘 알지 못했다. 또한 어

떻게 감독관을 구워삶는지도. 전부 맡기겠다고 말했다. 중간에 얼굴을 내밀고 싶어도 그러다 일을 망치기라도 하면 겨우 떠넘긴 책임이 다시 이쪽으로 돌아오고 말 것이다.

어쨌든 감독관은 올 때마다 완전히 납득한 얼굴로 돌아가니 그걸로 충분한 셈이다.

몇 번 이런 일이 반복된 후 고우베가 부장에게 말했다.

"이런 말씀 드리기 죄송하지만 저에게는 재능이 없습니다. 더는 막을 수 없습니다. 감독관이 저로는 안 되겠다며 책임 있는 윗사람을 내놓으라고 합니다."

"농담하지 마. 나는 지금까지의 경위를 모르지 않나. 이건 어디까지나 자네 책임이야."

"그 책임을 다할 수 없게 됐습니다. 사표를 쓰겠습니다."

"잠깐, 자네가 그만두면 도저히 방법이 없어…."

부장은 파랗게 질린 얼굴로 한참 고민하다가 이윽고 명안을 떠올렸다.

"…그래, 음, 이렇게 하지. 자네를 그 책임 있는 윗사람으로 만드는 거야. 그렇다고 당장 부장으로 만들 수는 없고 과장은 좀 약하고. 실장이라는 직책을 만들면 되겠군. 사장님께 말씀드리고 결재를 받아오지."

"그렇게 해주시면 감사하겠습니다. 이걸로 어떻게든 수습이 될 겁니다."

고우베는 이례적인 승진을 했다. 또 전용 사무실도 받게 되었다. 실장이라는 직함에 맞춘 것이기도 했지만 감독관이 화내는 모습을 다른 고객들 눈에 띄지 않게 하려는 목적도 있었다.

감독관은 여전히 열흘 간격으로 찾아왔지만 반드시 웃으며 돌아갔다. 어떤 이야기가 오가는지는 아무도 몰랐다. 하지만 중요한 것은 결과다. 회사의 존속 여부가 그의 손에 달려 있는 셈이었다.

몇 달이 지나 고우베는 사장에게 불려갔다. 딱히 긴장하지는 않았지만 무슨 일인지 짐작이 가지 않았다. 사장실에서 인사를 올렸다.

"무슨 일이십니까."

"일단 의자에 앉게. 자네를 승진시키려고 하네."

"승진이라면 얼마 전에 했습니다. 너무 연달아 승진하면 다른 사람들과 균형이 맞지 않을 것 같습니다만."

"아니, 자네에게는 특수한 재능이 있어. 그 점을 높

이 사서 승진시키려는 걸세. 변명을 잘하는….”

“아아, 사장님마저 그런 말씀을. 저는 그저 있는 그대로를 이야기하고 진심으로 상대를 설득했을 뿐입니다.”

“그걸로 됐네. 그 재능을 활용해주길 바라는 거야.”

“그 말씀은 홍보와 관련된 업무입니까? 그렇다면….”

“아니, 그런 역할이 아니야. 나 대신 이 회사를 운영해줬으면 해. 이제 시대의 변화에 맞춰 젊은 힘을 불어넣고 대대적인 혁신을 해야만 해. 이것은 시대의 요구이기도 하고 회사 관계자들의 요구이기도 하지. 자네처럼 젊고 유능한 인재가 마음껏 역량을 펼쳐주길 바라네. 부탁하네….”

고우베는 다소 어안이 벙벙했다. 꾸지람을 듣는 상황이라면 아무리 절박한 일이라도 아무렇지 않지만 이건 좀 상황이 다르다.

곧 서명과 날인이 갖춰지고 모든 절차가 끝났다.

고우베는 사장실로 출근하게 되었다. 이제는 지각을 해도 아무도 화를 내지 않고, 변명을 할 상대도 없었다. 부하직원을 불러서 날 혼내라고 명령할 수도 없는 노릇이다.

뭔가 맥 빠지는 기분이었다. 앞으로 계속 이렇게 살아야 하나. 삶의 보람을 빼앗긴 것 같았다. 잔소리를 퍼부을 수 있다면 얼마나 좋을까 생각했지만 불행히 그에게 그런 재능은 없었다.

그러나 그 불만도 금세 사라졌다. 수많은 채권자들이 들이닥쳐 빌려준 돈은 어떻게 할 거냐며 물었다. 알아보니 회사는 채무초과 상태로 도저히 손쓸 수 없는 지경이었다. 전 사장은 어디론가 잠적했다. 보통은 사기를 당했다고 분노할 상황이었지만 고우베는 달랐다.

그는 갑자기 활기를 되찾았다. 채권자들을 모두 불러 모았다. 다들 살기등등했다.

"채권은 어떻게 할 거야. 해결 방법을 들을 때까지 돌아가지 않겠어!"

하지만 고우베는 조금도 당황하지 않았다. 그들을 동정하고 때로는 함께 울고 웃으며 자연스럽게 본론으로 끌어들였다.

"…우리 회사는 이제부터 크게 도약할 겁니다. 영업방식을 전면적으로 바꿀 겁니다. 반드시 이익을 올릴 수 있는 사업입니다. 경이적인 이익을 창출해낼 것입니다."

채권자들은 이미 그의 말에 빠져들어 몸을 앞으로 내밀었다.

"그런 줄은 몰랐습니다. 어떤 사업입니까."

"쉽게 말하자면 변명 센터라고 할 수 있죠. 기이하게 느껴지실 수도 있지만 위대한 아이디어가 출현할 때는 누구나 그렇게 느끼는 법입니다. 뒤틀린 사회는 변명을 요구합니다. 그리고 이 뒤틀림은 앞으로 더욱 커질 수밖에 없습니다. 그걸 우리가 맡아서 해결하는 거죠."

"그렇군."

"이거야말로 휴머니즘. 가장 인간적인 사업입니다. 세상의 소금이자 사회의 윤활유가 될 겁니다. 아무리 정교한 컴퓨터를 몇 대씩 들여와도 이 일만큼은 할 수 없습니다. 최후의 산업이자 영원히 번영할 기업입니다. 곧 세계적인 회사로 성장할 것입니다. 선진국의 통계를 봐도…."

고우베는 없는 통계를 만들어내고, 학설을 만들어내고, 그에 대한 비판 이론도 지어내고, 비판을 반박하는 이론도 만들어내고, 통계를 내는 과정에서 생긴 실패담까지 만들어냈다.

"그러셨군요. 정말 참신한 아이디어입니다. 그런데 인재는 있습니까?"

"물론입니다! 일당백의 인재들이죠. 저는 그쪽으로 별 재능이 없어서 관리하는 형태로 사장을 맡고 있는 겁니다. 그러니 저를 기준으로 삼으시면 곤란합니다. 저희 사원들이 얼마나 변명을 잘하는지…."

"믿음직하군요."

"이렇게 장래성 있는 회사는 또 없을 겁니다. 큰돈을 벌 것이 눈에 보입니다. 투자하겠다는 분들도 많습니다. 그 일만 성사되면 여러분의 빚쯤은 바로 갚아드릴 수 있습니다. 변제를 희망하는 분은 말씀해주세요."

고우베는 모든 재능을 쏟아부어 이야기했다. 이야기를 하는 순간만큼은 그에게는 모두 진실이다. 진실만큼 강한 것은 없다. 그것은 자신을 감싸고 타인을 감싸며 하나의 소우주가 된다. 채권자들이 말했다.

"아닙니다. 당장 갚아달라는 말이 아닙니다. 앞으로의 방침을 듣기 위해 찾아온 겁니다. 그렇게 큰 수익이 기대된다면 저희도 좀 더 투자하게 해주십시오.

부탁드립니다."

그리고 고우베의 손을 잡은 후 돌아갔다. 고우베는
사장실로 돌아와 멍하니 휴식을 취했다. 자신이 무슨
말을 했는지 전혀 기억나지 않았다. 그에게 과거란 존
재하지 않는 것이나 마찬가지다. 변명을 해야 하는 자
리에서 벗어나면 아무것도 기억나지 않고 아무것도
생각나지 않는다.

아니, 아무것도 생각하지 않는다고 단언할 수는 없
다. 마음속으로 은밀히 기대하고 있을지도 모른다. 더
많은 자금이 모여 변명 센터가 발족하고 그것이 실패
로 끝나 불같이 화가 난 채권자들이 몰려올 때를. 그
자리에서 변명을 늘어놓을 때의 더할 나위 없는 흥분
과 즐거움을….

대화

그 여자는 조용하고 고상한 거리에 나와 오후 한때를 보내는 것이 일과였다.

가을비가 부슬부슬 내리는 날에는 레인코트를 걸치고, 찬바람이 부는 계절에는 오버코트를 입고, 녹음이 짙은 여름날에는 가벼운 복장으로 언제나 같은 곳을 찾았다.

언제부터인가 개 한 마리가 그녀의 말벗이 되었다. 귀엽고 사람을 잘 따르는 개였다. 그 개에게만큼은 그녀도 마음속 응어리를 털어놓곤 했다.

"2년쯤 전의 일이야. 그 사람은 여기서 나와 헤어

지고 나서 어디론가 사라져버렸어. 난 그 사람을 진심
으로 사랑했고 그 사람도 날 사랑한다고 했는데. 잔인
한 사람이지? 하지만 잊을 수가 없어. 언젠가 다시 돌
아오지 않을까 하고….”

여자는 몰랐다. 남자는 그녀를 버린 것이 아니라
불의의 사고를 당해 그녀에게 마음을 남긴 채 죽었다
는 것을.

여자가 모르는 것이 하나 더 있다.

천사가 남자를 가엾이 여겨 그녀와 헤어지고 싶지
않다는 소원을 들어주었다는 것을. 그리하여 남자의
영혼을 개의 몸에 깃들게 해 지상으로 돌려보냈다는
것을.

그러나 억지로 이루어진 소원인 만큼 그것은 잔혹
한 일이기도 했다. 여자는 개를 향해 매일같이 자신
을 버린 남자에 대한 원망을 슬프게 하소연했다. 한
편 개는 그저 끊어질 듯이 꼬리를 흔들며 작게 짖을
뿐이었다.

조정

조정을 위해 로봇 센터에 보냈던 로봇이 돌아왔다. 현관으로 들어온 로봇은 주인 N씨에게 고개를 숙이며 보고했다.

"지금 돌아왔습니다. 이건 조정을 끝냈다는 증명서입니다."

"좋아. 앞으로도 전처럼 일해 줘."

N씨는 3개월 전에 이 로봇을 샀다. 이때 첨부된 설명서에는 3개월이 지나면 로봇 센터로 보내 조정을 받게 하라는 주의사항이 크게 적혀 있었다. 그래서 그 말을 따른 것이다.

왜 조정이 필요한지는 모르겠지만 굳이 거부할 이유도 없었다. 정교하게 만들어진 물건이니 아마 그렇게 하는 편이 좋을 것이다. 전보다 어딘가 나아져서 돌아왔을 것이 틀림없다.

N씨는 곧바로 로봇에게 명령했다.

"홍차를 끓여와. 하는 김에 푸딩도 만들고. 왠지 달콤한 게 먹고 싶네."

"네⋯."

로봇은 대답했다. 어딘가 확실하지 않은 목소리였다. 그리고 일을 시작하려 들지 않았다. N씨는 또다시 말했다.

"어떻게 된 거야? 홍차와 푸딩을 부탁했잖아."

"네⋯."

로봇은 역시 움직이지 않았다. 어떻게 된 걸까. 지금까지는 명령하자마자 바로 움직여서 척척 일을 처리했는데.

조정을 받고 오더니 상태가 이상해졌다. 아니면 조정 후에는 잠시 움직임이 둔해지는 걸까. N씨는 이리저리 생각해본 후 또다시 한번 말했다.

"홍차와 푸딩을 부탁해."

"네, 알겠습니다."

이번에는 로봇도 확실하게 대답하고 신속정확하게 명령한 음식을 만들어 가져왔다. 전과 똑같은 상태다.

N씨는 안심했다. 작동하지 않게 된 것은 아닌 모양이다. 그래서 N씨는 푸딩을 먹으며 또 다른 명령을 내렸다.

"자, 그럼 오랜만에 그림을 그려볼까. 준비해줘. 캔버스와 물감, 붓을 챙겨줘."

"네….."

로봇은 아까처럼 신통치 않은 대답만 할 뿐 움직이지 않았다. 멀쩡해졌다고 기뻐한 것도 잠시, 역시 어딘가 이상하다.

다시 한번 말해봤지만 움직이려들지 않았다. N씨는 맥이 빠졌다. 그림을 그릴 마음도 사라졌다.

한번 힘껏 차볼까. 그렇게 생각했지만 그만뒀다. 이 묘한 현상의 원인을 밝혀내는 것이 먼저다. 이대로는 불편해서 도저히 사용할 수 없다. 조정은 무슨 조정이야.

로봇에게 불평해봤자 소용이 없다. N씨는 로봇센터에 전화를 걸었다.

"여보세요, 저는….."

N씨는 자신의 이름과 로봇의 일련번호를 말했다. 전화는 담당직원에게 연결되었다.

"무슨 일이신가요?"

담당직원의 목소리에 N씨는 언성을 높였다.

"무슨 일이고 뭐고, 그쪽에서 조정을 받고 온 뒤로 움직임이 완전히 둔해졌어. 멍청한 로봇이 되어버렸다고. 뭔가 잘못된 거 아니야? 다시 제대로 고쳐줘."

전화 너머에서 작은 소리가 들렸다. 담당직원이 N씨의 로봇에 관한 기록을 확인하고 있는 모양이다. 이윽고 답변이 돌아왔다.

"확인했습니다. 그 상태가 정상입니다. 카드를 조회해본 결과 로봇은 정상적으로 조정을 받았고 아무 문제도 없습니다. 저희 센터의 증명서는 신뢰할 수 있습니다."

"뭐가 정상이야. 몇 번씩 명령해야 겨우 움직이는데."

"그게 정상입니다. 고객님께서 지금까지 로봇을 어떻게 사용했는지 생각해보세요."

"그 말은….."

담당직원의 지적에 N씨는 지금까지 로봇을 어떻게 사용했는지 되돌아보았다.

　　실내인테리어를 바꾸는 일을 시킨 적이 있다. 책상과 의자와 피아노를 옮기게 했다. 저쪽으로 옮겨라, 아니, 역시 이쪽이 좋겠다며 이리저리 움직이게 했다.

　　또 벽지를 바꾼 적도 있다. 그러고 나서 너무 화려하다며 다른 색깔의 벽지로 다시 바꾸게 했다.

　　어느 날은 정원 관리를 시켰다. 정원에 장미꽃이 가득하면 좋을 것 같아서 로봇에게 묘목을 심게 했다.

　　그런데 일주일쯤 지나자 마음이 바뀌어서 장미 묘목을 모조리 뽑고 연못을 만들게 했다. 연못에는 분수를 설치하고 금붕어를 풀었다.

　　늘 이런 식이었다.

　　N씨는 전화로 담당직원에게 대답했다.

　　"…듣고 보니 조금 변덕스럽게 사용한 것 같군요."

　　"바로 그겁니다. 로봇 안에는 일종의 기록장치가 들어 있습니다. 어떤 일을 명령받고 그 후 그 일을 통해 이루어진 결과를 무효화시키는 명령을 받으면 회수가 기록됩니다."

"아, 그렇게 된 거였군요."

"저희 센터에서 조사해본 결과, 고객님의 경우 그 회수가 매우 많습니다. 즉 솔직하게 말씀드리자면 변덕스럽고 충동적이며 쉽게 기분이 변합니다. 이러면 너무 비효율적이죠. 그래서 그 성격에 맞춰 로봇을 조정해드린 겁니다."

"명령을 해도 바로 움직이지 않는 건 그래서입니까."

"네, 그렇습니다. 한 번의 명령으로는 움직이지 않도록 조정했습니다. 세 번 명령해야 비로소 움직입니다. 세 번이나 반복해서 말씀하셨다는 건 고객님의 생각이 확고하고 반드시 해야 하는 일이라고 판단할 수 있기 때문입니다. 이렇게 조정함으로써 하지 않아도 되는 일이나, 하고 나서 바로 취소하는 일 등은 많이 줄어들 것입니다."

"세 번 반복해서 명령해야 한단 말입니까."

"네, 충동적으로 명령해서 생각지 못한 사태가 벌어질 일도 없어지겠죠."

담당직원의 설명은 지극히 타당했다. 하지만 왠지 불만스러운 N씨는 잠시 생각한 후 말했다.

"그렇군요. 사정은 알겠습니다. 그게 더 나을 수도

있겠네요. 하지만 역시 불편하군요. 그리고 만약 긴급한 상황이 닥쳤을 때 세 번이나 명령해야 겨우 움직이는 로봇은 너무 미덥지 못하잖습니까. 어떻게 안 될까요?"

"이전처럼 즉각 움직이는 로봇을 사용하고 싶으시다면 방법이 아주 없는 것은 아닙니다."

"제발 알려주십시오."

"당분간 인간조정 센터에 입원하시는 겁니다. 경솔한 점을 없애고 사려 깊은 성격으로 조정하는 거죠. 그 증명서를 가지고 저희에게 오시면 즉시 희망하시는 대로 해드리겠습니다…"

밤의 폭풍

밤 10시 경, 미야코는 자신의 방으로 돌아왔다. 비교적 고급스럽고 시설이 잘 갖춰진 아파트였다. 그녀는 이곳의 한 방에 혼자 살고 있다.

미야코는 후각이 뛰어나고 향을 좋아해서 그 분야를 공부하고 향수 전문점에 취직했다. 이런 집에 살 수 있을 만큼 연봉도 꽤 높았다.

건물은 6층이었지만 그녀의 방은 3층에 있었다.

그녀는 오늘 밤 학창시절 여자친구들과 함께 음악회에 갔다가 식사를 하며 수다를 떨었다. 그래서 늦게 귀가하게 된 것이다.

그렇다고 미야코에게 남자친구가 없는 것은 아니다. 그뿐인가, 히사다 유우지라는 약혼자가 있고 몇 달 후에는 결혼할 예정이다. 평소라면 유우지와 함께 저녁 시간을 보냈겠지만 그는 회사 일로 출장 중이었다.

미야코는 자신의 집 앞에 서서 열쇠로 문을 열고 안으로 들어갔다. 순간 그녀는 설명할 수 없는 감정에 사로잡혔다. 그리고 그것은 그리 좋은 감정은 아니었다.

불길한 예감. 눈에 보이지 않는 불안의 팔이 몸을 휘감는 듯한, 사멸한 공기에 닿은 듯한, 뭐라 형용할 수 없는 느낌이었다.

그녀는 우두커니 서서 망설이면서도 벽의 스위치를 눌렀다. 조명이 켜졌다. 평소와 다르지 않은, 누가 봐도 젊은 여성의 방다운 화사한 풍경이 나타났다. 방 안을 둘러봤지만 누군가 들어온 흔적도 없고 흐트러진 곳도 전혀 없었다.

그런데도 어딘가 이상한 기운이 감돌고 가슴의 술렁거림이 멈추지 않았다. 미야코는 고개를 갸웃거리며 조금 급하게 숨을 쉬었다. 냄새로 이변의 근원을 찾고 싶었다. 그러나 냄새에 민감한 그녀의 감각으로도 그것이 무엇인지 알 수 없었다.

"기분 탓인가. 조금 피곤해서 그렇게 느껴지는 걸까…."

미야코는 중얼거리며 거울을 들여다보았다. 그곳에는 갸름하고 머리가 긴 그녀의 얼굴이 비치고 있었다. 평소와 똑같고 특별히 피곤해 보이지도 않았다. 또 본인도 딱히 피로를 느끼고 있지는 않았다.

어쩌면 유우지를 못 만나는 게 쓸쓸하고 허전해서 그럴지도 몰라. 그게 틀림없다고 그녀는 생각했다.

"오늘 밤은 술이라도 마시고 빨리 자는 게 좋겠어…."

미야코는 선반에서 브랜디 병을 꺼냈다. 그때 방구석에서 전화벨이 울리기 시작했다.

누굴까. 그래, 유우지가 출장지에서 전화를 걸었나봐. 다행이다. 이야기를 나누면 마음의 공허함이 채워지고 이 이상한 기분도 사라질 거야….

미야코는 애써 기운을 내서 수화기를 들었다. 하지만 전화기에서 들려온 것은 유우지가 아닌 낯선 남자의 목소리였다.

"항공사 직원입니다. 대단히 죄송하지만 저희 항공기에 사고가 발생하여…."

일체의 감정을 억누르고 억지로 사무적으로 말하

는 듯한 말투였다. 끔찍한 사실을 알릴 때의 말투. 미야코는 머릿속이 얼어붙고 그 차가움이 심장 쪽으로 내려오는 것을 느꼈다. 물론 목소리는 나오지 않았다. 전화기 너머 남자만이 계속 말을 이었다.

"…승객 중에 히사다 유우지 씨라는 분이 계셨습니다. 저희 회사에서 조사한 결과 가까운 사이라는 것이 확인되어 일단 연락드린 겁니다. 정말 뭐라고 말씀드려야 할지…."

말은 귓속으로 흘러들어왔지만 그대로 머릿속을 빠져나갔다. 너무 갑작스러워서 당장은 슬프지도 않고 눈물도 나오지 않았다. 그저 머릿속이 멍할 뿐….

정신을 차리고 보니 미야코는 의자에 앉아 있었다. TV를 켰다. 화면이 켜지고 웅성거림과 함께 참사현장의 광경이 펼쳐졌다. 그녀는 황급히 고개를 돌리고 전원을 껐다.

그 행위로 인해 미야코는 어느 정도 자신을 되찾았다. 멈춰 있던 생각이 움직이기 시작했다. 뭔가 해야 돼. 하지만 뭘….

공항에 가야 한다. 그녀는 홀린 듯이 일어서 핸드백을 들고 방을 나섰다. 아파트 앞에서 택시를 타고 갈라진 목소리로 말했다.

"공항으로 가주세요."

"네…."

운전사가 대답했다. 늦은 밤 다급히 공항으로 달려
가는 여자에게 운전사는 호기심을 느낀 듯했다. 그러
나 백미러에 비친 그녀의 표정에는 다가갈 수 없는 무
언가가 있었다. 운전사는 불필요한 말을 삼가고 묵묵
히 속도를 높였다.

밤길은 한산하고 차는 빠른 속도로 달렸다. 양옆에
늘어선 집들의 평화로워 보이는 불빛이 차창너머 뒤
로 흘렀다. 미야코는 시선을 떨구고 그 불빛들을 보
지 않으려고 애쓰며 빨리 공항에 도착하기를 빌었다.

그래도 유우지를 만난 후 지금까지 즐거웠던 추억
들이 떠올랐다. 주고받은 모든 말, 함께 웃었던 모든
순간들이 멀리서 빛나는 불꽃놀이처럼 조용히 점멸하
며 몇 번이고 몇 번이고 되풀이되었다.

문득문득 아까 느꼈던 불길한 예감은 바로 이거였
나, 사신이 알려준 걸까, 라고 멍하니 상상했다.

자동차가 멈췄다. 미야코는 차에서 내려 공항으로
들어갔다.

미야코는 마침 눈에 들어온 카운터로 달려가 힘없이 몸을 기대며 그곳에 있는 남자에게 물었다. 목구멍에서 쥐어짜낸 듯한 목소리였다.

"저어, 어디인가요….."

"탑승하시려면….."

"아뇨, 사고 말이에요. 사고 본부는 어디죠."

"다른 분의 짐을 잘못 가져가신 건가요. 그렇다면 본부는 아니지만 저쪽에….."

"아뇨, 비행기 사고 말이에요."

미야코는 큰소리로 외쳤다. 사람을 무시하는 듯한 대응이 참을 수 없이 화가 났다. 그러자 상대도 조금 진지한 어조로 물었다.

"도대체 언제 일어난 사고를 말씀하시는 겁니까?"

"언제라니….."

미야코는 포기했다. 이 남자는 아무것도 모르는 모양이다. 사정을 아는 다른 사람에게 물어보는 게 좋겠다. 그녀는 그렇게 생각하고 주변을 둘러보았다.

그리고 주위의 분위기를 깨달았다. 심야의 공항은 인기척도 거의 없고 고요했다. 소란스러움이나 긴장감 같은 것은 조금도 찾아볼 수 없었다. 미야코는 또

다시 물었다.

"저어, 조금 전에 비행기 사고가 있었을 텐데요."

"아뇨, 그런 얘기는 듣지 못했습니다. 오늘은 날씨가 좋아서 국내선 국제선 모두 정상운항이었습니다. 이런 날은 드물 정도죠…."

"하지만 아까 TV에서…."

"드라마나 다큐멘터리 방송을 보고 착각하신 것 아닙니까? 어디선가 사고가 났다면 공항이 이렇게 한가할 리 없습니다. 의심스러우시다면 저쪽에서 직접 확인해 보셔도…."

졸린 목소리였다. 미야코는 감사 인사를 하고 그곳을 떠났다. 주변은 너무나 평온했다. 신문사나 방송국 기자 같은 사람도 눈에 띄지 않았다. 괜히 확인하러 갔다가는 이상한 사람으로 오해받고 망신만 당할 것이다.

미야코는 다시 택시를 타고 자신의 아파트 주소를 말했다. 그리고 달리는 차 안에서 아무렇지도 않은 말투로 운전사에게 물었다.

"혹시 무슨 사건이라도 있었나요…."

"글쎄요. 계속 라디오를 들었는데 사건 같은 건 없

었습니다. 아, 지금 정시뉴스를 들었는데 무슨 어린이 대회 얘기를 진지하게 하더군요. 오늘은 어지간히 사건이 없었나 봅니다."

아무래도 뭔가 착오가 있었던 모양이다. 미야코는 진심으로 안도했다. 전화 속 목소리도 TV 화면도 머릿속에 선명하게 남아 있었지만….

영문을 알 수 없는 기분으로 그녀는 집에 도착했다. 하지만 안으로 들어서자 역시 그것이 기다리고 있었다. 아까 느꼈던, 정체 모를 불안으로 가득한 공기가….

"환기를 시키는 게 좋겠어."

미야코는 혼잣말을 중얼거리며 창문을 열었다. 그리고 아까 꺼내두었던 브랜디 병을 들어 잔에 따랐다. 그 잔을 들고 창가로 다가가 밖을 내다보았다.

조금 차가운 바깥 공기가 방 안으로 흘러들어왔다. 유우지의 사고도 착오였다는 걸 알았다. 그런데도 초조한 기분은 여전히 사라지지 않았다.

창 밖에는 깊은 밤의 고요한 풍경이 펼쳐져 있었다. 여기에서는 가까이 있는 좁은 골목길을 내려다볼 수 있다. 낮에는 제법 많은 사람들이 지나다니지만 이 시각에는 거의 아무도 없었다.

술 취한 노인 한 명이 비틀거리며 느릿느릿 걷고 있을 뿐. 저래서 무사히 집에 돌아갈 수 있을까. 미야코는 걱정하며 별생각 없이 그 모습을 바라보았다. 노인의 뒤로 길게 그림자가 드리워져 있었다. 아니, 그림자라고 하기에는 너무 길었다….

미야코는 눈에 힘을 줬다. 그것은 그림자가 아니었다. 그녀는 잔을 힘껏 움켜쥐었다. 뱀 같아. 그것도 커다란 뱀. 그녀의 손에서 잔이 미끄러져 떨어지고 바닥에 브랜디가 흩뿌려졌다.

검고 길고 거대한 뱀. 섬뜩한 뱀이 술 취한 노인에게 소리 없이 다가가고 있었다. 눈은 푸르게 빛나고 붉은 혀가 불꽃처럼 날름거렸다.

경고하려고 했지만 바로 목소리가 나오지 않았다. 설령 나왔다 해도 이미 늦었을 것이다. 다음 순간, 뱀은 노인에게 달려들었다. 뱀에게 휘감긴 노인은 고통스러운 비명을 질렀다. 몸부림쳐도 소용없었다. 옷이 찢어지고, 피가 흐르고, 노인의 몸에서 서서히 힘이 빠져나갔다.

겨우 미야코의 목에서 비명이 터져 나왔다.

신발도 신지 않고 방을 뛰쳐나와 소리를 지르면서 계단을 뛰어 내려갔다. 1층 관리인실 문을 두드리자 관리인이 눈을 비비며 나왔다.

"무슨 일이십니까."

"뱀이에요. 지금 뒷골목에서 아주 커다란 뱀이 영감님을….."

관리인은 밖으로 나갔다. 뱀이라는 말에 당황했지만 미야코의 말투는 진지했다. 그 괴리감을 일단 자신의 눈으로 확인하고 싶은 모양이다. 그리고 곧 돌아와서 그녀에게 말했다.

"무슨 일이 일어난 흔적은 없습니다. 대체 어디입니까."

미야코는 샌들을 빌려 신고 함께 뒷골목으로 향했다. 조심조심 그 장소에 가봤지만 찢어진 옷도 핏자국도 없었다. 가로등 불빛이 아무것도 없는 길 위를 비추고 있을 뿐이었다.

고개를 갸웃거리며 관리실로 돌아오자 전화가 울리기 시작했다. 아파트에 사는 한 주민이 미야코의 비명소리를 듣고 무슨 일인지 따지려고 전화를 건 모양이다. 관리인이 그럴듯하게 둘러대쳤지만 미야코는 너무 민망하고 미안해서 사과도 제대로 못 하고 집으로 돌아왔다.

그 형언할 수 없는 공포가 점령하고 있는 자신의 집으로….

뭔가 이상해. 미야코는 이마에 손을 얹었다. 무언가가 일어나고 있는 것은 분명했다. 하지만 원인도 이유도 도무지 짐작할 수 없었다.

비행기 사고도, 커다란 뱀도, 실제로는 아무 일도 없었다.

세상의 일부에 이상이 생긴 게 아니라면 내가 이상해진 걸까. 하지만 그럴 리 없어. 나는 어디까지나 나인걸. 지금까지와 똑같은….

"그렇지?"

미야코는 거울을 마주보며 그 속에 비친 자신에게 미소 지으려 했다. 하지만 그 순간, 두 손으로 입을 틀어막았다. 그러지 않으면 또다시 비명이 터져 나올 것 같았기 때문이다.

거울 속에는 처음 보는 낯선 타인이 있었다. 마흔

살 정도의 여자. 얼굴이 퉁퉁 부은 추한 여자였다. 그리고 미야코와 같은 옷을 입고 똑같이 두 손으로 입을 막고 있었다.

너무 충격적인 광경에 미야코는 눈을 비볐다. 그러자 거울 속의 여자도 똑같이 움직였다. 이게 나란 말이야? 내가 이렇게 변해버린 걸까. 하지만 어째서….

그녀는 시선을 떨구고 격렬한 불안과 싸우며 조심스럽게 다시 거울을 들여다보았다. 거울 속에서도 낯선 얼굴의 자신이 똑같이 슬쩍 눈을 들어 이쪽을 바라보았다….

미야코는 벌떡 일어나서 다시 집을 뛰쳐나왔다. 그리고 1층까지 내려왔지만 다시 관리인을 깨울 수도 없고 그렇다고 어디 갈 곳도 없었다. 혼이 빠진 것처럼 우두커니 서 있을 뿐.

누군가가 그녀에게 말을 걸었다.

"무슨 일 있으세요? 이 시간에…."

돌아보니 이 아파트에 사는 안면이 있는 남자였다. 방송국 쪽 일을 해서 늘 귀가가 늦는 사람이다.

"네, 조금…."

뭐라고 설명해야 할지 몰라 반사적으로 대답하자

남자가 말했다.

"꼭 몽유병 환자 같네요. 감기 걸리지 않게 조심하세요."

그리고 빠른 걸음으로 계단을 올라갔다. 그 뒷모습을 바라보며 미야코는 생각했다. 방금 그 사람은 날 알아보고 인사했어. 그렇다면 내 얼굴은 변하지 않은 것 아닐까.

아파트 입구의 유리에 다가가 얼굴을 비춰보았다. 이번에는 자신의 얼굴이었다. 이상한 일을 반복해서 겪은 탓에 겁에 질린 표정이었지만 그래도 자신이 틀림없었다. 그녀는 깊이 숨을 내쉬었다.

미야코는 또다시 문을 열었다. 아까부터 몇 번이나 이 문을 들락거렸을까. 형체 없는 무언가에 농락당하는 기분이었다. 하지만 이번에는 그녀도 어떤 결심을 하고 있었다.

이 방 안에 분명 뭔가 원인이 숨어 있을 것이다. 영문을 알 수 없는 일들은 모두 방 안에서 일어났다. 밖으로 나가면 환영처럼 사라져버린다. 그 원인을 찾아내야 한다. 어느 정도 이과 쪽 지식이 있었기에 그녀는 이 정도로 생각을 정리할 수 있었다.

미야코는 실내를 돌아다녔다. 등줄기에 느껴지는 한기를 떨쳐내며 주의 깊게 조사를 계속했다. 그리고 마침내 침대 위에 놓인 어떤 물건을 발견했다. 은색을 띤 금속 상자가 그곳에 있었다. 산 기억이 없는 물건이다.

흔히 볼 수 있는 상자가 아니었다. 모서리는 모두 우아한 곡선으로 이루어져 있고 균형 잡힌 아름다운 형태에 고급스러운 광택, 메카닉한 느낌도 풍겼다. 마치 천재적인 전위조각가가 디자인한 보석함 같았다.

그런데도 스며 나오듯 사악한 기분을 발산하고 있었다.

쳐다보기만 해도 기운이 빠지는 듯한 기분이 들면서도 반대로 피가 머리로 역류하는 것 같기도 했다. 불쾌함, 초조함, 공포 같은 것들이 마음속에서 뒤엉켜 소용돌이쳤다. 뇌를 조금씩 갉아 먹히는 것 같기도 했다.

그러나 미야코는 냉정해지려고 노력하며 상자 옆에 새겨진 글자 같은 것을 보았다. 본 적 없는, 물론 의미도 알 수 없는 문자였다. 하지만 185라는 숫자만은 간신히 읽을 수 있었다.

그것만으로는 아무런 실마리도 되지 못한다. 어떻게든 이 물건의 정체를 밝혀내야 한다. 얼굴을 가까이 대려 하자 불쾌감은 더욱 강해졌다. 그러나 그녀는 그 감정에 저항하며 손을 뻗었다.

그때 뒤에서 목소리가 들렸다.

"아, 그거 만지지 마세요. 늦지 않아서 다행이다…."

어딘가 억양이 이상한 말투였다. 돌아보자 젊은 남자가 서 있었다. 몸에 딱 붙는 푸른 옷을 입고 있었다. 낯설다기보다는 이질적인 인상이었다.

이 갑작스러운 침입자를 보고도 미야코는 별로 놀라지 않았다. 아까부터 이어진 기이한 일들 때문에 놀랄 기력은 이미 남아 있지 않았다. 게다가 놀라봤자 나중에는 또 거짓말처럼 사라져버릴 것이 분명하다.

분명히 이 청년도 마찬가지일 거야. 다른 별에서 왔다고 할지도 모르지. 하지만 그런 말에는 더 이상 안 놀라. 그보다 이 상자 같은 물건을 조사하는 게 먼저야. 도저히 모르겠으면 창밖으로 던져버려야지….

또다시 뻗으려던 손을 청년이 막았다.

"안 됩니다. 그건 당신이 만져서는 안 되는 물건이

에요. 착오 때문에 이곳에 와버린 겁니다."

"당신 대체 누구야. 오늘 밤 나한테 일어난 일은 이 상자와 관계가 있는 것 같네. 그렇다면 당신은 악마의 하수인 같은 걸까…."

"그런 것은 아닙니다. 하지만 착오로 폐를 끼쳤으니 조금만 설명해드리죠. 저는 다른 시대의 사람입니다."

"무슨 말을 해도 난 이제 괜찮아. 그래서…?"

미야코의 재촉에 청년은 설명을 시작했다.

"그 물건은 멀리 식민지 행성으로 보낼 물건이었습니다. 이해하실지 모르겠지만 일단 이야기만은 해드리죠. 먼 행성으로 보내려면 평범한 방법으로는 시간이 너무 많이 걸립니다. 그걸 단축하기 위해 시간을 컨트롤하는 방법을 병용하고 있는데, 그 과정에 이상이 생겼는지 시간의 흐름을 거슬러 올라가서…."

"어려운 이야기 같지만 한마디로 그 상자도 당신도 미래에서 왔다는 말이네."

"네. 드물지만 이런 종류의 사고가 발생할 가능성은 예측하고 있었죠. 그럴 경우 물건을 회수하는 것이 저의 임무입니다."

청년의 말투는 진지했고 미래에서 왔다는 말도 거

짓으로 들리지는 않았다. 그가 입고 있는 옷의 재질도, 디자인도 현대의 것이 아니었다. 미야코는 청년의 몸에서 미래의 냄새를 맡았다. 전류나 광선, 우주, 스테인리스가 어떠한 매개를 통해 향기를 발산한다면 이런 냄새가 아닐까 싶을 정도였다.

"미래라면 얼마나 먼 미래에서 온 거지?"

"185년 후입니다."

미야코는 살짝 고개를 끄덕였다. 아까 봤던 숫자도 185였다.

"그런데 이건 어떤 작용을 하는 장치야?"

"주변 인간의 마음에 반응해서 부정적인 생각을 증폭시켜 환각으로 보여줍니다."

그 말을 들으며 미야코는 깨달았다. 그러고 보니 유우지를 걱정한 순간 비행기 사고 소식이 들려왔다. 길을 걷는 노인을 걱정하자마자 뱀이 나타났다. 또 자신이 이상해진 것은 아닐까 걱정하며 거울을 보았더니….

끔찍한 작용이네. 인공적으로 강한 악몽을 발생시켜 주변 인간을 감싸고 견딜 수 없는 기분을 느끼게 하는 장치란 말이지. 이걸 어디에 쓰려는 걸까. 분명 고문 같은 것에 사용하겠지.

그러고 보니 식민지로 보낸다고 했었지. 반항하지 못하도록 붙잡은 사람들을 이 장치와 함께 방에 가두고 끝없는 고통을 안겨주며 괴롭히기 위한 도구인가 보네.

그 광경을 상상하며 미야코는 몸서리쳤다. 다시 청년을 바라보자 천진하면서도 조용한 미소를 짓고 있었다. 그것을 깨달은 순간 그녀의 마음은 한층 싸늘해졌다. 웃으면서 이 악마 같은 장치로 사람을 고문하다니….

"빨리 가져가. 다시는 이런 실수하지 말고."

"물론 그렇게 하겠습니다. 물건이 과거로 흘러드는 것을 저희도 가장 경계하고 있습니다."

"미래로는 어떻게 돌아가지?"

"본부의 장치를 이용해서 저를 보낸 겁니다. 저의 체류시간도 이제 얼마 남지 않았습니다. 곧 시간이 다 되어 저는 자동으로 돌아가게 되어 있습니다. 사실은 좀 더 얘기를 나누고 싶지만…."

청년은 아쉬운 듯이 침대 위의 장치를 들었다. 미야코는 고개를 저으며 말했다.

"난 얘기하기 싫어. 빨리 사라져. 미래에 태어나지

않길 잘했어. 끔찍한 고문도구로 괴롭힘당하지 않아도 되니까."

시간이 다 됐는지 청년의 모습이 흐릿해지기 시작했다. 하지만 목소리는 아직 또렷했다.

"오해하시나보군요. 이건 고문도구가 아닙니다. 우리 시대는 너무나 평온해서 지구뿐 아니라 식민지마저 만족과 평안만이 가득합니다. 이건 그 어쩔 수 없는 지루함을 해소하기 위한 물건입니다. 우리 시대에 가장 널리 퍼져 있는 오락용품…."

말이 끝나기도 전에 청년의 모습은 손에 든 장치와 함께 사라졌다. 아무것도 남기지 않고….

하지만 사라지기 직전 청년의 얼굴에 떠오른 부러워하는 듯한 표정. 미야코는 그 표정을 똑똑히 보았다. 인공적으로 신경을 자극하지 않아도 세상에 긴장과 불안이 존재하는 이 시대. 그 청년에게는 오히려 동경의 시대일지도 모른다. 이제 확인할 길은 없지만 미야코는 문득 그렇게 생각했다.

형사를 자칭하는 남자

땅거미가 질 무렵 번화가. 나는 앞서 걷고 있는 청년에게 말을 걸었다.

"이봐, 잠깐 거기 서."

청년은 지저분한 옷을 입고 초조한 걸음걸이로 걷고 있었다. 뒤를 돌아본 그는 경계하는 눈빛으로 쳐다보다가 급히 달려가려 했다. 그 기선을 제압하듯 날카로운 목소리로 말했다.

"도망치지 마. 나는 형사다. 멈춰라."

청년은 멈춰 서서 불만스럽게 말했다.

"무슨 일이죠. 그런 무례한 말투로 사람을 부르다

니. 볼일이 있으면 좀 더 정중하게 말씀하시죠."

"불평하지 마. 수상한 점이 있어서 잠시 심문하려는 것뿐이다."

실랑이를 하는 동안 어느새 주변에 인파가 몰려들었다. 세상에는 한가한 사람이 많은 것 같다. 아니, 호기심이 모든 것을 이기는, 사건을 좋아하는 사람들일지도 모른다. 청년은 모두의 시선을 받으며 어깨를 으쓱하고 말했다.

"형사인지 뭔지 모르겠지만 지나가는 사람한테 망신을 줘도 되는 겁니까. 범인이라면 몰라도 아무 죄 없는 사람을."

구경꾼들 중에는 청년을 응원하는 사람도 있었다. 내가 쏘아보자 그는 슬그머니 몸을 숨겼다. 옆의 레스토랑 문을 열고 그곳 주인에게 부탁했다.

"사실 저는 형사입니다. 이 남자를 불심검문하고 싶은데 보시다시피 길에서는 힘들 것 같아서요. 빈 방이 있으면 잠시 써도 될까요."

"그럼요, 들어오세요. 경찰을 위해서라면 협력해야지요. 자, 이쪽으로 오시죠."

주인은 흔쾌히 승낙하며 작은 방으로 안내해줬다.

나는 다시 이야기를 시작했다.

"여기라면 괜찮겠지. 먼저 주머니 속에 든 물건을 보여라."

"대체 무슨 근거로…."

"찔리는 구석이 없다면 순순히 시키는 대로 하는 게 좋지 않을까. 그래야 빨리 끝날 텐데."

어떻게든 반항하려는 것을 강제로 조사하자 주머니에서 꽤 두툼한 돈다발이 나왔다. 그 돈을 들이밀며 말했다.

"역시나. 이건 뭐지?"

"모르세요? 돈인데요. 지폐."

"그건 나도 알아. 어디서 났지."

"글쎄요…."

"이거 봐. 말 못 하는군."

"제가 번 돈이에요."

"무슨 일을 해서 벌었나."

"이것저것이요."

"예를 들면 어떤 일?"

"글쎄요…."

"거 봐라. 횡설수설하잖아. 정당한 돈이 아니라는

게 확실하군. 이 돈은 증거품으로 일단 압수하겠다. 자, 네 직업은 뭐지? 솔직하게 대답해. 속이려 들면 더 복잡해질 거다."

수첩을 펼치고 연필을 손에 쥐며 물었다. 청년이 대답했다.

"할 수 없군요. 솔직하게 말씀드리죠. 저는 형사입니다."

"뭐라고. 장난 그만해. 너 같은 형사가 어디 있나. 아까 주머니를 뒤졌을 때 형사라는 걸 증명할 만한 건 아무것도 없었잖아."

내가 거듭 묻자 청년은 아까와는 달리 침착한 태도로 말했다.

"그럴 만한 사정이 있습니다. 특별한 임무 때문입니다."

"무슨 임무지?"

"실은 요즘 가짜 형사에게 당하는 피해자가 늘고 있습니다. 선량한 시민이라는 사람들은 여럿이 모여 있으면 아까처럼 경찰의 횡포라고 소리치지만 막상 혼자가 되면 금방 굽신거리죠. 그 틈을 타서 협박하고 증거품이라며 소지품을 빼앗아가는 겁니다. 그런 범죄자를 방치해둘 수는 없죠."

"그랬군…."

"왜 그러십니까. 갑자기 당황하시고. 그러니까 저는 바로 알 수 있습니다. 경찰수첩이 진짜인지 아닌지 말이죠. 보아하니 그 수첩, 제법 잘 만들긴 했지만 표면의 광택이 조금 다른 것 같은데요…."

상대의 말에 점차 힘이 실렸다. 나는 한숨을 쉬며 고개를 숙였다.

"거기까지 아신다면 어쩔 수 없네요. 용서해주십시오. 장난삼아 한 일입니다…."

"그렇게 가볍게 넘어갈 수 있을 것 같아? 왜 이런 엄청난 짓을 한 거지?"

상대가 기세등등하게 말했다. 나는 우물쭈물하며 대답했다.

"사실은, 저어, 미스터리 소설이라도 써보려고, 범죄의 실체를 경험해보고 싶어서…."

"말도 안 되는 변명 집어치워. 아까 말투를 보니 꽤나 익숙한 것 같던데. 초짜가 흉내 낼 수 있는 수준이 아니었어. 상습범이지?"

"아뇨, 전에 한두 번 정도…."

"웃기지 마. 수십 번은 했을 텐데. 자, 솔직하게 말해봐…."

"네, 죄송합니다. 다시는 안 그러겠습니다. 제발 봐주세요…."

계속 사과하는 내 말은 들은 척도 하지 않고 그는 내 주머니를 뒤져 다이아몬드가 박힌 브로치 상자를 꺼냈다.

"이건 뭐지. 나쁜 짓을 해서 번 돈으로 샀겠지?"

"네. 단골 술집여자한테 선물하려고…."

"어처구니없는 녀석이군. 그냥 넘어가진 않을 줄 알아라."

"제발 좀 봐주세요. 앞으로는 손을 씻겠습니다. 그 다이아몬드도 드릴게요. 부탁입니다, 못 본 척해주세요. 원하신다면 나중에 돈을 더 가져다드릴 수도 있어요. 이 일이 세상에 알려지기라도 하면 제 지위도, 명예도, 가정도 전부 엉망이 됩니다. 자살할 수밖에 없어요…."

나는 울먹이며 계속 부탁했다. 그는 이런저런 말을 늘어놓으며 다이아몬드를 만지작거리더니 그것을 자신의 주머니에 넣고 말했다.

"형사라고 해서 피도 눈물도 없는 괴물은 아니야. 용서할 수 없는 녀석이긴 하지만 뭐, 생각해볼 수도 있지. 이 다이아몬드는 압수한다."

"가, 감사합니다. 당신은 신 같은 분이십니다. 앞으로는 마음을 고쳐먹고 세상과 사람들을 위해⋯."

반성의 말을 늘어놓자 그는 고개를 끄덕이며 내게 물었다.

"지위니 명예니 거창한 소릴 하는데 도대체 본업이 뭐냐?"

"그것만은 말할 수⋯."

"아니, 꼭 들어야겠는데. 말하지 않으면 당장 경찰에 연행하겠다."

"그건 싫어요. 그렇다고 솔직하게 말하면 앞으로 계속 따라다니면서 몇 번씩 돈을 뜯어갈까 봐⋯."

"뭘 그렇게 중얼거리나. 사실대로 말해."

그가 날카로운 어조로 말했다. 나는 대답했다.

"형사입니다."

"웃기는 소릴 하는군. 형사라면 왜 비굴하게 사과했지."

"극비 임무를 수행 중이기 때문입니다. 요즘 비리

형사가 횡행한다는 소문이 있습니다. 범인을 궁지에 몰아넣고는 은밀하게 거래를 해서 사건을 유야무야로 만들고 보고를 하지 않습니다. 이래서는 악당만 활개 치고 경찰의 위신은 땅에 떨어집니다. 이 사태를 바로 잡기 위해 본부 직속으로 일하고 있습니다. 그래서 일부러 진짜 수첩은 안 갖고 다닙니다."

"거짓말하지 마. 그런 게 어디 있어. 이 가짜 형사놈."

그가 언성을 높였다. 나도 질세라 소리쳤다.

"가짜 형사는 그쪽이겠지. 만약 진짜라 해도 비리 형사일 뿐이야. 그것도 아니면 저 돈다발을 훔친 범인이거나."

끝없이 말싸움을 하고 있을 때 레스토랑 주인이 얼굴을 내밀었다.

"아까부터 여기서 두 분의 이야기를 듣고 있었습니다. 아주 복잡한 상황이군요. 이렇게 하시죠. 저희 가게에 전화가 있으니 경찰에 연락해서 누굴 부르면 금방 해결되지 않겠습니까?"

나는 말했다.

"얘기를 들으셨다면 아시겠죠. 저는 특별 본부 직속입니다. 비리 형사 조사는 공개적으로 진행할 수 없어요. 본부장외에는 아무도 모릅니다. 그러니까 경찰에 연락해봤자 저에게는 도움이 되지 않습니다."

옆의 녀석도 똑같은 말을 했다.

"저는 직무상 수첩마저 갖고 있지 않습니다. 상사도 동료도 밖에서는 저를 모른 척하기로 되어 있습니다. 지원을 부탁하면 비밀 임무가 탄로 납니다…."

그러자 레스토랑 주인이 히죽 웃으며 나에게 말했다.

"당신, 사실은 형사도 뭐도 아니죠?"

레스토랑 주인답지 않은 박력 있는 말투였다. 나는 말없이 시선을 떨궜다. 주인은 또다시 옆에 있는 녀석에게도 말했다.

"당신도 마찬가지겠죠. 애초에 경찰이 이렇게 번거로운 일을 할 리가 없잖습니까."

"아, 네, 잘 아시는군요…."

옆에 있는 남자도 순순히 인정하는 분위기였다. 그러자 주인이 말을 이었다.

"사실은 제가 바로 진짜 형사입니다…."

"뭐라고요…?"

놀라서 되묻자 주인은 소리 높여 웃으며 말했다.

"라고 말하고 싶지만 아닙니다. 하지만 두 분 다 대

단하시군요. 엿들으면서 감탄했습니다. 엄청난 재능과 배짱입니다. 악당 중에서 이렇게 대담하고 끈질긴 사람은 처음 봅니다. 마지막까지 희망을 버리지 않고 맞서고, 자신의 입장을 속이고, 상대의 약점을 민감하게 감지한 후 순식간에 반격으로 전환하는군요. 훌륭합니다. 어떻습니까, 제가 한 턱 내도 될까요?"

우리는 어리둥절한 표정을 지었다. 주인이 설명을 이어갔다.

"두 분을 믿고 밝히지요. 동료가 되어주십시오. 이 복잡하고 혼란스러운 시대에 당신들 같은 사람이야말로 더욱 실력을 발휘해야 합니다. 저는 레스토랑을 운영하며 세상의 눈을 속이고 있지만, 실은 굵직한 일들을 꽤 많이 해왔습니다. 협력자가 있으면 수확도 더 커지겠지요. 지금까지의 성과는 우선 세관을 무대로 한 사기, 보석 밀수, 수표와 어음 위조, 은행 협박…."

주인이 줄줄이 늘어놓았다. 적당한 타이밍을 노려 나는 주인에게 달려들었다. 주인은 저항했지만 옆의 남자도 달려들자 곧 얌전해졌다.

우리는 얼굴을 마주보며 말했다.

"보기 좋게 덫에 걸렸군. 일련의 사건을 일으킨 주

범이 여기 있는 것 같다고 짐작은 했지만 도무지 확실하게 알 수 없어서 곤란했는데. 고심 끝에 세운 작전이 드디어 결실을 맺었네."

"그래, 이걸로 해결이야. 이 녀석, 경찰이 그렇게 번거로운 연극을 할 리가 없다고 했지. 완전히 빗나간 추측이군…."

서로 어깨를 두드리며 우리는 처음으로 웃었다.

안전한 맛

"휴, 우주여행도 좋지만 이 지루함은 정말 견디기
힘들군."

우주공간을 비행하는 우주선 안에서 탐험 대원 한
명이 말했다. 그러자 다른 한 명이 하품 섞인 목소리
로 대답했다.

"그러게 말이야. 지구에서 챙겨온 영상은 전부 열
번씩 돌려봤어. 책도 다 읽었고. 계속 자는 것도 지겨
워. 하지만…."

"하지만 뭐?"

"이런 건 참을 만 해. 제일 참을 수 없는 건 매일 똑

같은 음식을 먹어야 한다는 거야. 영양도 있고 맛도 나쁘지 않지만 이렇게 매일 같은 것만 먹으니까 즐거움도 감격도 전혀 없어. 맛이 없어도 되니까 뭔가 색다른 걸 먹어보고 싶어."

"음, 그건 동감이야."

그렇다고 이 불만을 누구에게 털어놓을 수도 없다. 버튼을 누르면 자동조리기가 식사를 만들어주기 때문이다. 다이얼을 돌리면 몇 종류의 요리가 나오기는 하지만 이렇게 반복하다보면 전부 질리기 마련이다. 어느 별에 착륙해서 탐사라도 하면 그나마 기분전환이 되겠지만 항해 중에는 어쩔 방법이 없다.

대장이 모두를 달래듯이 말했다.

"그 마음은 잘 알지만 조금만 더 참아라. 이제 며칠만 지나면 어느 행성에 착륙할 수 있다. 그 별에는 동식물이 존재할 거야. 그걸 재료로 삼으면 신선하고 색다른 음식을 만들 수 있을 거다."

"정말입니까. 위로하려고 하는 말씀은 아니죠?"

"확실하다. 이 방향으로⋯."

대장이 성도(星圖)를 가리키며 설명했다. 모두가 그 말에 기대를 걸며 조금 기운을 차렸다.

우주선은 비행을 계속했다. 이윽고 별 하나가 차츰 커지기 시작했다. 목표로 삼았던 별에 접근하기 시작한 것이다. 관측실의 보고도 점차 희망적으로 변했다.

"행성에 대기와 물이 존재하는 것 같습니다."

그리고,

"행성에 식물이 있는 것 같습니다. 아마 동물도 있을 겁니다."

좀 더 가까워지자,

"어느 정도 문명을 가진 주민이 있는 것 같습니다. 도시 같은 것이 보입니다."

그 말에 우주선 안의 대원들은 웅성거리며 서로 대화를 나눴다.

"어느 정도 문명을 가졌을까?"

"너무 흉포한 놈들만 아니면 좋겠는데…."

그런 분위기 속에서 대장이 명령을 내렸다.

"천천히 고도를 낮추며 잠시 상황을 살펴보자."

우주선은 행성 주위를 돌며 조금씩 지표면에 접근했다. 공격을 받으면 즉시 도망칠 수 있도록 조심한 것이다. 하지만 그런 일은 일어나지 않았다. 주민들의 움직임을 관찰한 결과, 아직 우호적이라고 단정하기는 일러도 적의를 가진 집단은 아닌 듯했다.

그리하여 우주선은 초원에 착륙했다. 목장인지 가축 같은 동물들이 굉음에 놀라 사방으로 흩어졌다. 근처에는 작은 마을이 있고 멀리 도시도 보였다. 이런 지점을 선택한 이유는 우선 소수의 주민과 접촉하여 진짜로 우호적인지 확인하기 위해서였다.

"자, 우주선에서 내려 마을로 가보자. 무슨 일이 일어날지 모르니 무기는 꼭 챙기고. 그리고 통역기도 잊지 말아라."

대장이 명령했다. 그는 늘 신중한 성격으로 어떤 상황에서도 결코 방심하지 않는다. 대원들은 그를 따라 걸어서 마을로 향했다.

마을 주민들도 호기심 어린 표정으로 대원들을 바라보았다. 무기 같은 것도 갖고 있지 않고 경계하는 기색도 아니었다. 양쪽의 거리가 어느 정도 좁혀지자 대장은 멈춰 서서 말을 건넸다.

"여러분, 우리는 지구라는 별에서 우주를 넘어 찾아왔습니다. 여러분께 해를 끼칠 생각은 조금도 없습니다."

통역기 다이얼을 돌려가며 몇 번이나 반복한 끝에

상대와의 대화에 성공했다. 마을 주민들은 이렇게 대답했다.

"잘 오셨습니다. 진심으로 환영합니다. 부디 우리 마을에서 잠시 쉬어가세요. 정성껏 대접하겠습니다."

대원들은 안심했다. 서로 첫인상은 나쁘지 않았던 모양이다. 모두 안내를 받아 마을의 한 집에 들어갔다. 아름다운 석조 건물로 곳곳에 꽃이 장식되어 있고 벽에는 이국적인 문양이 그려져 있었다. 온화하고 섬세해서 싸움과는 거리가 먼 분위기였다.

"잠시 쉬고 계십시오."

주민들이 물러갔다. 하지만 대원들은 휴식보다 주위의 신기한 풍경에 정신이 팔렸다. 실내 사진을 찍는 사람도 있었다. 그러던 중, 방 안을 돌아다니던 한 사람이 소리쳤다.

"이건 뭘까. 맛있는 냄새가 나는데."

그가 가리킨 것은 도자기로 만든 용기였다. 안에는 걸쭉한 액체가 들어 있었다. 모두가 주위로 몰려들었다. 정말로 맛있는 냄새였다. 누군가가 꿀꺽 침을 삼켰다.

휴대용 검사기로 조사한 결과 유해하거나 유독한

성분도 없고 위생적으로도 문제가 없었다. 그러자 한 사람이 더는 참지 못하고 손으로 찍어서 핥아보았다.

"맛있다. 진짜 괜찮은데."

다른 사람들도 그를 따라 맛을 보았다. 우주식에 질렸기 때문만이 아니라 실제로 맛이 좋은 액체였다. 하지만 언제까지고 그 맛을 즐길 수는 없었다. 망을 보던 대원이 주의를 주었다.

"주민들 온다. 꼴사나운 모습 보이지 말아라."

모두가 용기에서 떨어져 아무 일도 없었던 척하고 있을 때 안으로 들어온 주민이 말했다.

"오래 기다리셨죠. 일단 과일부터 드시죠."

커다란 접시 위에는 아름답고 향긋한 과일이 담겨 있었다. 하지만 대원들은 방금 맛본 액체가 더욱 궁금했다. 가능하면 그 액체를 실컷 마시고 싶었다. 그 마음을 대변하여 대장이 넌지시 물었다.

"만나자마자 질문을 드려서 죄송하지만 저 용기 안의 액체는 뭡니까. 무척 흥미로워서요."

주민은 미안한 듯이 말했다.

"죄송합니다. 너무 갑자기 오셔서 치울 틈이 없었습니다…."

"뭔데 그러십니까? 저희는 그저 알고 싶은 것뿐입니다."

"아, 굳이 말씀드릴 정도의 물건은 아닙니다. 비료입니다."

그 말에 일동은 얼굴을 찌푸렸다. 이상한 걸 먹어버렸다. 해롭지는 않다지만 기분이 좋지는 않았다. 대장은 갈라진 목소리로 물었다.

"뭘로 만든 겁니까?"

"도시에서 만든 합성비료입니다. 작물이나 과일나무는 전부 그걸로 키웁니다. 이 과일도 그렇죠. 자, 어서 드십시오."

"그럼…."

모두 손을 뻗었다. 만일을 위해 검사기로 조사했지만 이상은 없었다. 그리고 과일이라면 별문제 없겠지. 비료의 맛을 입안에서 씻어내기 위해 대원들은 과일을 먹기 시작했다.

훌륭한 맛이었다. 조금 전의 비료도 맛있었지만 그 몇 배는 뛰어났다. 모두 앞다투어 입에 넣을 정도였다. 지구의 최고급 과수를 교배하고 접붙여도 이런 과일은 만들 수 없을 것이다. 지구뿐만 아니라 지금까지 방문했던 어떤 행성의 음식보다 뛰어난 맛이었다. 금방 바닥난 접시를 보고 주민은 말했다.

"맛있게 드신 것 같아서 기쁩니다. 배가 고프신 것 같으니 이번에는 고기 요리를 대접해드리겠습니다. 입에 맞으셨으면 좋겠네요."

잠시 기다리자 고기 요리가 나왔다. 유제품으로 만든 듯한 요리도 함께였다. 그 음식들의 냄새도 말로 표현할 수 없을 만큼 굉장했다. 과일을 꽤 많이 먹었는데도 오히려 식욕을 더욱 자극했다. 입안에 침이 끊임없이 고이고 위에서 꼬르륵 소리가 났다.

먹어보니 기대를 저버리기는커녕 그 이상으로 맛있었다. 입은 물론 식도를 따라 위장까지 맛이 스며들었다. 온몸의 내장을 녹이는 듯한 맛이었다. 감동에 몸이 떨렸다. 대장은 저도 모르게 말했다.

"정말 훌륭한 요리군요. 그야말로 우주 최고라고밖에 표현할 수 없습니다. 어떻게 만드신 겁니까?"

"이렇게 칭찬해주시니 영광입니다. 별로 특별한 조리법은 없습니다만…."

"하지만 이 정도 요리라면 뭔가 비결이 있을 텐데요?"

"비결이라고 할 만한 것도 없습니다. 어쩌면 재료 때문일지도 모르지요."

"무슨 말씀이신지…."

"저희가 발견한 이론에 따르면 맛있는 것을 써서 키우면 더욱 맛있게 자랍니다. 다시 말해 맛있는 식물을 만들려면 맛있는 비료를 써야 한다는 거죠."

"그렇군요…."

모두 수수께끼가 풀린 듯이 고개를 끄덕였다. 아까 그 비료를 떠올렸기 때문이다. 비료에 들어 있는 맛있는 성분이 식물 속에 축적되어 더욱 고차원적인 맛이 만들어지는 것이다. 그래서 과일이 그렇게 맛있었던 모양이다. 주민은 설명을 계속했다.

"그렇게 자란 식물을 먹여 가축을 기릅니다. 그게 바로 지금 드신 고기 요리입니다."

"그랬군요. 정말 놀라운 식품문명입니다."

대원들은 감탄의 한숨을 내쉬었다. 감탄하며 요리를 먹고 요리를 먹으며 감탄했다. 그리고 전부 깨끗이 먹어치웠다.

주민들이 숙소를 제공하겠다고 제안했지만 대장은 모두에게 명하여 우주선으로 되돌아갔다. 전원 돌아오자 대장은 명령을 내렸다.

"자, 당장 출발한다."

"무슨 말씀이세요? 이렇게 좋은 별을 벌써 떠나는 겁니까. 도착한 지 얼마 되지도 않았고 주민들도 우호적인데."

"그래. 하지만 이건 명령이다."

모두 불만스러워하면서도 명령을 따랐다. 우주선은 분사와 함께 하늘로 상승했다. 이윽고 멀어져가는 미식의 별을 바라보며 대장은 말했다.

"이유를 설명하지. 식사에 정신이 팔린 우리를 바라보던 주민들의 표정을 눈치챘나? 식욕을 자극받은 듯한 얼굴이었다. 아무리 우호적이라도 그들은 어디까지나 우리와는 다른 종족이야. 맛의 유혹에 굴복하면 언젠가 본색을 드러낼지도 모른다."

"몰랐습니다. 그러고 보니 그들의 이론대로라면 그럴 수도 있겠군요."

"또 하나 간과한 점이 있다. 좀 더 오래 머물렀다면 우리 자신 속에도 그와 똑같은 감정 혹은 충동이 솟아났을 것이다. 어쨌든 불행한 결말은 피할 수 없지. 빨리 떠나는 게 위험과 비극을 피할 수 있는 유일한 길이다."

"그럴 수도 있겠군요."

모두 이성을 되찾은 얼굴이었다. 이윽고 식사시간
이 되자 대원들은 기계가 만든 단조로운 요리를 먹었
다. 지겹기 짝이 없는 맛이었다. 하지만 이것이야말로
안전한 맛이기도 했다.

차이

한 여자가 신경과 의사를 찾아왔다. 나이는 서른 살 쯤. 제법 미인에 속하지만 표정에 깊은 그늘이 드리워 져 있었다. 아마도 내면의 심한 고민 탓일 것이다. 물 론 고민이 없고 정신적으로 건강하다면 이곳에 올 필 요가 없다.

그녀를 맞이한 의사는 침착한 목소리로 말했다.

"무슨 일로 오셨습니까."

"그게, 저어⋯."

여자는 말을 망설였다. 이것도 드문 일은 아니다. 처음부터 거침없이 이야기를 시작하는 환자는 그리

많지 않다. 그 긴장감을 풀고 편히 말할 수 있도록 해주는 것이 바로 의사의 기술이다.

"말을 하지 않으면 도와드릴 수가 없습니다. 마음을 편히 가지세요. 처음부터 말씀해 보실까요? 말하고 싶지 않은 부분은 굳이 말하지 않으셔도 괜찮습니다. 얘기하실 마음에 들 때까지 기다리겠습니다."

의사의 말에 여자는 겨우 입을 열었다.

"사실은 제 남편 때문에…."

"남편분께 무슨 일이라도 있습니까?"

"어디부터 말씀드려야할지 모르겠네요. 몇 년 전 일이에요. 어느 날 남편이 외출했다가 그길로 소식이 끊겼어요. 그날 이후로 아무런 연락도 없고…."

"흠, 실종됐단 말이군요. 하지만 그런 일이라면 잘못 찾아오신 것 같습니다만. 경찰에 상담하셔야죠."

의사는 어디까지나 냉정한 말투였다. 반면 여자는 북받쳐 오르는 감정을 억누르려 애쓰며 말했다.

"물론 그렇게 했어요. 경찰에서는 남편이 다니던 회사분들과 협력해서 정말 열심히 찾아주셨죠. 하지만 아무 수확도 없었어요."

"어쩌면 어디선가 사고를 당했거나 자살하셨을 수

도….”

의사는 여전히 담담했다. 여자는 시선을 떨구며 대답했다.

“네….”

“섣부른 짐작일지 모르지만 남편분의 행방과 생사가 확실치 않아서 마음을 정리하지 못했고 그것이 마음속에 쌓여 정신적 균형이 무너지기 시작했다, 이렇게 생각하면 될까요?”

여자는 당황한 듯이 살짝 웃었다.

“아뇨. 이야기는 아직 시작도 안 했어요. 게다가 저는 포기가 빠른 편이거든요. 조사해도 모르는 일을 두고 계속 고민해봤자 소용없다고 마음을 정했죠.”

“그렇습니까. 괜한 소릴 했군요. 실례했습니다. 그럼 그 후로 어떤 생활을….”

“생활은 힘들지 않았어요. 남편이 남긴 재산이 있었으니까요. 남자친구들과 어울리며 꽤 즐겁게 지냈답니다.”

“그렇다면 굳이 이런 신경과를 찾아오실 필요가 없을 텐데요.”

의사가 반박했다. 남편이 실종됐지만 딱히 슬프지

않고 오히려 즐겁게 잘 지냈다고 한다. 그렇다면 여긴 왜 왔는지 반박하고 싶기 마련이다.

어쩌면 그 뒤에 사정이 더 있을지도 모른다. 하지만 이렇게 반박해두면 오히려 더 이야기에 열중하는 사람도 많다. 그 작전이 성공했는지 여자는 계속 말을 이었다.

"하지만 놀기만 해서는 돈이 오래가지 않잖아요. 그래서 남편의 생명보험금을 받으려고 했죠. 이런 경우에는 바로 받을 수 없고 일정기간이 지나야 한다더군요. 그런데 그 기간이 곧 끝나서 보험회사에 교섭을 하러 갔죠."

"그렇군요. 동의합니다. 보험금을 받는 것은 정당한 권리니까요. 그래서 어떻게 됐습니까."

"사정을 이야기했더니 보험회사 직원은 무척 동정해줬어요. '저희 회사의 최우선 목표는 고객님의 행복입니다. 물론 실종 상태로 기한이 지나면 바로 지급해드리겠습니다' 라고 하더군요."

"당연히 그래야죠…."

의사는 가볍게 맞장구를 치며 여자의 다음 이야기를 기다렸다. 그러나 아무리 기다려도 여자의 입은 열

126

리지 않았다. 얼굴은 새파랗게 질려 있었다. 의사가 재촉했다.

"그리고 무슨 일이 일어난 겁니까?"

"그게, 너무···."

"괜찮으니 말씀해보세요."

여자는 몇 번이고 말을 꺼내려다 멈추기를 되풀이하다가 마침내 힘겹게 입을 열었다.

"왔어요."

"보험금이 말입니까."

"아뇨, 남편이 돌아왔어요···."

여자는 다시 말을 멈췄다. 의사 역시 무슨 말을 해야 할지 망설이다가 이윽고 말했다.

"잘됐군요."

달리 적당한 말이 없는 듯했다.

"그건 그렇지만···."

여자 입장에서는 확실히 복잡한 심정일 것이다. 세월이 지나 모든 일이 정리될 즈음 남편이 돌아왔다. 이루 말할 수 없는 감정이 드는 것도 당연하다.

의사는 화제를 돌렸다.

"돌아온 남편분께 여쭤보셨나요? 왜 실종됐는지."

"네. 그런데 애매한 대답만 하더군요. 일종의 기억 상실증에 걸렸던 것 같다고…."

"그렇군요. 그런 증상도 드물게 일어나긴 합니다. 실종 기간 동안 어디선가 다른 사람으로 살고 있었겠죠."

"일어날 수 있는 일이라고는 해도 왠지 믿기질 않아서…."

여자의 고민은 이 지점에 있는 듯했다. 의사는 그 부분에 초점을 맞춰 질문했다.

"어디서 어떤 생활을 했는지 전혀 알 수 없다는 점, 당신은 그 점에 일종의 두려움을 느끼시는 거군요."

"네, 그런 것도 있어요. 하지만 그것과는 또 달라요."

"어떻게 다릅니까? 남편분은 이전의 생활로 돌아왔잖습니까."

"네. 새로 직장을 구해서 매일 아침 착실하게 출근하고 저녁에는 돌아와요. 하지만 달라요."

여자는 다르다는 말을 반복했다. 의사가 물었다.

"뭐가 어떻게 다르다는 말입니까. 그 점을 정확히 말씀해주세요."

"예전의 남편과 달라요. 그러니까, 돌아온 사람은

제 남편이 아니에요."

여자는 단숨에 쏟아낸 후 더욱 파랗게 질려서 몸을 떨었다.

"설마…."

"아뇨, 정말이에요. 전 알아요."

"다른 사람이란 말씀이죠. 왜 그렇게 단정하시는 겁니까?"

"그건 확실하게 설명할 수 없어요. 물론 얼굴이나 체격은 남편과 똑같아요. 하지만 그 사람은 절대 내 남편이 아니에요."

"당황스럽군요. 기분 탓이겠죠. 오랫동안 보지 못했고 거의 포기했던 남편이 돌아온 겁니다. 당장 예전처럼 되긴 힘들겠지요. 하지만 서로 노력하면 결국 잘 해결될 겁니다."

"네, 저도 처음에는 그러려고 노력했어요. 하지만 안 되더군요. 그럴 마음이 들지 않아요. 노력하면 노력할수록 그 사람이 다른 사람처럼 느껴져요."

여자는 강하게 주장했다. 어떻게든 이해시키려는 것처럼 몇 번이고 되풀이했다. 의사가 말했다.

"실례지만 혹시 이런 이유 때문 아닐까요. 당신은

혼자 사는 것에 익숙해졌습니다. 마음 편하고 즐거운 나날이었지요. 순조롭게 진행되었다면 거액의 보험금도 들어와서 그 생활을 계속할 수 있었을 겁니다. 그런데 남편분이 돌아오는 바람에 그 꿈이 사라져버렸죠. 그 불만이 마음속 깊이 쌓여서 남편분을 인정하고 싶지 않은 겁니다."

"아뇨, 그런 게 아니에요. 절대로 남편이 아니에요. 달라요."

여자는 자신의 생각이 망상임을 인정하려 들지 않았다. 고집스럽게 다른 사람이라고 주장했다. 의사는 또다시 냉정한 어조로 말했다.

"확신하시는 것 같은데 이유가 뭡니까. 실례가 될지 모르겠습니다만 실은 당신이 남편을 죽이고 세상에는 실종됐다고 말하고 다닌 것 아닙니까?"

그 무례한 말에 여자는 눈을 동그랗게 뜨고 손을 휘저으며 말했다.

"말도 안 돼요. 전에 경찰도 그런 의심을 했었죠. 거액의 보험금이 걸려 있는 경우, 이런 상황에서는 제일 먼저 수령인이 의심을 받는다더군요. 마룻바닥 아래부터 정원까지 모조리 파헤쳤어요. 하지만 저는 그런 끔찍한 짓은 하지 않았어요. 경찰전문가들까지 속여 가며 완전범죄를 저지를 만한 재능은 저한테는 없답니다."

"그럼 왜 다른 사람이라고….."

"그렇게밖에 생각할 수 없으니까요."

대화는 다시 원점으로 돌아왔다. 의사는 이야기의 흐름을 처음으로 되돌렸다.

"골치 아프게 됐군요. 그럼 당신이 절 찾아오신 이유는 뭡니까. 남편과의 정신적 단절 때문에 고민하는 것도 아니고, 남편이 다른 사람이라는 게 망상도 아니라면 대체 무엇 때문에….."

"제가 진찰받으려고 온 게 아니에요. 선생님이 그 사람의 정체를 밝혀주셨으면 해서 찾아온 거예요."

"아, 그렇군요. 알겠습니다. 그럼 잘 설득해서 남편 분을, 아니, 남편인 척하는 분을 여기로 보내세요. 제가 조사해드리겠습니다."

"부탁드립니다."

여자는 인사를 하고 돌아갔다.

다음날, 문제의 남자가 찾아왔다. 의사는 익숙한 솜씨로 진찰을 한 후 곧바로 말했다.

"아하, 당신 안드로이드군요. 죽은 남자와 똑같이 만들어진 정교한 인조인간…."

"그걸 어떻게…."

"그 정도는 금방 알 수 있습니다. 내 눈은 속일 수 없어요. 보험금이 너무 거액이라 가능하면 지불하고 싶지 않았겠지요. 그래서 보험회사는 사진과 기록을 바탕으로 안드로이드를 만든 겁니다. 보험 가입 당시 검사 자료로 모든 정보가 갖춰져 있으니 만들기도 쉬웠겠죠. 그걸 부내 살아 돌아온 것처럼 상황을 꾸민 겁니다. 합리적인 방법이죠…."

"거기까지 간파했다면 선생님을 그냥 둘 수는 없겠군요. 이 비밀이 새어나가면 큰일입니다. 안됐지만…."

남자는 일어서서 의사에게 달려들려 했다. 그러나 의사는 조금도 당황하지 않고 여전히 냉정한 어조로 말했다.

"그만두시죠. 아무 의미 없는 행동입니다. 여기 의사는 이미 전에 진상을 알고 살해당했습니다. 저는 그 후임으로 보험회사에서 만들어 파견한, 당신과 똑같은 안드로이드입니다…."

응접실

　잠시 시간에 여유가 생긴 R씨는 F박사의 집을 찾아가 현관 벨을 눌렀다.

　R씨는 F박사에게 꽤 많은 돈을 빌려줬다. 하지만 상환 기한이 한참 지났는데도 도통 갚을 생각을 하지 않았다.

　그래서 지인들에게 부탁해 대신 돈을 받아오게 했지만 모두 실패하고 빈손으로 돌아왔다. 도무지 진척이 없었다. 결국 참다 못한 R씨가 직접 찾아온 것이다.

　오늘은 반드시 사정을 알아내고 말 테다. 그건 그렇고 의아한 일이다. F박사는 성실한 학자이며 무책

임한 인물도 아니다. 빚쟁이를 능숙하게 구슬릴 만한
재주도 없다.

　그런데도 다들 빈손으로 돌아온다. 대체 돈은 어디
에 썼을까. 도박이나 술에 탕진했을 것 같지도 않다.
생각할수록 호기심은 더욱 커졌다.

　R씨가 현관 벨을 누르자 문 옆의 스피커에서 목소
리가 흘러나왔다.

　"어서 오세요. 누구십니까."

　"박사님을 만나러 왔다. ㅣ다….."

　R씨가 이름을 밝히자 목소리가 대답했다.

　"잘 오셨습니다. 공교롭게도 박사님은 지금 외출 중
이십니다만 곧 돌아오실 겁니다."

　"그렇다면 안에서 기다리지."

　여기서 물러서면 일부러 찾아온 의미가 없다. 목소
리가 그 말에 대답했다.

　"네, 들어오시죠. 현관으로 들어오셔서 오른쪽 응접
실에서 편히 기다리십시오."

　찰칵 소리와 함께 자동으로 잠금장치가 풀리고 문
이 열렸다.

　안으로 들어가자 목소리가 알려준 대로 오른쪽에

응접실이 있었다. 그리 넓지는 않지만 테이블과 푹신해 보이는 의자가 놓여 있었다. 의자에 앉자 또다시 어디선가 목소리가 들려왔다. 벽에 스피커가 설치되어 있는 모양이다.

"꽃향기를 피워드릴까요."

"그래⋯."

"장미, 백합, 라벤더, 은방울꽃. 어떤 꽃이 좋으십니까."

"장미가 좋겠군."

대답한 대로 공기 속에 장미향이 퍼졌다. 또다시 목소리가 들렸다.

"기다리는 동안 음료를 드시겠습니까. 커피든 술이든 원하시는 것을 말씀해 주십시오."

"그럼 화이트 와인이라도 마실까."

R씨가 대답하자 곧 눈앞에 와인이 나타났다. 그는 와인을 마시며 중얼거렸다.

"과연 편리하군. 박사가 만들었겠지. 그런데 도대체 이런 걸 연구해서 뭘 하려는 걸까⋯."

이유는 알 수 없지만 딱히 기분이 나쁘지는 않았다. 잠시 후, 또다시 목소리가 말을 건넸다.

"지루하실 테니 말동무가 되어드리겠습니다. 짧은 이야기라도 들려드릴까요? 어떤 정신과 의사에게 자신이 물고기라고 믿는 환자가 찾아왔는데…."

이야기는 다섯 편 정도 이어졌다. 각 이야기에 대한 R씨의 반응은 그가 앉아 있는 의자 속에 내장된 장치로 측정되었다. 그 결과 그는 여자를 매우 좋아하는 성향임이 판명되었다. 그것을 바탕으로 목소리가 말했다.

"박사님은 조금 더 기다리셔야 돌아오실 것 같습니다. 이 방에는 영화도 준비되어 있습니다. 영화를 감상하며 기다리시면 어떨까요. 분명 만족하실 겁니다. 자, 그럼…."

방이 어두워지고 벽에 스크린이 나타났다. 그 위로 영상이 흘러나왔다. 러브신 특집 같은 영상이었다.

음악과 함께 영상이 이어졌다. 동시에 의자 속의 장치는 R씨가 얼마나 즐거워하는지, 어떤 타입의 여성을 좋아하는지, 활발한 여성을 좋아하는지 조용한 여성을 선호하는지 측정하기 시작했다.

또 어떤 음악을 좋아하는지도 측정했다. 그뿐만이 아니라 R씨가 어떤 색을 좋아하고, 어느 정도의 온도와 습도에서 가장 편안함을 느끼는지도….

데이터가 판명될 때마다 그것은 즉시 현실로 구현되었다. R씨가 둥근 얼굴에 살짝 통통하고 활발한 여성을 선호한다는 결과가 나오자 화면에 등장하는 여성들도 자연스럽게 그런 타입이 많아지도록 조절되었다. 옷 색깔도 마찬가지다.

영상을 보는 R씨도 딱히 싫지는 않았다. 그뿐인가, 음악도 마음에 쏙 들고, 좋은 향기가 풍기고, 실내 온도도 딱 좋았다.

잔을 비우면 바로 새 술이 나왔다. 화면 속의 미녀는 춤을 추고 그를 향해 윙크했다.

R씨의 기분이 좋아진 것을 의자 내부의 장치가 포착했다. 그의 기분이 적절히 고조되었을 때를 가늠하여 영상은 끝났다. 실내는 곧바로 밝아지지 않고 은은한 어둠을 유지했다. 그가 환상을 좇고 있을 때 스피커에서 목소리가 흘러나왔다. 이번에는 여자 목소리였다.

"마음에 드셨는지요…."

"음, 꽤 즐거웠어."

"조금 더 말동무를 해드릴까요?"

"그래…."

어둑한 조명의 응접실 안에서 여자의 목소리만이 이어졌다. 그 목소리는 물론 R씨의 취향에 꼭 맞는 목소리였다.

"시를 좋아하시나요. 낭독해 드리겠습니다."

이번에는 왠지 고급스러운 기분이 들었다. 황폐한 정원이 솜씨 좋은 정원사의 손길을 거쳐 아름답게 정돈되어 가는 듯했다. 잔뜩 벼르고 왔던 R씨의 마음은 점차 부드럽게 풀렸다.

이런저런 대화가 오갔다. R씨는 마치 최면에 걸린 듯한 기분이었다. 아니, 최면 그 자체라고 해도 좋았다. 의자에서 전달되는 정보에 따라 모든 것이 물 흐르듯 매끄럽게 진행되었다.

이윽고 실내가 밝아졌다. R씨는 꿈에서 깨어난 것처럼 손목시계를 보고 놀란 목소리로 중얼거렸다.

"아니, 벌써 시간이 이렇게 됐나. 시간 가는 줄도 몰랐군. 슬슬 가봐야겠어…."

그는 얼빠진 표정으로 서둘러 돌아갔다.

잠시 후 F박사가 자신의 집으로 돌아왔다.

"내가 없는 사이에 누가 다녀갔나…."

박사는 장치의 기록을 확인했다. 오늘은 정말로 외출 중이었지만 집에 있을 때도 찾아온 사람이 빚쟁이일 경우에는 장치에 응대를 맡기고 자신은 숨어 있곤 했다.

장치의 기록을 통해 R씨가 다녀갔다는 사실을 알게 된 박사는 고개를 끄덕이며 중얼거렸다.

"그래도 무사히 돌아간 모양이군. 그에게 빌린 연구 자금으로 만든 물건이지만 내 발명품의 효과는 정말 대단해. 빚쟁이 퇴치 장치라니 지금껏 아무도 만든 적 없을 거야. 이 권리를 팔면 큰돈이 들어오겠지만 세상에 악용되기라도 하면 곤란하단 말이야. 미안하지만 당분간 R씨는 이대로 참아줘야겠어."

특수한 증상

어느 날 오후, 주택가에서 작은 병원을 운영하는 중년 의사 후쿠하라에게 한 여자가 찾아왔다.

후쿠하라는 내과전문이었지만 많은 개업의사가 그렇듯이 거의 모든 환자를 진료했다. 전문분야만 고집해서는 병원이 운영되지 않는다. 자신이 감당하기 어렵다고 판단될 때는 곧바로 해당 분야의 전문의를 소개해줬다. 영업은 순조로운 상태였다.

그 여자는 어딘가 우울한 표정을 짓고 있었다. 물론 환하게 웃으며 의사를 찾아오는 사람은 별로 없다. 후쿠하라는 사무적인 어조로 말을 건넸다.

"처음 오신 분이군요. 그럼 먼저 성함과 주소를….."

"사다 하루코, 스물일곱이에요. 주소는….."

여자는 막힘없이 대답했다. 이 근처 아파트에 살고 있으며 결혼은 했지만 아이는 아직 없음. 남편 이름은 가즈오. 서른 살. 회사에서는 판매 관련 업무를 하고 있다고 한다….

대강의 이야기를 듣고 난 후 후쿠하라는 증상을 물었다.

"그래서, 어디가 불편하십니까?"

"저어, 그게….."

하루코라는 여자는 갑자기 입을 다물었다. 미묘하고 수수께끼 같은 분위기가 감돌았다. 뭐 말하기 힘든 병도 있긴 하지. 후쿠하라는 잠자코 기다렸다. 섣불리 재촉하면 오히려 역효과가 날 수도 있다. 환자는 결심을 하고 찾아온 것이므로 기다리면 이내 말문을 연다는 것을 경험으로 알고 있었다. 예상대로 여자는 결심한 듯이 말을 이었다.

"…사실은 저 때문에 온 게 아니에요. 남편 때문에 온 거예요."

"그렇다면 본인이 직접 오셔야죠."

후쿠하라는 차트에 기입한 내용이 쓸모없어지자 슬쩍 눈살을 찌푸렸다. 하지만 이것도 장사인 만큼 불만을 입 밖에 내지는 않았다. 여자는 변명하듯 설명했다.

"하지만 그럴 수 없어요. 정신적인 문제라서요."

"애정 문제나 가정 내 불화를 상담하러 오신 거라면 잘못 찾아오셨습니다. 저는 어디까지나 의사일 뿐입니다."

"아뇨, 정신적이라고 해도 그런 의미가 아니에요. 저어, 머리 쪽 문제예요."

"아하, 미⋯."

후쿠하라는 고개를 끄덕였다. 미친 거냐고 말하려다 황급히 고쳐 말했다.

"정신상태가 정상적이지 않다는 말씀이군요."

"네. 하지만 본인은 자기가 멀쩡하다고 생각하는 것 같아요."

조금씩 상황이 파악되기 시작했다. 남편에게 병원에 가서 머리를 검사받아보라고 말할 수는 없다. 아무 이상 없어도, 정말로 문제가 있어도, 어느 쪽이든 한바탕 난리가 날 것이다. 아내가 몰래 상담하러 온 이유가 이해되었다.

후쿠하라는 질문을 계속했다.

"실제로 일상 행동 중에서 어떤 점이 이상한가요?"

"딱히 없어요."

"그러면 저도 해드릴 말이 없습니다. 이상한 점이
전혀 없다면 말이죠."

"전혀 없지는 않아요. 밤에 잠이 든 후에…."

"일상 행동에는 밤도 포함됩니다. 그래서, 어떻다
는 말씀입니까?"

"매일 밤, 잠이 들었다 싶으면 갑자기 일어나서 방
안을 걸어 다녀요. 의미 없는 말을 중얼거리면서요. 말
을 걸어도 소용없어요. 붙잡으려고도 해봤지만 힘껏
밀쳐내더군요. 그러다 다시 침대로 돌아가서 아침까
지 푹 잠들어요. 넌지시 물어봤지만 본인은 전혀 기억
하지 못하더군요."

"흐음…."

"처음에는 잠결에 그러는 줄 알았는데 매일 밤 계
속되니까 아무래도 보통 일이 아닌 것 같아서…."

그 내용을 차트에 기입하며 후쿠하라는 말했다.

"몽유병일지도 모르겠군요."

"그럼 어떻게 되는 건가요? 저, 너무 걱정돼서….

"낮에는 정상이니까 그렇게 중증은 아닙니다. 하지만 걱정만 해서는 해결되지 않아요. 좀 더 자세히 말씀해 보십시오. 그 증상은 언제부터 시작됐나요?"

"얼마 전 남편이 사흘 동안 출장을 다녀왔어요. 거기서 돌아온 후부터였던 것 같아요. 하지만 제가 그때 처음 알아차린 거니까 어쩌면 그 전부터였을지도….

"그렇군요."

"약이라도 주실 수 없나요? 부탁드려요."

하루코의 성급한 요구에 후쿠하라는 고개를 저었다.

"못 드릴 건 없지만 본인을 진찰하기 전에는 안 됩니다. 병원에 가라고 권해보세요."

"하지만 대놓고 말하기가….

"피곤해 보이니까 건강검진을 받아보라고 하면 괜찮지 않을까요."

"네, 해볼게요. 저어, 그리고 이 일은 비밀로 해주셨으면 해요."

하루코는 거듭 당부했다. 의사를 찾아와 이런 이야기를 한 사실이 남편에게 들통 나서 사이가 어색해질까 봐 두려워하는 눈치였다. 그럴 만도 하다고 후쿠하

144

라는 생각했다.

"물론이죠. 의사는 반드시 비밀을 지켜야 합니다. 예를 들어 이 차트는 법원의 명령에 따라 법적인 절차를 거치지 않는 한 절대 누설할 수 없습니다."

그렇게 말하며 그는 차트를 선반에 넣었다. 그걸 보고 안심했는지 하루코는 기운을 차리고 한결 밝아진 표정으로 돌아갔다.

다음날 저녁.

의사 후쿠하라는 남자 손님을 맞이했다. 이름을 묻자 사다 가즈오라고 대답했다. 아하, 어제 그 여자분이 잘 설득했구나 라고 생각했지만 내색은 하지 않았다.

사다라는 남자는 건강해 보였고 눈빛이나 말투도 특별히 이상한 점은 없었다. 다만 어딘가 고민을 안고 있는 것처럼 보이기도 했다. 그 고민을 듣고 해방시켜 주기만 하면 치료가 가능하지 않을까.

후쿠하라는 평소 처음 방문하는 환자를 대하듯 자연스럽게 물었다.

"무슨 일로 오셨습니까."

"실은 아내가…."

"아, 아내분이라면 어제 다녀가셨습니다."

"네, 알고 있습니다. 혹시나 해서 건강검진을 받았는데 당신도 한번 다녀오라고 권하더군요. 그 말을 듣고 가봐야겠다는 생각이 들어서…."

"역시 뭔가 자각증상이 있습니까."

후쿠하라는 몸을 앞으로 내밀어 남자의 얼굴을 들여다보았다. 하지만 사다는 쓴웃음을 지으며 황급히 부인했다.

"아, 오해하지 마십시오. 저는 아무렇지도 않습니다. 제가 걱정되는 건 아내 쪽입니다."

"하지만 부인은 건강하시던데요."

후쿠하라는 단언했다. 자세히 진찰하지는 않았지만 아픈 곳은 전혀 없어 보였다. 거의 틀림없다.

"아마 눈치채지 못하셨을 겁니다. 육체적인 문제가 아니라 정신적인 문제니까요."

그 말을 듣고 후쿠하라는 저도 모르게 손을 머리에 가져갔다. 이쪽까지 이상해질 것 같았다. 좀 더 사정을 들어보기로 했다.

"어떤 식으로 이상하단 말씀입니까."

"뭐랄까, 가끔 멍한 상태가 됩니다. 갑자기 체조 같

은 걸 하기도 하고요. 본인은 그걸 전혀 기억 못 하는 것 같습니다."

"좀 더 자세히 말씀해 보시죠. 예를 들어 밤에 수면은 충분히 취하는지."

후쿠하라의 재촉에 사다는 문득 생각난 듯이 말했다.

"문제는 바로 밤입니다. 갑자기 소리를 지르며 일어나서 알 수 없는 행동을 하기 시작합니다. 낮은 목소리로 노래를 부르면서 초점 없는 눈으로 부엌에 가서 냄비를 뒤적이거나, 책장에 가서 책을 펼치기도 하고…."

사다는 손으로 눈을 가렸다. 아내의 그런 행동을 목격했다면 남편으로서 불안과 슬픔을 느끼는 것은 당연한 일이다.

"그리고 그 다음은?"

"지켜보다보면 잠시 후 물건을 제자리에 갖다 놓고 다시 잠이 듭니다. 아침이면 아무 일도 없었던 것처럼 멀쩡하죠. 이런 일이 계속되다보니 걱정돼서 견딜 수가 없습니다. 선생님, 제 속상한 마음을 헤아려 주세요."

동정하기보다 전체적인 상황을 파악하는 것이 먼저였다.

"언제부터입니까."

"제가 출장에서 돌아온 후부터니까 아마 열흘 정도 전일 겁니다."

"음…."

후쿠하라는 팔짱을 끼고 저도 모르게 신음했다. 신음하는 것 외에는 할 말이 없었다. 그 모습을 본 사다가 물었다.

"그렇게 심각한 병입니까? 저는 되도록 입원시키지 않고 해결하고 싶습니다만. 혹시 가정에서 할 수 있는 조치가 있다면 알려주십시오."

후쿠하라는 남자의 얼굴을 살폈다. 하지만 그 얼굴에는 오로지 진심으로 아내를 염려하는 마음만이 담겨 있었다. 어떻게 조언해야 할지 망설여졌다. 일단은 무난한 대답을 하는 게 좋겠지.

"아뇨, 별일 아닐 겁니다. 당분간 상태를 지켜보고 저에게 알려주십시오. 정확한 진단과 대책은 그 뒤로 미루죠."

"잘 부탁드립니다. 아, 제가 이런 얘기를 한 건 아내에게는 꼭 비밀로…."

"알겠습니다."

그리고 사다는 돌아갔다.

도대체 어떻게 된 일일까. 후쿠하라는 한숨을 쉬며 머리를 감쌌다.

더 이상 깊이 관여하지 않고 그냥 손을 떼고 싶은 심정이었다. 하지만 환자의 호소를 외면할 수도 없다. 먼저 하루코의 주장을 되짚어보았다. 그녀의 말에 따르면 남편은 매일 밤 잠이 덜 깬 사람처럼 실내를 배회한다고 한다. 하지만 남편의 주장도 마찬가지다. 둘 중 누가 이상한 사람이고 누가 냉정한 관찰자일까. 이대로는 지독한 모순이다.

둘 다 머리가 이상해진 걸까. 그럴 리는 없다. 부부가 동시에 몽유병에 걸리거나 이상한 환상에 빠지는 것은 있을 수 없는 일이다. 아무리 사이좋은 부부라 해도.

아니면 둘 다 제정신일지도 모른다. 있을 수 없는 이야기는 아니다. 둘이 함께 짜고 놀리는 것일 수도 있다. 하지만 시간과 돈을 들여 그런 짓을 할 이유가 없다. 자신은 그들에게 원한을 산 적도 없고, 또 그런 장난의 대상으로 어울린다고도 생각되지 않았다.

그리고 두 사람의 태도에서 장난 같은 분위기는 조금도 느낄 수 없었다. 오히려 절박함마저 느껴졌다. 아무래도 이 가정은 무리가 있는 듯하다.

후쿠하라는 생각 끝에 그 분야를 전공한 친구에게 전화를 걸었다. 하지만 돌아온 대답에는 비웃음이 섞여 있었다.

"혹시 이상한 건 너 아니야? 그런 사례가 있다면 꼭 보고 싶군. 나한테 넘기면 안 될까? 획기적인 논문을 쓸 수 있을지 몰라. 물론 정말로 존재한다면 말이지만."

노골적으로 무시당한 후쿠하라는 단념했다. 환자를 떠넘기는 것은 좋지만 친구들 사이에서 웃음거리가 되고 싶지는 않았다. 또 방금 통화를 하면서 친구가 무심코 던진 말에 아깝다는 생각이 들기도 했다.

어쩌면 정말로 희귀한 증상일 수도 있다. 해명할 수만 있다면 학계에서 화제가 되고, 그 증상의 이름은 후쿠하라 증상이라 불리며 후세에 전해질지도 모른다. 학창시절 강의도 들었고 그 후로도 꾸준히 책을 읽었다. 못 할 것도 없다. 그는 직접 이 문제에 도전해보기로 결심했다.

사다 가즈오와 하루코 부부는 각각 다른 시간에 찾아왔다. 그리고 그때마다,

"어떤가요?"

라고 후쿠하라에게 물었다. 두 사람 모두 진지한 어조였다. 상담하는 동안에는 다른 한 사람이 정말로 정신이 이상한 것처럼 느껴질 정도였다. 그들의 보고에 따르면 상태는 여전히 나아질 기미가 없다고 한다.

하지만 시간이 지나면 나아질 기미가 없다던 인물이 직접 찾아와 몸을 앞으로 내밀며 호소하는 것이다.

후쿠하라는 차라리 두 사람을 함께 앉혀놓고 "작작 좀 해"라고 말하고 싶었다. 그러면 단번에 해결될지도 모른다.

하지만 경우에 따라서는 뭔가 무시무시한 파국을 맞이할지도 모르고, 사실 그쪽이 더 가능성이 높아 보였다. 둘 다 말 사이사이에 강한 긴장감이 엿보였기 때문이다. 게다가 두 사람 모두와 상대에게는 비밀로 하겠다고 굳게 약속까지 했으니 그 방법은 쓸 수가 없다.

혹시…. 후쿠하라는 생각했다. 이혼 문제가 얽혀 있을지도 모른다고. 상대를 정신이상자로 몰고 가면 무조건 이혼사유가 성립된다.

하지만 두 사람에게 막대한 재산이 있는 것 같지도 않고, 설령 있다 해도 같은 계략을 동시에 떠올린 것 또한 이상했다. 무엇보다 이 가설을 밀고 나갈 수 없는 가장 큰 이유는 두 사람이 헤어지기를 원하고 있지 않다는 점이다. 두 사람 모두 말투에서 배우자에 대한 애정이 묻어났다.

후쿠하라는 그들과 같은 아파트에 사는 사람이 환자로 찾아왔을 때 잡담을 나누는 척하며 사다 부부에 대해 물어보았다. 딱히 수상쩍은 소문도 없고, 부부 사이도 좋아 보이고, 이웃과의 관계도 나쁘지 않은 것 같았다. 즉 불화나 이상증세를 뒷받침할 만한 이야기는 들을 수 없었다. 대체 어떻게 된 걸까.

두 사람은 잊을 만 하면 찾아와서 상대방은 여전히 차도가 없다고 알렸다. 어쩔 수 없이 후쿠하라는 그때마다 몸에 해가 되지 않는 영양제를 처방해줬다. 아마 가져가서 서로에게 몰래 먹이고 있을 것이다. 상태가 나아지지 않는 것은 그 때문일지도 모른다.

하지만 둘 다 이상한지, 둘 다 정상인지, 한 사람만 이상한 것인지 불분명한 이상, 본격적인 약을 처방할 수도 없다. 게다가 단서라고 해봐야 언제나 다른 한쪽의 입을 통해서만 들을 수 있다. 미친 사람이 미친 사람을 미쳤다고 보고하면 어떻게 대처해야 할까. 마치 선문답 같은 상황이었다.

이대로는 손쓸 방도가 없다. 마침내 후쿠하라는 결심을 하고 한 단계 전진을 시도했다. 일요일 오후, 사다 부부의 집을 직접 찾아가보기로 한 것이다. 뭔가 새로운 단서를 찾을 수 있을지도 모른다고 기대하면서.

다행히 두 사람은 집에 있었다. 그러나 신경 써야 할 부분이 너무 많았다. 서로 후쿠하라에게 의미심장한 눈짓을 하며 잘 관찰하라는 신호를 보냈다. 그러면서도 두 사람은 사이가 좋아 보였다. 둘 사이에 넘을 수 없는 마음의 벽 같은 것은 느껴지지 않았다.

그러던 중 후쿠하라는 어떤 사실을 깨달았다. 두 사람이 눈짓을 할 때 무심코 높은 곳에 달린 작은 벽장을 슬며시 쳐다본다는 것이었다. 의식적이라기보다는 억누를 수 없는 충동 때문에 그렇게 되어버리는 듯했다. 두려움과 불안이 뒤섞인, 신경 쓰여 견딜 수 없다는 느낌이었다. 마치 금기의 정체가 그 안에 숨어 있는 것처럼.

저곳과 뭔가 관련이 있는 게 분명하다. 하지만 그 안에 무엇이 있고 무엇이 원인인지 전혀 짐작할 수 없었다. 후쿠하라는 자리에서 일어나 벽장을 열어보고 싶은 충동을 가까스로 억눌렀다. 첫째로 무례한 짓이었고, 둘째로 그런 행동이 어떤 결과를 불러올지 장담할 수 없었기 때문이다.

그날 후쿠하라는 그대로 돌아갔다.

하지만 신경 쓰여서 견딜 수 없었다. 호기심의 유혹은 점점 더 커져만 갔다. 결국 그는 특단의 조치를 취하기로 했다. 몰래 들어가서 확인해보기로 한 것이다. 양심은 조금 찔렸지만 호기심이 그보다 컸다. 그리고 병의 원인을 밝히고 치료하겠다는 대의명분으로 스스로를 납득시켰다.

그런데 과연 무사히 잠입할 수 있을까. 그게 더 문제였다. 후쿠하라는 사다가 회사에서 돌아오기 전, 하루코가 저녁 장을 보러 나가는 시간을 노렸다. 건물 뒤에 숨어서 기다리다가 아파트에 들어갔다.

문 위쪽을 손으로 더듬자 열쇠가 만져졌다. 조심성 없는 행동이지만 여러 집에서 흔히 하는 행동이었다. 그 열쇠를 사용하자 문은 쉽게 열렸다. 후쿠하라는 곧장 벽장 앞으로 걸어가서 망설임 없이 문을 열었다.

그 안에는 꾸러미 하나가 들어 있었다. 종이로 포장해서 끈으로 단단히 묶어놓은 꾸러미였다. 손으로 들어봤지만 그것만으로는 내용물을 짐작할 수 없었다.

하지만 이걸 풀어보려면 시간이 걸린다. 안을 확인하고 원래대로 포장해야 한다. 그 사이에 집주인이 돌아오기라도 하면 변명할 방법이 없다. 후쿠하라는 순간적으로 판단했다. 그냥 가져가기로 한 것이다. 내용물을 확인한 뒤 나중에 다시 갖다 놓아도 되고 우편으로 보내도 된다. 돌려주기만 하면 용서받지 못할 행동은 아닐 것이다.

꾸러미를 안고 병원으로 돌아왔다. 그러나 문을 열고 들어선 순간 낯선 남자가 말을 걸었다. 어느새 미행당하고 있었던 모양이다.

"그 꾸러미는 어디서 가져온 겁니까? 저는 경찰입니다."

남자가 수첩을 내밀었다. 아무래도 최악의 사태가 벌어진 모양이다. 빈집털이 현행범이 되어버린 셈이다. 어째서 이렇게 빨리 수상한 사람으로 지목된 걸까? 우리나라 경찰이 이렇게 유능했나.

"아니, 이건 제 환자의 물건인데, 실은 치료에 꼭 필요해서….".

후쿠하라는 횡설수설 대답했다. 형사는 더욱 추궁했다.

"그 안에 뭐가 들어 있는지, 물론 알고 있겠죠."

"모릅니다. 알았으면 가져오지도 않았을 겁니다."

정직하게 대답했지만 형사는 의심을 거두지 않았다.

"그럴 리가 있나. 알고 있으니까 가져온 것이겠죠."

무슨 근거인지 형사는 끝까지 그렇게 주장했다. 상대는 형사, 이쪽은 약점을 잡힌 처지다. 어쩔 수 없이 그는 사다 부부에게 확인을 받기로 했다. 의사로서 신용을 잃겠지만 절도죄로 연행되는 것보다는 나았다. 물론 부부가 끝까지 부인한다면 절망적이겠지만.

형사와 함께 아파트로 돌아가자 사다 부부는 집에 있었다. 그들은 후쿠하라와 형사를 보고 크게 놀란 눈치였다. 단순히 의사와 형사라는 기묘한 조합 때문만은 아닌 듯했다. 게다가 문제의 꾸러미를 내밀자 새파랗게 질려서 떨기 시작했다. 확실히 예사로운 반응은 아니었다.

형사가 꾸러미를 풀기 시작했다.

사다 부부는 체념한 듯 더욱 애처로운 표정이 되었다. 끈이 풀리고 종이가 펼쳐졌다.

안에서 나온 물건을 보고 후쿠하라는 비명을 질렀다. 꽤 많은 금액의 지폐뭉치. 그리고 군데군데 거뭇한 얼룩이 묻어 있었다. 그게 혈액이라는 것은 의사로서 보는 순간 알 수 있었다.

사다 부부도 형사도 내용물에 대해서는 그리 놀라지 않았다. 이미 알고 있었던 모양이다. 후쿠하라는 참지 못하고 물었다.

"이게 어떻게 된 겁니까."

그 질문에 형사가 대답했다.

"실은 살인을 저지르고 돈을 빼앗아 달아난 범인이 있습니다. 그자는 돈 꾸러미를 안고 도주했죠. 우리 경찰이 이 근처까지 추격했다가 잠시 놓치고 말았습니다. 하지만 곧 발견하고 체포했죠. 다만 돈 꾸러미는 어딘가에 숨겼는지 사라졌고 본인도 끝내 입을 열지 않았습니다."

"이 근처 사람들에게 물어보면 좋았을 텐데요."

"말은 쉽지만 모두 협조적인 사람들만 있는 건 아니니까요. 순간적으로 욕심이 생길 수도 있죠. 공공연하게 알렸다가는 때아닌 보물찾기가 시작될지도 모릅니다. 많은 사람들이 몰려들어 이 일대는 아수라장이 되겠죠. 부득이하게 비밀로 한 채 조용히 감시하던 중이었습니다. 그런데 바로 그때, 당신이 문제의 꾸러미를 들고 나타난 겁니다…."

이야기를 듣고 있던 사다가 끼어들었다.

"그랬군요. 그래서 형사 같아 보이는 사람이 이 근처를 돌아다니고 있었군요."

"저도 몰랐어요. 저는 또…."

하루코도 똑같이 외쳤다. 형사가 의아해하며 물었다.

"어떻게 생각하셨길래 그럽니까?"

사다와 하루코는 번갈아가며 대답했다.

"출장에서 돌아온 후 벽장 안에서 처음 보는 꾸러미를 발견하고 풀어보니 피 묻은 돈다발이 나오더군요. 설마 도둑이 쫓기다 급하게 숨기고 갔을 줄은 생각도 못 했죠. 혹시 아내가 저지른 짓 아닐까 고민했습니다. 다그쳐서 자수를 권할 용기도 없고, 형사 같은 분이 근처를 감시하는 것 같아서…."

"저는 출장지에서 남편이…."

후쿠하라는 마침내 진짜로 묻고 싶었던 질문을 던

졌다.

"그게 그 일과 관련이 있습니까?"

"저는 아내를 사랑합니다. 만약 하루코가 저지른 짓이라 해도 뭔가 사정이 있을 거라고 믿었습니다. 발각되지 않으면 좋겠지만 혹시 잡히더라도 꼭 돕고 싶었죠. 그래서 만약의 경우에 대비해 범행 당시 정신에 이상이 있었다는 공작을 해두려고….."

"저도 그랬어요. 재판이 열리면 법원의 명령으로 선생님의 차트를 확인할 테니까 이보다 좋은 증거는 없을 거라고 생각했죠. 그런데 설마 둘이 똑같은 짓을 하고 있었을 줄은….."

후쿠하라는 사다 부부를 향해 말했다.

"이거 참, 그런 이유 때문이었습니까. 그래도 이제 재발할 일은 없겠군요."

그리고 형사를 향해 이렇게 말했다.

"들으셨다시피 제가 한 짓은 치료 행위의 일환이었습니다."

어떻게 대답해야할지 당황하는 형사를 뒤로하고 후쿠하라는 그 자리를 떠났다. 돌아가는 길에 이런 생각을 하면서.

수수께끼는 풀렸지만 도저히 학계에 발표할 만한 내용은 아니다. 그래도 전례 없는 희귀한 새로운 증상인 것은 틀림없다. 그러니 자신이 여기에 후쿠하라 증상이라는 이름을 붙여도 이의를 제기할 사람은 아무도 없겠지.

잠자는 토끼

어느 날, 파티에서 토끼가 술을 마시고 있었다. 스타일도, 용모도, 두뇌 회전도 나쁘지 않은, 전형적인 플레이보이 같은 토끼였다. 능숙하게 농담을 주고받으며 토끼는 주변 여성들을 사로잡았다.

그때 한 여자가 심술궂은 말을 던졌다.

"하지만 당신, 달리기 경주에서는 거북이한테 못 이기잖아."

이것이 비극의 시작이었다. 그 말은 토끼의 예민한 심장에 깊숙이 박혔다. 마침 옆에서 거북이가 술을 마시고 있던 것도 문제였다. 거북이는 재미있지도 유쾌

하지도 않은 얼굴로 느릿느릿 술을 마시고 있었다. 이런 녀석과 비교당하는 것만으로도 불쾌한데 심지어 뒤떨어진다는 말을 들으니 이성이 날아갔다.

토끼는 거북이 앞에 서서 흥분에 떨리는 목소리로 말했다.

"모욕을 당하고도 가만히 있을 수는 없지. 경주를 하자. 누가 더 빠른지 정정당당하게 승부하자."

어딘가 논리가 이상했지만 흥분했을 때는 흔히 일어나는 일이다.

"좋습니다. 그럼 내일이라도…."

거북이는 조용한 목소리로 대답했다. 자신감 넘치는 말투로도 해석할 수 있었다. 근처에서 이 대화를 엿들은 애니멀 트리뷴지의 기자는 기쁜 듯이 목소리를 높였다.

"멋지군요. 획기적입니다. 왜 지금까지 아무도 이 기획을 생각하지 못했을까요. 제가 입회인이 되어드리겠습니다. 그 대신 기사 독점권을 주십시오."

이 또한 이상한 발언이었지만 주위의 환호성 속에서 신경 쓰는 사람은 아무도 없었다.

그리고 다음날.

두 주자는 출발점에 모였다. 전날 밤 정성들여 목욕을 한 덕분에 토끼의 털은 순백으로 빛났다. 귀에는 선명한 진홍색 리본. 온몸의 근육은 강철스프링 같았고 모든 것이 활력으로 가득했다.

거북이는 특별히 묘사할 만한 것이 없었다. 그저 느릿느릿 움직일 뿐이었다. 이윽고 입회인이 말했다.

"제 신호에 맞춰 출발하세요. 결승점은 저 언덕 위. 거기서 친구 카메라맨이 기다리고 있다가 승부를 판정해줄 겁니다. 그럼…."

출발 신호가 울리고 경주가 시작되었다. 토끼의 달리기는 그야말로 일류 예술품이었다. 바람을 가른다기보다는 자신이 한 줄기 바람이 되어 대기 속을 미끄러지듯 달렸다. 관객들에게 주는 그 효과를 토끼 자신도 의식하고 있었다. 그 아름다운 스타일과 페이스를 흐트러뜨리지 않고 달려 언덕 위에 도착했다.

자신감과 겸손함이 멋지게 어우러진 골인 자세를 한동안 유지했다. 이제 사진은 다 찍었겠지 싶어 주위를 둘러보았지만 아무도 없었다.

스타일에만 신경 쓰느라 토끼는 언덕을 착각한 것이었다. 설마 출발점 바로 눈앞에 있는 언덕인줄 모르고 너무 멀리까지 와버렸다. 이럴 수가. 대체 결승점은 어느 언덕이지. 하지만 근처에는 물어볼 사람도 없었다.

여기저기 언덕을 뛰어다니다가 결국 출발점까지 되돌아와서 다시 확인을 하고 재출발했다. 하지만 이미 불안과 피로로 완전히 지쳐버린 토끼는 언덕 중턱에서 힘이 다해 쓰러졌다. 그 사이에 거북이는 정상에 도착했고 토끼는 비참한 패배를 맛보았다.

이래서는 울분이 풀리지 않는다.

"내가 더 빠르다는 건 확실해. 이런 식으로 승부가 결정되면 재미없잖아. 너도 그렇지? 다시 하자."

"좋습니다."

여전히 감정 없는 대답이었지만 거북이의 승낙에 토끼는 기뻤다. 실수만 하지 않으면 질 리가 없다. 그는 친구들을 모아 성대한 파티를 열었다.

"내일 경주 꼭 보러와. 딱히 응원은 안 해도 돼. 너무 한심해서 제정신으로는 할 수 없는 시합이니까. 오늘은 신나게 취해보자. 다들 마셔. 미리 축배를 드는 거야."

잔을 부딪치고 노래를 부르며 아침까지 술을 마셨

다. 그리고 한숨도 못 자서 빨갛게 충혈된 눈으로 출발점에 섰다.

출발신호와 함께 토끼는 달렸다. 본인은 달리고 있다고 생각했지만 앞으로 고꾸라질 듯한 비틀거리는 걸음이었다. 언덕을 오르는 도중 결국 수마가 덮쳐와 잠이 들었고 또다시 거북이에게 추월당했다.

"제발 한 번만 더…."

"좋습니다."

두 번이나 실패하자, 토끼는 신중해졌다. 며칠 전부터 컨디션을 조절하며 놀지도 않고 오직 경주에 대비했다. 더는 질 수 없다. 반드시 이겨야 한다. 최후에 이기는 자가 웃는 자다.

아니, 반대였나? 어느 쪽이 맞는 문구일까. 전날 밤 묘하게 그 문구가 신경 쓰여서 사전까지 뒤적이는 사이에 긴장으로 머리가 맑아져서 좀처럼 잠을 이룰 수 없었다. 자려고 하면 할수록….

간신히 잠든 것은 다음날 출발점에서 달리기 시작해 언덕 중턱에 이르렀을 때였다.

"이럴 리가 없어. 한 번만 더…."

이번 실패를 교훈삼아 토끼는 시합 전날 불면증에

대비했다. 즉 수면제를 사서 먹은 것이다. 확실히 약효
는 뛰어났다. 깊이 잠든 후 눈을 떠보니 자신은 언덕
중턱에 있었다. 친구에게 물어보니 아무리 깨워도 일
어나지 않아서 억지로 데려와 출발점에서 밀어냈다고
한다. 잠시 몽유병 환자처럼 걷다가 결국 그대로 쓰러
졌다는 것이다.

"제발 한 번만 더…."

토끼는 처량한 처지가 되었다. 이기는 것이 당연하
고 지면 망신인 시합에서 계속 연패하고 있는 것이다.
친구들과도 서먹해졌다. 우정이란 이토록 깨지기 쉬
운 것이다. 다들 뒤에서 멋대로 수군거렸다.

"저 녀석, 머리가 좀 이상한 거 아니야?"

"정신이 나간 게 아니라면 거북이한테 매수당한 게
틀림없어. 흔한 일이긴 하지만 진짜 한심하다."

이 지긋지긋한 소문을 잠재울 방법은 단 하나, 승
리뿐이었다. 무슨 일이 있어도 언덕 꼭대기에 도달해
야 한다. 하지만 몇 번을 도전해도 중턱쯤 오면 꼭 잠
들어 버린다.

그렇다고 포기할 수는 없다. 자존심 문제다. 옛사람
들의 가르침에도 있지 않은가. 내 최대의 자랑은 한 번

도 실패하지 않는 것이 아니라 쓰러질 때마다 다시 일어나는 것이다, 라고.

토끼는 다시 정신을 단련하고자 독서에 열중했다. 커피를 마시고 경주에 임한 적도 있었다.

하지만 지나치게 지성이 높아진 것도 좋은 일만은 아니었다. 달리는 도중, 그리스 철학자의 '토끼는 앞에 있는 거북이를 절대 따라잡을 수 없다'라는 설이 떠올랐다. 거북이가 있던 지점에 도착하면 거북이는 이미 그 앞에 있고, 다시 그곳에 도착하면 거북이는 또 그보다 더 앞에 있다는 논리였다.

생각해보면 정말 그렇다. 영원히 따라잡을 수 없는 것이다. 이런 기묘한 일이 있을 수 있을까. 토끼는 자리에 주저앉아 그 논리의 오류를 찾아내고자 긴 명상에 잠겼다. 그러는 사이에 거북이에게 추월당해 잠들었을 때와 똑같은 결과를 낳았다.

토끼는 읽는 책을 바꿨다. 어느 위대한 독재자가 쓴 책을 읽고, 시합에 나가기 전에는 대량의 강장제를 마셨다. 기운이 넘치고 몸 안에 에너지가 가득 차 로켓추진 중전차처럼 달려나갔다.

하지만 길가의 바위에 발이 걸린 것이 문제였다. 엄

청난 속도로 머리가 땅에 부딪혔고 그대로 정신을 잃었다. 결국 도중에 잠든 것과 똑같은 결과였다.

"잠시 수련을 하고 올게. 돌아와서 다시 경주하자."

"좋습니다."

거북이가 대답했다.

토끼는 여행을 떠났다. 쥐나 다람쥐와 경주해서 이기면서 조금씩 자신감을 되찾았다. 나아가 개와 얼룩말에게도 이기고, 마침내 호랑이에게 이렇게 제안했다.

"경주합시다. 저를 잡을 수 있다면 잡아먹어도 좋습니다."

그야말로 필사의 승부였다. 호랑이도 결코 방심한 것은 아니었지만 유성처럼 달리는 토끼를 따라잡을 수는 없었다.

여행에서 돌아온 토끼는 다시 거북이와의 경주에 도전했다. 하지만 이번에도 잘 풀리지 않았다. 달리기 시작한 순간 호랑이에게서 도망쳤던 자랑스러운 기억이 떠올라 멍하니 넋을 잃기도 하고, 여행의 피로가 밀려와 졸음이 쏟아지기도 했다. 정신을 차리고 보면 거북이는 이미 골인한 후였다. 수행의 성과는 조금도 없었다.

친구들은 한심해하며 외면했지만 토끼의 인기가 떨어진 것은 아니었다. 꽤 많은 팬이 있었다. 약자를 동정하는 자들은 거북이가 얄밉다며 토끼를 응원했다. 언젠가는 토끼가 이길 것이다. 그 순간을 직접 자기 눈으로 보고 싶다며 그들은 경주를 보러왔다.

하지만 토끼는 점점 더 망가져 갔다. 어느 날은 자포자기해서 일부러 져주겠다는 태도로 경주했다. 언덕 중턱에 도착했을 때 스스로 벌렁 드러누워서 거북이가 추월하도록 내버려뒀다. 그 모습을 본 팬들은 화를 내며 진심으로 충고했다.

"뭐죠, 방금 그건. 그래서는 안 돼요. 당신은 반드시 이길 수 있어요. 우리가 곁에 있잖아요. 이길 방법이 있을 거예요. 끝까지 힘내세요."

토끼는 감격하고 반성하며 마음을 새롭게 다잡았다. 우선 과학적으로 분석해보기로 했다. 이렇게 연속으로 지는 것은 언덕 중턱에 뭔가 장애의 원인이 있기 때문일지도 모른다. 그 원인을 밝혀내고 대책을 세우기로 한 것이다.

토끼는 스스로 공부하고 때로는 전문가를 의지하여 상세히 조사했다. 하지만 방사능도 없고, 지자기(地

磁氣) 이상도 없었다. 독초도 없고, 독충도 없었다.

어쩌면 신체적 문제가 있을지도 모른다고 생각해서 철저하게 건강검진도 받았다. 그러나 심장도 혈압도 시력도 정상. 기압이 조금 변한다 해도 별 영향은 없을 거라는 진단이었다. 이상 없다는 판명에도 불구하고 승부 결과는 여전히 같았다. 언덕 중턱쯤 오면 졸음이 쏟아져 거북이에게 추월당하는 것이다.

그렇다면 정신적인 문제일지도 모른다. 토끼는 정신분석과 의사를 찾아갔다. 첫 번째 의사는 토끼의 고민을 듣고 그럴싸한 어조로 말했다.

"당신은 고소공포증입니다. 그래서 언덕 꼭대기에 오르는 것을 무의식적으로 피하려고 하는 것입니다."

"그렇군요. 바로 지적하시다니 과연 선생님이십니다. 혹시 조언해주실 게 있다면…."

"잘 들으세요. 높은 곳에 가지 않으면 절대 증상이 나타나지 않습니다. 아시겠지요? 그럼 진료비를…."

도무지 도움이 되지 않았다. 다른 의사를 찾아가보니 이렇게 말했다.

"무의식중에 비극의 주인공이 되고 싶어 하는 겁니다. 우선 그런 쓸데없는 생각을 버리십시오."

말도 안 된다. 비극의 주인공이 되고 싶어 하는 사람이 어디 있단 말인가. 게다가 이건 비극이 아니라 희극이다. 도무지 사정을 이해하지 못하는 진단이다. 또다른 의사를 찾아가자 이번에는 이렇게 말했다.

"언덕이란 여성의 상징입니다. 당신은 여성에게 어떤 두려움을 품고 있습니다. 틀림없이 그럴 겁니다. 그래야만 합니다. 어떻습니까. 짚이는 곳은 없습니까…."

아무리 우겨도 토끼에게는 떠오르는 것이 없었다. 진단에 마음에 들지 않아 이번에는 여자 의사를 찾아갔다.

"언덕 꼭대기는 남성의 상징입니다. 당신은 아버지에게 뭔가 열등감을 갖고 있어요…."

토끼는 정신분석 의사들에게 불신을 품기 시작했다. 온갖 딱지만 붙었을 뿐 상황은 조금도 달라지지 않았다.

하지만 아버지라는 말에서 뭔가를 떠올린 토끼는 도서관을 드나들며 오래된 기록을 조사하기 시작했다. 옛날 거북이에게 졌던 토끼가 자신의 조상일지도 모른다고 생각한 것이다. 거북이에게는 절대 이길 수 없는 유전자를 가진, 그런 숙명의 가계일 수도 있다.

하지만 아무리 족보를 뒤져봐도 그런 사실은 발견할
수 없었다.

혹은 거북이나 그 일당이 음모를 꾸며 달리는 자신
에게 최면을 거는 것은 아닐까 라는 생각도 해봤다. 그
걸 막기 위해 눈가리개를 하고 달린 적도 있었다. 그때
는 졸리지 않았지만 나무에 부딪혀 기절했다.

그밖에도 여러 가지 조사를 해봤지만 인위적인 방
해의 증거는 없었다.

이쯤 되면 초자연적인 힘 때문일지도 모른다. 누군
가의 저주일 수도 있다. 토끼는 온갖 액막이를 했다.
자신을 정화하고, 자신의 집을 정화하고, 길을 정화하
고, 언덕을 정화했다. 나아가 부적, 마스코트, 주술 용
품 등을 각지에서 모아 몸에 지니고 달렸다. 그러나 달
리는 도중 마스코트를 잃어버려 그것을 찾는 동안 거
북이에게 추월당했다. 도저히 이길 수가 없었다.

마침내 토끼는 신에게 기도하는 심정에 이르렀다.
하늘에 계신 만물의 신께 이 불쌍한 토끼의 소원을 들
어달라고 간절히 빌었다.

기도를 마치자 마음이 상쾌해졌다. 온갖 잡념이 사
라지고 몸 상태는 그 어느 때보다 쾌조였다. 오늘은 반

드시 이길 거라는, 오늘이 아니면 이길 수 없다는 예감이 들었다.

출발 신호와 함께 토끼는 달렸다. 언덕 중턱도 지나쳤다. 앞으로 나아가는 것을 가로막던 투명한 벽이 사라진 듯했다. 이제 정상은 눈앞이었다. 물론 거북이는 아득히 뒤처져 있었다. 골 인 테이프를 향해 몸을 날리는 순간….

구경꾼들이 술렁거리기 시작했다.

"토끼 녀석, 또 언덕 중턱에서 쓰러졌어. 그런데 이번에는 상태가 이상해."

가까이 다가가 살펴보니 심장이 멈춰 있었다. 다시는 깨어나지 못할 잠이었다. 모두 고개를 숙이고 이야기를 나눴다.

"결국 한 번도 거북이에게 이기지 못했군."

"하지만 정말 행복한 표정으로 죽어 있어. 마치 이기고 기뻐하는 것 같아."

그리하여 토끼의 일생은 끝났다. 애니멀 트리뷴지는 토끼를 위해 대특집호를 발행했다. 모두가 그의 죽음을 슬퍼했다. 언덕은 '토끼 언덕'이라 명명됐으며 정상에는 교훈적인 비석이 세워졌다. 누가 이 토끼를 잊을 수 있겠는가. 그는 영원히 모두의 마음속에 살아 있을 것이다. 이것이야말로 인생이다.

그 누구도 '거북이 언덕'이라 불러야 한다고 주장하지 않았다. 도대체 거북이가 뭘 했단 말인가. 재미있는 짓은 아무것도 하지 않았다. 이야깃거리도 소재거리도 되지 못한다.

언젠가 거북이가 죽기라도 하면 신문 한구석에 실리고 '아, 그때 그 거북이네'라고 독자들이 잠깐 떠올리는 게 고작일 것이다. 게다가 거북이는 좀처럼 죽지 않는 법이다.

취미

준코에게는 한 가지 취미가 있었다. 일상생활에서 생기는 사소한 불만은 그 취미에 몰두하는 동안 금세 사라졌다. 아니, 오히려 늘 취미에 빠져 있기 때문에 불만이 생길 일조차 거의 없었다.

그녀의 취미는 다도나 꽃꽂이처럼 흔한 것이 아니었다. 물론 심령술 같은 수상쩍은 것도 아니었다. 그것은 바로 실내 장식이었다.

준코가 이 분야에 관심을 갖기 시작한 것은 대학에 입학했을 무렵이었다. 전공은 영문학과였지만 전공은 뒷전이고 건축이나 미술 강의실에 들어가 수업을 들곤 했다. 외국에서 잡지를 주문해 읽기도 했다. 타고난 재능도 있었지만 무엇보다 좋아서 열중했기 때문에, 졸업할 무렵에는 웬만한 전문가 못지않은 감각을 갖게 되었다.

다행히 준코의 집안은 유복했고 그녀의 행동을 이해해주었다. 여성의 취미로 나쁠 것도 없는데다가 억지로 못 하게 했다가 오히려 더 이상한 것에 빠지게 될까 봐 염려했기 때문이었다. 트럼펫을 불거나 악어를 키우는 것보다는 훨씬 무난했다.

졸업 후 외국여행을 하면서 준코는 이 분야에 대한 견문을 더욱 넓힐 수 있었다. 물론 이런 경험들은 그녀의 재능을 한층 성장시켜줬다.

준코가 처음으로 손댄 작품은 자신의 집을 리모델링하는 것이었다.

그것도 당연하다. 아무리 재능이 있어도 남들에게는 그저 부잣집 아가씨의 소일거리로 비칠 뿐이다. 첫모험을 시도하기 위해서는 아버지를 조를 수밖에 없었다. 이제 와서 반대할 수도 없었던 아버지는 순순히 허락해줬다.

그녀는 흥분에 취해 구상을 다듬고, 계획을 세우

고, 자재를 모으고, 직접 지휘하여 마침내 완성했다. 다소 고풍스러운 아버지의 성격에 맞춰 일본 전통 분위기를 토대로 밝고 산뜻한 느낌을 더했다. 집은 몰라보게 변했다.

가장 먼저 감탄한 것은 아버지였다.

"놀랍구나. 네가 이렇게까지 잘할 줄은 몰랐다. 원한다면 자금을 대줄 테니 어디 사무실을 차려서 본격적으로 일 해보면 어떻겠니?"

하지만 준코는 별로 내켜하지 않았다.

"저는 예술을 사랑하는 마음에서 취미로 하는 거예요. 돈벌이에는 별로 관심이 없어요."

"그러냐."

아버지는 고개를 끄덕이며 그렇다면 그것도 괜찮다고 말했다. 딱히 돈이 궁한 것도 아니었다. 게다가 딸이 사업의 재미에 눈 떠서 그 일에만 몰두하다 혼기를 놓치는 것도 환영할 만한 일은 아니었다. 이 편이 더 나을지도 모른다.

개업은 하지 않았지만, 준코는 지인들에게 부탁을 받으면 기꺼이 상담과 조언을 해주었다. 꽤 많은 의뢰가 들어왔다. 리모델링 전의 집을 알고 있는 방문객들은 곧바로 그녀의 재능을 알아봤다. 그리고 만족하며 친구들에게도 추천해 주었다. 덕분에 준코는 실력을 썩히지 않고, 마음껏 취미를 즐길 수 있었다.

얼마 후, 준코는 한 남자를 만나 결혼하게 되었다. 물론 결혼 전 교제 기간에는 당연히 이런 대화가 오갔다.

"혹시 취미가 있으신가요?"

남자가 물었다. 틀에 박힌 뻔한 질문이었지만 끊어진 대화를 이어가기에는 딱 좋은 질문이었다.

"실내장식이에요."

준코는 조심스러운 말투로, 그러나 또렷하게 대답했다. 독서나 음악 감상 같은 평범한 취미가 아니라는 것에 내심 자부심이 있었다.

"멋진 취미네요."

남자는 조금 안심했다. 스피드를 즐기거나 화려한 파티를 여는 것이 취미라면 조금 생각을 달리했을지도 모른다. 하지만 실내장식이라니, 어딘가 세련되면서도 고상하고, 게다가 안전하고 무해하지 않은가.

"저, 결혼하고 나서도 이 취미를 계속해도 될까요?"

준코의 물음에 남자는 대답했다.

"물론입니다. 마음껏 계속하세요. 저는 굳이 말하자면 일이 취미라고 할 수 있죠. 직접 뭘 하진 않지만 다른 사람의 취미를 이해하는 마음은 있습니다. 실내 장식이라니 정말 멋진 취미 아닙니까. 그 취미를 살려서 우리 생활을 풍성하게 가꿔주신다면 정말 기쁠 겁니다."

성실해 보이는 남자였다. 준코는 이 사람이라면 결혼해도 괜찮겠다고 생각했다. 일이 취미인 남자가 일은 대충하고 취미에만 빠져 사는 남자보다 훨씬 믿음직스럽다.

동시에 그녀는 이 사람에게 딱 맞는 실내 장식은 어떤 분위기가 좋을지 벌써부터 고민하기 시작했다.

그리하여 두 사람은 행복하게 결혼했다. 그리고 준코의 아버지가 마련해 준 자금으로 교외에 신혼집을 마련할 수 있었다.

하지만 처음 결혼 생활은 조금 남달랐다.

보통은 결혼과 동시에 살림살이가 통일성 없이 한꺼번에 들어와 개성이라고는 없는 상태가 되어버리기 마련이다. 사는 사람이 그 환경에 순응해야 한다. 준코는 지금까지 그런 전례를 수없이 보았고 이를 피하기 위해 신중을 기했다. 그녀는 가구류는 조화를 유지하며 서서히 갖추는 것이 좋겠다고 제안했다.

남편도 그 의견을 받아들였다. 이미 그녀의 취미를 존중하겠다고 약속했으니까. 게다가 신혼 초에는 집 안이 살풍경하더라도 즐거움이 그 부족함을 채워준 다. 그리고 남편은 일이 우선인 사람답게 집안의 모든 일을 준코에게 맡기고 굳이 간섭하려 들지 않았다.

준코는 그 신뢰에 보답하고자 사랑하는 남편을 위해 집안을 어떻게 꾸미는 것이 가장 좋을지 온 마음을 다해 고민했다. 대충 만들 수는 없었다. 후회 없는 최고의 결과물을 만들어내야만 했다.

그러기 위해서는 우선 남편을 이해해야 했다. 장식은 그 이해를 바탕으로 이루어져야 하기 때문이다. 고민 끝에 미국식의 모던한 느낌을 바탕으로 하는 것이 좋겠다는 결론에 도달했다. 건강하고 다소 소탈한, 그리고 일이 제일 중요한 비즈니스맨. 그런 남편에게 잘 어울릴 거라고 생각했다.

준코는 마침내 작업에 착수했다. 사랑하는 남편을 위해 취미를 살려 작업에 몰두하는 것은 정말로 즐거 웠다.

먼저 창문을 넓혀 바깥의 빛이 가득 들어오게 했
다. 벽은 밝은 중간색으로 칠했다. 조명기구는 심플
하면서도 아름다운 디자인으로 설치했다. 모던 디자
인 가구 카탈로그를 구해 신중하게 고민하며 하나하
나 골랐다.

세련된 스테레오 세트를 사고 유리로 만든 예술품
도 주문했다. 바닥에는 무늬 없는 깔끔한 카펫을 깔고
관엽식물 화분도 들여놓았다.

이 모든 것이 준코의 지시에 따라 배치되자 각각의
요소들이 서로의 가치를 빛내주며 조화롭고 아름다운
세계를 창조했다. 하나의 완성된 소우주라고도 할 수
있었다. 준코 자신도 그 분위기에 맞춰 옷을 입고 헤어
스타일도 바꿨다. 우주의 구성 인자로서 그 질서에 녹
아들어야 했기 때문이다.

이 변화들을 보고 남편은 감탄했다. 미적 감각이 그
리 뛰어나지 않은 그도 눈을 크게 뜨며 감탄의 한숨
을 내쉬었다.

"정확하게 평할 수는 없지만 뭔가 정말 멋진 집이
됐다는 것만은 확실히 알겠어."

"당신이 좋아해줘서 나도 기뻐."

"당신의 재능은 정말 대단해. 친구들에게 보여주고 자랑하고 싶어."

"응, 그렇게 해. 장식이 끝나지 않아서 그동안 아무도 초대하지 않았지만."

이 집을 방문한 사람은 심각하게 감각이 없지 않은 한 모두가 실내를 둘러보고 감탄했다. 집과 그 집에 사는 사람이 완벽하게 어우러져 하나로 녹아들어 있었기 때문이다.

주인에 맞춰 집을 꾸미고 그 집에 맞춰 준코가 존재하고 있으니 당연한 일이었다. 그렇다고 그녀가 억지로 자신을 억누르고 있는 것은 아니었다. 자신이 만들어낸 세계에 스스로를 맞추는 것은 싫지도, 거부감이 들지도 않았다. 오히려 취미를 위해 살아가는 그녀에게는 최고의 기쁨이었다.

준코는 이 작업을 더욱 완벽하게 만들기 위해 계속 노력했다. 손님방뿐 아니라 각 방의 구석구석까지 세심하게 신경을 썼다. 수도꼭지, 재떨이 하나, 슬리퍼의 색과 모양까지도 고심하고 또 고심해서 골랐다.

이는 실내에만 그치지 않고 바깥까지 이어졌다. 대문과 정원이 집과 동떨어져서는 안 되었기 때문이다.

준코는 정원에 잔디를 심었다. 물론 그 품종도 집과의 조화를 충분히 연구해서 골랐다. 밤이 되면 수은등이 적절한 각도와 밝기로 정원을 아름답게 비췄다.

이런 발전들과 함께 준코의 행복감은 점점 커졌다. 취미가 있는 삶. 세상 사람들이 동경을 담아 말하는 그 문구 그대로 그녀는 살아가고 있었다.

꿈같은 3년이 지나고 결혼기념일 저녁.

남편은 포장된 꾸러미를 안고 집에 돌아와 준코에게 내밀며 말했다.

"기념일 선물이야. 당신 마음에 들었으면 좋겠군."

"당신이 주는 선물이라면 뭐든지 좋아. 그런데 이게 뭐야?"

"그림이야. 나는 가치를 잘 모르지만 믿을 만한 미술상에게서 샀으니 엉터리는 아닐 거야."

예술을 사랑하는 아내를 위해 남편이 고심 끝에 구해 온 것이었다. 그 애정이 담긴 꾸러미를 받아든 준코는 안을 열어보고 기쁨과 놀라움의 소리를 질렀다.

"어머, 라민즈 작품이네! 진품이야. 정말 멋져. 분명히 비쌌겠지?"

"당신을 위해서라면 가격은 문제가 안 되지. 그런데

그렇게 좋은 작품이야?"

"응, 19세기 중반 영국 화가야. 조용하고 차분한 분위기가 특징이지."

그녀는 유화를 가리키며 말했다. 물레방아가 있는 풍경화. 확실히 좋은 작품이었다.

"당신 마음에 들었다니 다행이군. 그럼 저쪽 벽에 장식하면 되겠네."

"그렇게 할게."

하지만 그녀는 당장 못을 박고 그림을 걸지는 않았다. 먼저 그 그림에 가장 잘 어울릴 것 같은 액자로 바꿔 끼웠다. 남편이 준 선물이다. 그 가치를 최고로 발휘할 수 있도록 해야만 했다. 그리고 남편이 가리킨 벽에 걸었다.

하지만 왠지 마음에 들지 않았다. 준코는 그 원인을 깨닫고 그림과 딱 맞는 무늬의 벽지를 사서 새로 발랐다. 그러나 이것만으로는 성에 차지 않았다. 완벽을 추구하는 그녀의 즐거운 집착이 시작되었다.

이 그림은 밝은 실내에 장식해서는 안 되는 작품이었다. 준코는 창문을 작게 개조했다. 단순히 크기만 줄인 것이 아니라 고풍스러운 영국식 창문으로 바꾸었다.

심플한 디자인의 조명을 떼어내고 화려한 장식의 샹들리에를 천장에 달았다. 빛은 복잡한 음영을 만들며 실내를 비췄다. 이 빛과 조화를 이루려면 카펫도 바꿔야 하고 가구도 조각이 새겨진 목제 가구여야 했다. 그 밖에도 침대 커버의 무늬에 이르기까지 모든 것이 바뀌었다. 모든 것이 중후한 분위기로 변해갔다.

나아가서는 건물 외벽을 벽돌로 장식하고 담쟁이 덩굴을 심었다. 잔디밭은 사라지고 커다란 나무가 자리 잡았다. 취미에 충실한 준코는 조금이라도 완벽에 가깝지 않으면 도무지 만족할 수가 없었다. 물론 그녀의 옷차림도 분위기에 맞춰 바뀌었다.

그러나 마지막으로 문제가 하나 남았다. 그것은 준코의 마음을 끊임없이 불편하게 만들었다. 그녀는 결국 참지 못하고 아버지에게 전화를 걸어 고민을 털어놓았다.

"괜찮은 변호사를 소개해주세요. 실은 이혼 수속을 부탁하고 싶어요. 네, 아무래도 남편을 바꿔야겠어요…."

부하들

경찰서 취조실 안에서 눈매가 날카로운 형사가 말했다.

"이쯤에서 자백할 생각은 없나?"

"아니, 나는 아무 말도 할 생각 없어. 절대 입을 열지 않을 거다."

이 문답은 매일같이 되풀이되었다. 조사를 받는 남자 역시 만만치 않게 눈매가 날카로웠다. 이 남자는 상도단의 두목으로, 경찰은 장물아비들의 루트를 수배한 뒤 그중 한 곳으로부터 연락을 받아 그를 체포했다.

물론 이걸로 그를 유죄로 만들 수는 있다. 하지만

그것만으로는 문제가 해결되지 않는다. 그의 부하들이 아직 체포되지 않은 것이다. 그 악당들을 이대로 내버려두면 언제 무슨 짓을 저지를지 알 수 없다.

"그렇게 고집부리지 말고 부하들 이름을 말하는 게어때? 그러면 부하들도 더 이상 죄를 짓지 않을 수 있어. 다 본인들을 위한 일이야."

형사가 반복해서 말했지만 대답은 변함이 없었다.

"아니, 말 안 해. 잡혀서 부하들 이름이나 술술 부는 녀석은 보스 자격이 없어. 차라리 날 때리지 그래."

두목은 끝까지 완강했다. 때릴 수도 없고 때린다 한들 자백할 것 같지도 않았다. 정말 만만치 않은 상대였다. 이 정도면 아마 그의 부하들도 만만찮은 자들일 것이다.

형사는 내심 한숨을 쉬었다. 이 자의 부하가 몇 명인지, 어떤 자들인지, 어디에 살고 있는지 전혀 짐작이 가지 않았다.

형사가 말했다.

"끝까지 고집을 부리겠다면 그래, 좋아. 우리 힘으로 체포하지. 대신 아무런 선처도 기대하지 말아라."

"마음대로 하시지."

두목은 비웃으며 대답했다. 그건 절대 불가능하다고 말하는 듯한 자신만만한 태도였다.

"나중에 후회하지 마라. 부하들을 잡을 기막힌 방법이 생각났으니까."

"무슨 방법이지."

"너한테 가르쳐줄 필요는 없지."

형사는 허세를 부린 것이 아니었다. 그에게는 한 가지 작전이 있었다. 취조를 거듭하는 동안 깨달은 사실인데 두 사람은 나이와 체격이 비슷했다. 바로 이 점을 이용한 작전이었다.

형사는 분장 전문가를 불러 자신의 얼굴을 두목과 똑같이 만들어달라고 부탁했다. 결과는 꽤나 그럴듯했다. 거울을 들여다보니 마치 두목과 마주보고 있는 듯한 착각이 들 정도였다.

표정이나 몸짓, 목소리와 말투는 취조를 하는 동안 조금씩 익혔다. 체포할 때 압수한 소지품도 경찰에 보관되어 있었다. 형사는 그것들을 몸에 지니고 거리로 나섰다.

이렇게 돌아다니다 보면 누군가 말을 걸어올 것이다. 그 사람이 분명 관계자 중 한 명이다. 허점이 드러나지 않도록 능숙하게 대처하면 일당에게 접근할 수 있을 것이다. 이것이 바로 그의 작전이었다.

하지만 어디로 가야할지 딱히 짚이는 곳이 없었다. 며칠이 헛되이 지나갔다.

그러던 어느 날 저녁, 형사는 이런저런 소문이 무성한 바에 들어갔다. 안은 어둑했다. 익숙한 척하고 앉아 있을 때 한 여자가 말을 걸었다.

"어머, 웬일이에요? 한동안 안 보이셨잖아요."

"아, 좀 일이 있어서."

두목인 척하는 형사는 무난하게 대답했다.

"뭐 드시겠어요…?"

"늘 마시던 걸로 줘."

이렇게 대답하는 수밖에 없었다. 이윽고 칵테일이 나왔다. 한 모금 마셔보니 터무니없이 독한 술이었다. 하지만 마시지 않으면 의심을 살 것이다. 그는 단숨에 술을 들이켰다.

그리고 손목시계를 보았다. 두목이 차고 있던 고풍스러운 디자인의 시계였다.

칵테일을 한 잔 더 주문했다. 잔을 드는 손놀림과 버릇도 미리 관찰했던 대로 흉내 냈다.

지금까지는 순조롭게 진행되는 것 같다고 형사는 생각했다. 하지만 이제부터가 진짜 문제다. 정체를 들키지 않고 상대의 진영에 접근해야 한다. 한 번만 실수해도 돌이킬 수 없는 일이 벌어질 것이다.

주변을 경계하며 이런저런 생각을 하고 있을 때 어디선가 한 청년이 다가와 형사에게 속삭였다.

"보스⋯."

범죄자들에게서 흔히 볼 수 있는, 겁을 먹은 듯한 경계하는 눈빛이었다. 이 녀석은 분명 조직의 일원일 것이다. 형사는 어둑한 실내에서 최대한 얼굴이 드러나지 않게 노력하며 말했다.

"뭐야, 너였나. 무슨 일이지."

"보스야말로 그동안 어디 계셨던 겁니까."

"체포당할 뻔했는데 멍청한 형사의 눈을 속이고 도중에 도망쳤지. 그래도 혹시 몰라서 한동안 숨어 있었다."

"그런데 진짜 보스 맞습니까? 왠지 느낌이 달라진 것 같은데요."

"뭐라고. 날 잊어버렸나."

형사는 두목의 목소리를 흉내 내며 손목시계를 쳐

다보고 자동차 열쇠를 만지작거렸다. 익숙한 물건들을 보고 청년은 안심한 듯했다.

"죄송합니다. 좀 신경이 쓰여서요. 실은 보스를 기다리느라 모두 모여 있습니다. 따라오십시오."

"그래? 마침 잘됐군."

이 말은 본심이었다. 형사는 천천히 일어서서 주머니 속 권총을 확인하며 청년을 따라갔다.

하지만 발걸음은 다소 불안했다. 독한 술 때문에 취기가 돌기 시작한 것이다. 청년의 안내로 근처 빌딩의 지하실에 도착했다. 이곳이 본거지였나. 드디어 적의 일당과 대결할 수 있다. 가슴이 뛰었다.

문을 열고 들어가자 다행히 이곳도 안이 어둑했다. 남자 몇 명이 있었지만 이 정도면 들키지 않고 넘어갈 수 있을 것 같았다.

그런데 그때 예상치 못한 일이 벌어졌다. 그들이 일제히 달려든 것이다. 미처 방어할 틈도 없었다. 뒤에서 여기까지 안내했던 청년이 몸을 덮쳤다.

취기 때문에 힘도 쓸 수 없었다. 순식간에 포박당하고 입에는 재갈이 물린 채 바닥에 내동댕이쳐졌다. 어떻게 형사라는 것을 들킨 걸까. 변장도 완벽했고 딱히 실수한 것도 없는데. 그때 일당 중 한 명이 말했다.

"그런데 보스….."

형사라는 걸 들킨 것은 아닌 모양이다. 그런데 왜 이런 꼴을 당해야 하는 걸까. 재갈 때문에 질문을 할 수도 없었다. 어쩔 수 없이 상대의 말을 기다렸다.

"보스가 숨어 있는 동안 우리끼리 상의했어. 그리고 의견이 일치했지. 당신은 정말 지독했어. 우리에게 위험한 일을 시키고 이익은 혼자 독차지했지. 불만을 말하면 때리고 도망치려고 하면 죽인다고 협박했어. 더는 참을 수 없어. 당신을 경찰에 넘기고 자수해서 손을 씻기로 했어….."

그랬군. 저 두목의 부하치고는 모두 한심할 만큼 허술한 자들이다. 그래도 자수하기로 마음먹었다니 잘된 일이다. 형사는 내심 만족하며 이어지는 설명을 들었다.

"하지만 경찰에 넘기기 전에 먼저 지금까지 당한 걸 복수해야겠어….."

형사는 발로 걷어차였다. 막대기로 후려치는 자도 있었다. 침을 뱉거나 짓밟기도 했다. 오해라고 주장하고 싶었지만 목소리가 나오지 않았다. 실컷 봉변을 당해 정신이 아득해질 무렵 그들의 대화가 귀에 들려왔다.

"이쯤이면 될까."

"더 혼쭐을 내줘야지. 우리가 보스한테 얼마나 불만이 많았는지 두들겨 패서 증명하는 거야. 피떡을 만들어놔야 경찰도 우리가 그만큼 뉘우쳤다는 걸 인정하고 선처해줄 테니까…."

비법의 산물

중년이 넘은 한 남자가 있었다. N씨라고 부르기로
하자. 그는 상당한 자산가였다. 젊은 시절부터 그는 '인
간의 가치는 재산의 액수에 따라 결정된다'라는 기묘
한 사상—아니, 어쩌면 정상적인 사상이라고 해야 할
지도 모르겠지만—에 사로잡혀 있었다.

그는 이 원칙에 따라 행동했고 오로지 돈을 모으
고 불리는 일에 전념했다. 필연적으로 그는 자산가가
될 수 있었다.

그러나 인생을 한 가지 사상으로 일관하기란 일반
적으로 매우 어려운 법이다. 어느 순간 N씨의 심경에

변화가 일어났다. 뭔가 허무한 감정이 밀려오기 시작한 것이다. 바로 외로움이라는 감정이었다.

그는 인생의 동반자를 원했다. 반드시 미인이어야 했다. 젊고 빼어난 절세미인이어야 했다. 재산이 많으면 꿈도 커지기 마련이다. 그의 마음은 어찌 보면 순진하기도 했다. 보통은 여성이라는 존재에 절망하기 시작할 나이지만 중년이 되어 심기일전한 경우는 또 달랐다.

N씨는 스스로 거리를 돌아다니기도 하고 다른 사람에게 부탁하기도 하며 미녀 찾기에 열중했다. 하지만 꿈에서나 볼 법한 완전무결한 미인은 좀처럼 만날 수 없었다. 노력을 계속한 끝에 결국 평범한 방법으로는 불가능하다는 결론에 이르렀다.

그렇다고 포기한 것은 아니었다. 초자연적인 방법을 시도해보기로 한 것이다. 그는 마법에 관련된 책이나 신비한 서적들을 사 모았다. 아낌없이 돈을 투자한 덕분에 상당한 양을 입수할 수 있었다. 물론 대부분 엉터리였지만 진짜처럼 보이는 것도 몇 권 섞여 있었다.

N씨는 그 자료들을 정리하고 검토한 끝에 마신을 소환하는 의식을 알게 되었다.

알아냈으니 실행에 옮기지 않으면 의미가 없다. 그는 의식에 필요한 재료를 모으기 시작했다. 특수한 약초와 값비싼 광석 가루, 이제는 거의 멸종되어 가는 어떤 새의 날개도 필요했다. 구하기 힘들었지만 세상은 돈만 있으면 어떻게든 되는 법이다.

실행할 날짜와 시간을 정하기 위해 별자리를 조사하고 자택에 천체망원경을 설치했다. 나아가서는 별의 움직임을 계산하기 위해 컴퓨터까지 빌려왔다. 이쯤 되면 이미 집념에 가까웠다. 재산은 크게 줄었지만 준비는 모두 갖춰졌다.

N씨는 바닥에 별 모양을 그리고 의식에 착수했다. 수상쩍은 연기와 냄새, 그리고 주문이 교차하는 가운데, 이윽고 이국적인 풍모의 인물이 나타났다. N씨는 딱히 놀라지 않았다. 확신이 있었기에 여기까지 일을 진행한 것이다. 그는 상대에게 말을 건넸다.

"나타나주셔서 감사합니다. 확인 삼아 여쭙겠습니다만 마신이 맞으십니까?"

"마신, 마왕, 귀신, 여러 이름으로 불리지. 하지만 뭐라고 부르든 나는 나다. 초자연적 능력을 가진 존재지."

"지당하신 말씀입니다. 감사드립니다."

"아니, 나야말로 기쁘다. 잘 불러주었다. 요즘 합리주의인지 뭔지가 유행하는 바람에 너무 심심했거든. 쉬는 것도 좋지만 너무 오래 쉬면 따분하단 말이지. 감사의 표시로 다섯 가지 소원을 들어주마. 원래는 이렇게까지 후하게 굴진 않는다만…."

"감사합니다."

N씨가 머리를 숙이자 마신이 말했다.

"그럼 우선 세계 평화부터 이루어줄까."

"장난하십니까. 누가 그런 것 때문에 이렇게 노력하겠습니까?"

"그렇겠지. 지금까지 수없이 많은 인간들이 나를 불러냈지만 그런 소원을 빈 사람은 단 한 명도 없었다. 그렇다면 첫 번째 소원은 미녀겠군. 그거라면 익숙하지. 나한테 맡겨라."

N씨가 고개를 끄덕이자 미녀가 나타났다. 그야말로 흠잡을 데 없는 미인이었다. 얇은 옷을 걸치고 있었지만 몸의 곡선이 그대로 드러났다. 밀로의 비너스가 현신한 것만큼이나 아름다웠다.

"자, 넘겨주마."

마신이 말했다. 오랜 꿈이 현실이 된 N씨는 그저 멍하니 서 있었다. 그때 날카로운 여자의 외침이 정적을 깨뜨렸다.

"날 이대로 내버려둘 거야?"

얇은 옷 하나만 걸친 모습이 불편한지 당장이라도 도망칠 기색이었다. 하지만 N씨는 미처 옷까지 준비하지는 못했다. 우왕좌왕하고 있을 때 마신이 조언했다.

"아직 소원이 네 개 남았다."

"나머지는 이 여자의 소원을 들어주면 안 될까요?"

마신은 승낙했다. 여자는 옷을 주문했고 순식간에 최고급 의상을 몸에 걸칠 수 있었다. 일단 만족하던 여자는 문득 생각난 듯이 말했다.

"있죠, 목에 장식할 보석도 갖고 싶어요."

그 소원도 곧 이루어졌다. 여자는 폴짝폴짝 뛰며 기뻐했다.

"어머, 너무 멋져! 정말 고마워요!"

N씨는 그 말을 자신에게 전하는 감사로 받아들이며 흐뭇해했다. 그리고 흐물흐물 풀어진 얼굴과 목소리로 말했다.

"아직 소원이 두 개 남았으니까 뭐든지 원하는 걸

부탁해."

여자는 거리낌도 망설임도 없이 소원을 빌었다. 곧 소원이 이루어지고 한 청년이 나타났다. 잘생긴 얼굴에 체격은 건장한 미남자였다. 간단한 속옷만 걸치고 있어서 몸매가 더욱 잘 드러났다. N씨는 퍼뜩 정신을 차리고 당황했다.

"이건 안 돼. 안 돼."

"어머, 뭐든지 부탁해도 된다고 했잖아요."

"하지만 이건 아니야. 아직 소원이 하나 더 남았으니까 그걸 써서 저 남자를 다시 데려가라고 해."

"그치만⋯."

여자는 떼를 썼다. N씨는 후회했다. 처음 마신에게 소원을 빌 때 고분고분한 여성이라는 조건을 붙였어야 했다. 하지만 이미 늦었다. 옆에서 청년이 둘 사이에 끼어들었다.

"저런 남자가 시키는 대로 할 필요는 없어요. 어떻습니까, 그녀의 자유로운 선택에 맡기기로 하죠. 그것이야말로 공평하고 민주적이고 존중받아야 할 결론 아니겠습니까? 힘에는 자신이 있지만 지금은 자제하도록 하죠."

N씨는 화가 났다. 요즘 젊은 것들은 예의도 모르고 자신이 어떻게 이 세상에 나타나게 됐는지 그 은혜는 이해하려고 하지도 않는다. 그러면서 그럴듯하게 궤변을 늘어놓는다. 화가 난 나머지 얼굴이 추하게 일그러졌다.

여자는 결단의 말을 입에 올렸다. 그리고 곧, N씨는 순식간에 사라졌다. 또한 일을 끝마친 마신도 함께 자취를 감췄다. 그리하여 손을 맞잡은 젊은 남녀의 다정한 사랑 풍경만이 그 자리에 남았다.

상품

K씨는 세일즈맨이다. 소형 우주선에 다양한 상품의 견본을 싣고 별에서 별로 돌아다니며 주문을 받는 것이 그의 직업이었다.

결코 한가한 일은 아니었다. 별의 주민들을 상대로 물건에 대해 이것저것 설명하는 것도 힘들었다. 거래가 성사되어 지구에 무전으로 보고할 때는 소소한 기쁨을 맛보기도 하지만 곧 다시 다른 별을 향해 홀로 길고 단조로운 우주여행을 떠나야 했다.

전방에 별 하나가 보이기 시작했다.

"이번엔 어떨까. 우호적이고, 경기가 좋고, 씀씀이

가 헤픈 주민들이 사는 별이면 좋을 텐데…."

K씨는 혼잣말을 중얼거리며 그 별로 망원경을 향했다. 가까워질수록 별의 모습이 또렷해졌다. 도시가 보였다. 우아한 곡선으로 이루어진 도시였다. 품위 있는 문명을 가진 주민이 사는 별인 듯했다.

K씨는 기분 좋게 착륙을 시도했다. 물론 경계심도 늦추지 않았다. 우주선에 어떤 공격이 가해질 경우 즉시 상승하여 도망칠 수 있는 장치도 갖춰져 있었다. 다행히도 그 장치를 쓸 일 없이 그는 도시 외곽에 무사히 착륙을 마쳤다.

저쪽에서 주민 몇몇이 다가와 말을 건넸다. K씨는 소형 번역기를 조정했다. 이윽고 다이얼이 맞춰졌다. 그는 인사를 건넸다.

"처음 뵙겠습니다. 저는 지구라는 별에서 왔습니다. 지구에서는 여러 가지 상품들을 만들고 있습니다. 이곳 분들이 뭔가 구매해주셨으면 해서…."

주민이 대답했다.

"아, 장사를 하러 오셨군요. 자, 이쪽으로 오시지요. 피곤하실 텐데 우선 저희가 대접을 해드리겠습니다. 상담은 그 다음에 하시죠."

친절한 태도였다. 뭔가 꿍꿍이가 있는 게 아니라 진심에서 우러나온 듯했다. 수많은 별들을 돌아다녔던 만큼 그 정도는 구분할 수 있었다. 좋은 별에 온 것 같다. 분명히 큰 거래를 성사시킬 수 있을 것이다.

그는 안내를 받아 호텔처럼 보이는 건물에 들어갔다. 제법 훌륭한 건물이었다.

맛있는 음식과 음료가 나왔다. 잠시 휴식을 취하고 있을 때 주민 한 명이 다가왔다.

"제가 상업 관청 장관입니다. 이런 별까지 일부러 와주셔서 감사합니다."

정중한 말투였다.

"아닙니다. 저도 장사를 하러 온 거니까요. 그럼 바로 용건을 말씀드리죠. 그러니까…."

뭘 팔아야 할지 주위를 둘러보던 K씨는 문득 입을 다물었다. 적당한 상품이 떠오르지 않았다. 착륙한 뒤 지금까지 주변을 주의 깊게 살펴봤지만 모든 면에서 문명의 수준이 지구보다 조금씩 높았다. 즉 모든 제품이 이미 존재하고 있으며 전부 지구의 제품보다 조금 더 발전하고 조금 더 고급스러웠다.

팔 수 있는 물건이 하나도 없었다. 문명수준이 낮은

별에 가면 어처구니없을 만큼 기초적인 것부터 설명하느라 고생하긴 해도, 설명이 끝나면 결국 거래는 이루어진다. 하지만 이렇게 상대의 수준이 조금씩 우월하면 방법이 없다.

K씨는 열등감에 사로잡혀 점점 부끄러워졌다. 하지만 자신의 일을 잊거나 포기한 것은 아니었다. 힘을 내야 한다. 지구에는 있지만 이 별에는 없는 제품이 반드시 있을 것이다. 그걸 찾아내서 팔아야만 한다.

도무지 좋은 생각이 떠오르지 않아 초조해지기 시작했을 때, 건물 밖에서 요란한 사이렌 소리가 들렸다. K씨는 장관에게 물었다.

"뭡니까, 저 소리는…."

"사건입니다. 지금 이쪽으로 뭔가 큰일이 다가오고 있다는 것을 알리는 소리입니다. 잠시 가만히 계십시오."

K씨는 창밖을 내다보았다. 도로에서 큰 소동이 벌어지고 있었다. 주민들은 서둘러 집 안으로 들어갔다. 그 대신 복잡한 장치를 단 차들이 몇 대나 돌아다니고 하늘에는 헬리콥터 같은 것이 날아다녔다.

뭔지는 모르겠지만 어마어마한 것이 다가오고 있

는 모양이다. K씨가 긴장하며 지켜보는 동안 차에서 뭔가가 발사되었다. 매우 촘촘한 그물이었다. 그물은 공중에서 커다란 꽃처럼 펼쳐지더니 아래로 떨어졌다.

장관은 안심한 표정으로 말했다.

"어떻게든 잡은 것 같군요. 안심하십시오. 이제 괜찮습니다."

"대체 뭐가 나타났던 겁니까?"

"보여드리지요…."

장관의 안내로 K씨는 가까이 다가가서 그물에 잡힌 것을 보았다. 아무것도 없어 보였지만 주의 깊게 들여다보니 확실히 생물이 존재했다. 그것은 작은 파리 한 마리였다.

장관은 의기양양하게 설명했다.

"차에 설치된 정교한 장치 덕분입니다. 우선 고성능 레이더로 목표물을 추적합니다. 동시에 바람의 방향과 기압을 측정하고 컴퓨터로 방향을 정한 후 그물을 발사합니다. 그러면 이렇게 백발백중이 되지요."

고작 파리 한 마리 잡으려고 이 난리를 치다니. K씨는 웃음이 나오는 것을 꾹 참고 큰소리로 빠르게 말했다.

"이게 문제의 생물입니까? 그렇다면 이렇게 고생하실 필요 없습니다. 지구에는 아주 편리한 물건이 있습니다. 바로 이겁니다. 잘 보세요…"

그는 만년필 모양의 분무기를 꺼내 그물 속 파리에게 강력한 살충제를 뿌렸다.

"…어떻습니까. 보이시죠."

주민들은 파리를 바라보았다. 그리고 놀라서 눈을 동그랗게 뜨고 서로의 얼굴을 바라보더니 한숨을 쉬며 말했다.

"죽었어…."

"그렇습니다. 보시다시피 엄청난 효과죠. 이 약품은 강력해서 30미터 사방으로 퍼지고…."

K씨는 의기양양하게 효능을 설명하기 시작했다. 옆에 있던 장관이 말했다.

"당신 도대체 무슨 짓을 한 겁니까. 현재 멸종 직전인 이 귀중한 곤충을 죽이다니. 지금 이 별에는 알과 유충을 포함해서 아홉 마리밖에 남지 않았습니다. 그중 한 마리가 도망쳐서 이런 소동이 벌어진 겁니다. 그런데 당신이 죽여버려서 이제 여덟 마리밖에 남지 않았습니다. 우리에겐 더없이 소중한 보물입니다. 이대로는 넘어갈 수 없습니다!"

K씨는 그 말을 듣고 새파랗게 질렸다. 오해다, 악의
는 없었다고 변명해봤자 용서받지 못할 것 같았다. 이
대로는 극형에 처해질지도 모른다. 온갖 변명을 늘어
놓으며 그는 절박하게 외쳤다.

"제발 살려주십시오. 원하신다면 지구에서 구해드
리겠습니다."

"뭐라고. 그게 정말인가…."

"지구에서도 절대 외부에 반출해서는 안 됩니다
만…."

장관의 환해진 얼굴을 보고 장사꾼의 본능을 되찾
은 K씨는 자못 생색을 내며 말했다.

그는 한동안 인질로 잡혀 그 별에서 지내야 했다.
마침내 그의 연락을 받고 지구에서 무인 로켓이 도착
했다. 그 안에는 파리 알 일곱 개가 들어 있었다. 이것
을 발송한 담당자는 꽤나 어리둥절했을 것이다. 어쨌
든 보내줘서 다행이다. 만약 장난하냐고 화를 내며 발
송을 거부했다면 K씨의 운명은 이 별에서 끝났을 것
이다.

K씨는 죽음을 면했을 뿐 아니라 단숨에 이 별의 인

기인이 되었다. 대우도 좋아졌고 거액의 대금까지 챙길 수 있었다.

이런 묘미와 스릴이 있기 때문에 좀처럼 다른 직업으로 옮길 마음이 들지 않는 것이다.

여자와 돈과 아름다움

"당신을 좋아합니다."

청년이 속삭였다. 하지만 여자는 얼버무리듯 대답했다.

"싫어요, 그런 농담은."

"농담이 아니에요. 진심입니다. 진심으로 당신을 사랑합니다."

"하지만 아직 다섯 번밖에 안 만났잖아요."

"사랑을 고백하려면 몇 번 이상 만나야 한다는 규칙은 없잖아요. 처음 본 순간 당신에게 푹 빠졌습니다. 오늘 다섯 번째 만남을 기다리는 것조차 너무 힘들었습니다."

"도저히 믿을 수 없네요."

"아아, 어떻게 하면 믿어주실 겁니까…."

청년의 말투는 열렬했다. 흔해빠진, 특별할 것 없는 대화가 이어지고 있었다. 청년은 스물여덟 살 정도. 남성적인 매력과 스마트함이 잘 어우러진 미남이었다. 옷차림도 단정했다. 여자는 스물다섯 살 정도. 그리고….

만약 그녀가 미인이었다면 이들의 대화는 마치 드라마 속 한 장면 같았을 것이다. 하지만 그렇지 않았다. 아무리 미인의 정의를 확대하고 좋게 해석해도 미인이라고 부르기는 어려운 외모였다.

여자는 뚱뚱했다. 가슴부터 허리까지 거의 비슷한 굵기였다. 다리도 굵었다. 눈은 부어 보였고 코는 납작했다. 입술은 두껍고 그 사이로 고르지 못한 치열과 충치가 보였다. 옷차림도 신통치 않았다. 하긴 어떤 디자인을 입어도 별수 없을 것이다.

그녀 자신도 그 사실을 자각하고 있었다. 그래서 청년의 달콤한 말을 순순히 받아들일 수 없었다.

"작작 좀 하시죠. 그런 말은 다른 여자한테나 해요."

"제가 좋아하는 건 당신뿐입니다. 다른 여자는 눈에 들어오지도 않습니다."

"제발 그만 놀려요. 자꾸 그러면 화낼 거예요."

여자는 정말로 화를 낼 듯한 기세였다. 안 그래도 보기 흉한 눈매인데 노려보니 한층 추했다. 하지만 청년은 그 시선을 튕겨내며 말을 이었다.

"그래요, 마음이 풀릴 때까지 화내세요. 그러면 제 진심도 알아주시겠죠. 당신을 진심으로 사랑합니다."

"싫어요, 이제 그만하세요. 그렇게 말씀하시니 왠지 슬퍼지네요."

여자는 갑자기 물기 어린 목소리로 말하며 시선을 떨궜다. 청년은 그 모습에 용기를 얻어 몸을 더욱 앞으로 내밀었다.

"슬퍼하지 말아요. 눈물을 보이면 제가 청혼하기 힘들어지지 않습니까."

"뭐라고요…?"

청혼이라는 말에 여자는 세차게 몸을 떨며 잠시 멍한 표정을 지었다. 방금 들은 말을 어떻게 받아들여야 할지 몰라 머릿속이 혼란스러운 표정이었다. 청년은 또다시 말했다.

"제발 저와 결혼해주세요."

"하지만 다른 예쁜 여자도 많잖아요. 왜 나 같은 여자와…."

"당신은 사려 깊고 내성적이고 여성스럽습니다. 그 성격에 끌렸습니다. 다른 여자들은 모두 자만심이 강하고 뻔뻔하고…."

또다시 장황한 대화가 이어졌다. 그때마다 여자가 두르고 있는 경계심이라는 갑옷은 한 꺼풀씩 벗겨져 나갔다. 여자는 마침내 조금씩 믿기 시작했다.

"꿈만 같아요. 당신 같은 분에게 청혼을 받다니."

"꿈일까 걱정되시면 꼬집어 드릴까요?"

청년이 스스럼없이 굴자 여자는 웃었다.

"어머, 싫어요. 아프잖아요."

"승낙하신 거죠?"

여자는 승낙했고 대화는 더욱 깊어졌다

"가능하면 작아도 좋으니 우리 집을 갖고 싶습니다. 저는 낭비하지 않고 계속 돈을 모았습니다. 제법 많이 모았는데 그걸로 집을 살 수 있을까요?"

"저도 저금이 있어요. 혹시 부족하면 내 돈을 써요. 우린 이제 남이 아니잖아요."

"그러면 더 좋은 집을 살 수 있겠군요. 집을 사면 당신 명의로 해드리겠습니다."

"마음대로 해요."

"그럼 전 저금을 인출해서 계산해보겠습니다. 그리고 보여드리겠습니다. 거짓말이 아니라는 증거로."

이야기는 한층 진전되어 구체적인 형태를 갖추어 갔다. 두 사람은 다음 만남을 약속하고 헤어졌다.

이 청년은 별난 사람도 성격이 이상한 것도 아니었다. 그는 진심이었다.

이것이 그의 일이고 일은 진심으로 임해야만 성공할 수 있다. 쉽게 말해서 그는 상습적인 결혼사기꾼이었다.

이 일을 하는 사람은 세상에 적지 않다. 그들은 대부분 결혼을 미끼로 뜯어낸 돈을 아무 생각 없이 흥청망청 써버리곤 한다. 하지만 이 청년은 철저히 재산을 모으는 수단으로 이 일을 해왔다. 갈취한 돈은 모두 은행에 꼬박꼬박 저축했다.

말할 것도 없이 자금이 준비되어 있으면 그만큼 성공률은 높아진다. 현금을 눈앞에 쌓아놓고 여자가 직접 만져보게 하는 것이다.

그 다음에 '조금만 더 보태면'이라고 제안하면 여자는 의심을 거두고 가진 돈을 내놓는다. 덕분에 그의 영업실적은 매우 좋았다. 그렇게 받은 돈을 챙겨서 자취를 감추고 다시 은행에 맡기는 것이다. 통장 속의 금액은 계속 늘어갔다. 그것이 그의 삶의 보람이었다.

그렇다고 청년이 수전노인 것은 아니다. 모아둔 돈을 쓸 날을 동경하며 꿈꾸고 있기에 이 일에 열중할 수 있었다. 그의 꿈은 아름다운 여성과 결혼하는 것이었다.

아름다운 여자는 돈 없는 남자와 결혼하려 하지 않는다. 청년은 몇 차례의 실연을 통해 그 사실을 뼈저리게 깨달았다. 어느 정도까지는 순조롭게 진행되다가도 그가 돈이 없다는 것을 고백한 순간 상대는 떠나버렸다. 이 냉혹한 현실을 겪고 난 후 그가 마음을 바꿔 돈을 모으는데 몰두하게 된 것도 무리는 아니었다.

하지만 그에게 딱히 특별한 재능은 없었다. 이용할 만한 것이라고는 번듯한 외모뿐. 그는 그 장점을 최대한 활용했다.

돈이 있어 보이는 못생긴 여자에게 사랑을 속삭일 수 있는 것도 장래의 목표가 있기 때문이었다. 일에 열중하다보면 상대의 얼굴 위로 환상 속 미녀의 얼굴이 겹쳐져 마치 그녀에게 이야기하는 듯한 기분이 들었다. 그렇기에 진실이 담긴 연기를 할 수 있었다.

사흘 뒤, 약속대로 청년은 여자의 아파트를 찾아갔다. 꾸밈없는 소박한 방이었다. 젊은 여성의 방에서 느껴지는 특유의 화사함도 없었다. 결혼을 포기하고 돈만 모았나보다고 청년은 생각했다. 하지만 동정할 필요는 없다. 그는 일을 시작했다. 가방을 열어 안에 든 돈다발을 책상 위에 쌓았다.

"자, 내가 고생해서 모은 돈이야."

여자 역시 돈다발을 준비해두고 있었다. 청년의 것에 비하면 적었지만 예상했던 것보다는 많았다. 그녀는 조금 부끄러운 듯이 돈다발 위에 돈다발을 올렸다.

"나도 돈을 찾아왔어. 어머, 이렇게 같이 놔두면 뭐가 누구 돈인지 헷갈리겠네."

"괜찮아, 어차피 우리 돈인데 뭐."

청년은 늘 그랬듯이 상황이 순조롭게 진행되는 것에 만족했다. 상대는 기뻐하며 그를 믿고 있다. 서두르지 말고 돈을 한데 모아서 가지고 나가면 된다. 조

금 가엾긴 하지만 돈이 없어서 미인과 결혼할 수 없는
자신도 불쌍하다.

여자가 문득 떠오른 듯이 천진난만한 목소리로 말
했다.

"높이가 얼마나 되는지 한번 재보자."

"아, 그럴까."

"자가 어디 있더라. 당신 뒤쪽에 있었던 거 같은데.
잡지 밑에 깔렸나."

"어디어디…."

청년은 침착하게 자를 찾기 시작했다. 성공을 눈앞
에 둔 지금 더더욱 침착해야한다. 흥분해서 안절부절
못하는 것은 실패의 원인이다. 겨우 자를 찾아 고개를
들었을 때, 뜻밖의 이변이 일어나 있었다.

책상 위의 돈다발이 사라진 것이다. 여자도 없었다.
그는 큰소리로 불렀다.

"어디 숨은 거야. 장난치지 말고 나와. 자는 찾았어."

대답은 없었다. 몇 번이나 불러봤지만 마찬가지였
다. 불안하게 술렁거리는 마음을 억누르며 청년은 벽
장을 열고 안을 들여다보았다. 하지만 여자는커녕 아
무것도 없었다. 방구석의 싸구려 서랍장도 살펴봤지

만 안은 전부 비어 있었다.

방을 뒤지느라 시간을 허비하다 허둥지둥 밖으로 뛰쳐나갔지만 이미 여자의 모습은 어디에도 없었다.

아파트 관리인에게 물어보자 이미 이사를 간 집이라고 가르쳐줬다. 새로 이사한 집주소도 적혀 있었지만 엉터리일 게 뻔했다. 실제로 지푸라기라도 잡는 심정으로 지도를 펼쳐봤지만 그런 동네는 존재하지 않았다.

"너무해, 너무해. 정말 너무해."

청년이 한탄한 것은 말할 필요도 없을 것이다. 미래를 꿈꾸며 하기 싫은 일도 참고 모은 돈이었다. 그 돈을 송두리째 빼앗긴 것이다.

그 후로 그는 넋이 나간 사람처럼 무기력한 나날을 보냈다. 다시 일을 시작할 기운도 없었다. 하는 일이라고는 술에 빠져 지내는 것뿐이었다.

그러나 이 상태가 영원히 계속된 것은 아니었다. 한 달쯤 지나 그는 아름다운 여성과 만나게 되었다. 늘씬한 몸매와 시원한 눈매, 예쁜 입술 사이로 하얗게 빛나는 치아까지. 그야말로 청년이 꿈꾸던 이상적인 여성이었다. 심지어 그녀는 먼저 다가와 상냥하게 말을 걸었다. 그는 내뱉듯이 말했다.

"저는 당신 같은 분과는 사귈 수 없는 사람입니다.
돈이 하나도 없거든요."

"어머나, 남자분이 그런 말씀을 하시니 이상하네요.
중요한 건 돈이 아니라 사랑이에요."

그 상냥한 말에 청년의 인생관은 조금씩 바뀌기 시
작했다. 미인 중에도 마음씨 고운 사람이 있는 모양이
다. 하지만 그는 여전히 완고했다.

"하지만 돈이 없으면 당신을 행복하게 해드릴 수
없습니다."

"그런 건 신경 쓰지 말아요…."

그 뒤로도 이런저런 우여곡절이 있었지만 결국 두
사람은 맺어졌다. 호화롭지는 않지만 행복한 인생이
시작되었다. 청년은 평범하고 건실한 직업을 갖게 되
었다. 꿈이 이루어진 지금은 억지로 위험한 일을 할 필
요도 없었다.

하지만 자신의 꿈이 이런 식으로 실현될 거라고는
상상조차 못 했다. 그는 때때로 별생각 없이 아내에
게 물었다.

"왜 나와 결혼할 마음을 먹은 거야?"

"당신을 좋아하니까. 당신은 정말 좋은 사람이니까."

아내는 늘 그렇게 대답했다. 그 이상은 대답할 수 없었기 때문이다. 책상 위의 돈다발을 챙겨서 재빨리 몸을 숨기고 아낌없이 돈을 써가며 최고급 성형수술을 받았다는 사실은….

국가기밀

그라니아국은 작은 나라였다. 스포츠카를 타고 달리면 그리 오래 걸리지 않고도 국경을 통과해버릴 수 있을 정도다.

나라의 거의 정중앙에는 나지막한 언덕이 하나 있고 그 위에는 오래된 성채가 우뚝 솟아 있었다. 성벽이나 탑에는 꽤나 품격이 느껴졌다. 그러나 이 성은 단순한 명소나 유적이 아니었다. 대대로 내려온 가문의 왕이 실제로 거주하며 나라를 다스리고 있다.

권력을 휘두르며 으스대는 왕은 아니었다. 그런 왕이었다면 현대 사회에서는 혁명이 일어나 금세 쫓겨

낳을 것이다. 그는 민주적인 정책을 펼치기에 국민들 사이에서 꽤 인기가 높았다. 인기가 높다기보다는 경애받고 있다는 표현이 옳았다.

성 주변에는 도시가 펼쳐져 있었다. 넓은 도로 양쪽에는 수령이 오래된 가로수가 이어져 있었다. 나무들은 봄이 되면 하얀 꽃을 피우고 여름에는 짙은 그늘로 보도를 덮었다. 도로를 따라 깨끗한 집들이 줄지어 서 있었다.

물론 그리 큰 도시는 아니었다. 도시 외곽은 밭이나 과수원이었지만 이 또한 그리 광활하지는 않았다. 조금만 가면 곧바로 이웃나라와의 국경이 나타난다.

그라니아국은 바다와 맞닿은 해안도 있고 항구도 있었다. 하지만 이 또한 규모가 작아서 어항(漁港)이라고 부르는 편이 어울렸다.

그것이 전부였다. 인구도 적고 이렇다 할 산업도 없었다. 하지만 외국에서 찾아오는 방문객이 상당히 많았고 그 덕분에 나라의 경제가 유지되고 있었다. 그렇다고 이 나라의 풍광이 특별히 아름다운 것도 아니었다. 물론 성이나 도시 자체의 분위기는 좋았지만 이곳보다 뛰어난 풍경을 자랑하는 나라는 얼마든지 있었다.

외국인 관광객들을 끌어들이는 것은 바로 이 나라의 요리였다. 그 맛이 월등히 뛰어났던 것이다. 멀리서 찾아올 만한 가치가 있었다.

국제적으로 보면 보잘것없는 작은 나라였지만, 각국의 외교관들은 일부러 용건을 만들거나 옆 나라에 온 김에 발걸음을 옮겨 들르곤 했다. 무역상들은 딱히 거래할 품목도 없는데 출장 코스에 이 나라를 넣고 싶어 했다. 미식가 관광객들은 말할 것도 없었다.

그리고 모두 자신의 나라로 돌아가서는 그 감동을 주위에 자랑했다. 그 때문에 이 나라를 찾는 방문객은 상당한 수에 달했다.

'관광 입국'이라는 말이 있지만, 그라니아의 경우에는 '요리 입국'이라 할 수 있었다. 왕의 계획과 지도 아래 이루어진 결과였고 그렇기에 국민의 지지와 감사도 컸다.

물론 성에 초대받았을 때의 만찬이 최고이긴 하지만 시내에서 먹는 음식도 그것과 거의 차이가 없었다.

도시에는 고급스러운 호텔과 레스토랑이 여럿 있었고 어디서든 식사를 할 수 있었다. 어지간히 별난 사람을 제외하고는 모든 미식가의 혀를 감탄시켰다. 절묘한 균형을 갖춘 고급스러운 맛에 종류도 다양했다. 손님들은 종종 이렇게 묻곤 했다.

"세계 일류라고 칭해야 마땅한 요리입니다. 대체 어떤 분들이 어떻게 만들고 있는 겁니까?"

하지만 이런 질문을 하면, 어느 가게든 교묘하게 얼버무리며 명확하게 대답해주지 않았다.

"칭찬해 주셔서 감사합니다. 하지만 저희로서는 아직 자랑할 만한 수준은 아닌 것 같습니다. 알려드릴 정도는…."

이런 식으로 정중하게 넘겨버리는 것이다. 외지인들은 맛에 대한 감동은 기념품처럼 가져갈 수 있어도 그 비법에 대해서는 아무것도 알 수 없었다. 이렇게 되니 신비로운 분위기는 더욱 커졌다.

그 비밀을 알고 싶어 하는 사람이 늘어나는 것도 무리가 아니었다. 어떤 기상학자는 이렇게 생각했다. 그라니아의 요리가 맛있는 것은 특수한 기상 조건 때문일지도 모른다. 그 조건을 알아낸다면 위대한 발견이될 것이다. 하지만 오랜 체류 끝에 그가 내린 결론은 기상과는 관계가 없다는 것이었다.

또 어떤 농학 연구자는 혹시 재료에 그 원인이 있는 것이 아닐까 생각하여 그라니아의 전원 지방을 돌아다니며 식물을 구석구석 조사해 보았다. 하지만 작물의 품종은 특별히 대단할 것도 없었고 독특한 향신료 나무도 발견하지 못했다.

어떤 상인은 이 나라로 운반되는 식재료를 자세히 조사했다. 물론 고급 식재료를 수입하기도 했지만 다른 나라에서도 마음만 먹으면 살 수 있는 품목들이었다.

이렇게 되면 결국 비밀은 '조리법'에 있는 셈이다. 대체 어떤 조리법일까? 그것을 알고 싶어 하는 사람이 많았다. 그것만 알아낼 수 있다면 자기 나라에서 레스토랑을 열어 큰 성공을 거둘 수 있을 터였다.

하지만 그 비법은 쉽게 알 수 없었다. 어느 호텔이나 레스토랑에 물어봐도 모두 입이 무거웠다. 그것을 알려주면 자신들의 나라가 무너질지도 모른다고 생각해서일까. 아무리 후하게 팁을 줘도, 아무것도 들을 수 없었다.

어느 대국의 비밀 정보부에서는 중요 회의가 열리

고 있었다. 장관이 일어서서 엄숙하게 말했다.

"우리나라 정보망은 세계 곳곳에 뻗어 있다. 다른 나라의 비밀은 대부분을 알지. 어느 나라 대통령이 어떤 치약을 쓰는지, 적대국 최고 사령관 혈압 변화까지도 알고 있다. 그런데 딱 하나, 알아내지 못한 것이 있다. 바로 저 그라니아 요리의 비밀이다."

"예전부터 풀리지 않는 난제였죠."

부하들이 대답했다.

"그래. 지금까지 몇 명이나 스파이를 보냈지만 아무 단서도 얻지 못하고 허탈하게 돌아오거나 소식이 끊겨 버리곤 했지. 아직도 그 비밀은 파악하지 못했다."

"정말 분합니다."

"물론 이건 수치가 아니야. 어느 나라나 스파이를 보내 알아내려고 혈안이 되어 있지만 아무도 성공하지 못했으니까. 하지만 우리 조직으로서는 반드시 가장 먼저 알고 싶군. 이건 정부 고위층부터 일반 대중에 이르기까지 모두의 염원이기도 해. 나 역시 그 요리를 이곳에서 값싸게 먹고 싶군."

"지당하신 말씀입니다. 그래서 이번에 스파이로 파견하기에 가장 적합한 인물을 뽑았습니다. 우리나라

일류 요리사입니다. 아무래도 이 일은 아마추어에게는 무리입니다. 그에게 스파이로서 맹훈련을 시켜 잠입시키는 것이 좋겠습니다."

"흠. 좋은 생각이군."

그리하여 특별 임무를 띤 스파이 R8호가 탄생했다. 그는 요리 실력 외에도 어학부터 운동 신경까지 고도의 능력을 익혔다.

R8호는 여행자로 위장하고 그라니아로 들어갔다. 요리 입국을 표방하는 나라답게 입국 자체는 매우 쉬웠다. 하지만 정면으로 물어봐서는 절대 알 수 없다는 걸 그는 잘 알고 있었다. 그는 작전을 세우고 실행에 착수했다.

먼저 한 레스토랑에 들어가 식사를 했다. 자신도 요리사인 만큼 그 맛의 훌륭함에 감탄할 수밖에 없었다. 어떻게든 비밀에 접근해서 사명을 완수해야만 한다.

식사를 마친 후, 그는 사실 돈이 없다고 고백했다. 가게 주인은 못마땅한 표정을 지었지만 돈이 없다면 어쩔 수 없다고 너그럽게 받아들였다.

R8호의 입장에서 그래서는 곤란했다. 양심이 허락하지 않는다며 대신 이 가게에서 일하게 해 달라고 부

탁했다. 실랑이를 거듭한 끝에 결국 숙식을 하며 일하는 데 성공했다. 물론 이런 식으로는 비밀을 알아낼 수는 없을 거라고 예상했지만 역시나 그랬다. 요리 대부분은 이 가게에서 만들어지지 않았다. 진짜 중요한 부분은 다른 곳에서 만들어져 이곳으로 운반되었다. 레스토랑에는 그가 찾고자 하는 비밀이 존재하지 않았다.

R8호는 실망했지만 여기서 포기할 수는 없었다. 이제는 그 요리가 어디서 만들어지는지 밝혀내야 했다. 그러려면 가게에서 신임을 얻는 게 중요했다. 그는 성실하고 열심히 일했다.

시간이 흘러 요리가 만들어지는 곳이 판명되었다. 바로 성 안에서 만들어진다는 사실을 알아낸 것이다. 다음 단계는 어떻게 성 안으로 침입하느냐였다. 슬쩍 주변을 떠보니 경비가 극도로 삼엄해서 쉽게 들어갈 수 있는 곳이 아니었다. 소식이 끊긴 스파이들은 바로 이 단계에서 실패하여 목숨을 잃었을 것이다.

어쩌면 좋을지 고민하고 있을 때 예상치 못한 일이 벌어졌다. R8호가 일하는 레스토랑 주인이 그에게 이렇게 말한 것이다.

"자네가 일하는 모습을 보고 감탄했네. 요리 솜씨도 상당한 것 같고. 자넨 믿을 만한 사람이야. 어때, 성 안에서 일해 볼 생각은 없나?"

다시없을 절호의 기회였다. 이걸로 드디어 비밀을 손에 넣을 수 있다. R8호는 속마음을 들키지 않도록 신중하게 승낙했다.

그는 성으로 향했다. 성에는 위병들이 잔뜩 있었지만, 주인이 미리 연락을 해뒀는지 소개장을 보여주자 안으로 들여보내 줬다. 드디어 성 안으로 들어간 것이다.

그리고 주방으로 안내되었다. 지하에 위치한 주방은 매우 규모가 컸다. 역시 주변은 엄중하게 경계하고 있었고 많은 요리사들이 일하고 있었다. R8호는 왠지 불안해졌다. 그들 중 한 명이 R8호에게 말을 걸었다.

"새로 온 사람이군. 자네는 어느 나라에서 보낸 스파이인가?"

"아닙니다. 저는 그저…."

R8호는 부인했지만 다른 요리사들은 모든 것을 알고 있다는 표정으로 말했다.

"숨겨도 소용없네. 이제 돌아갈 수 없어. 평생 여기

서 일해야 돼. 우리도 모두 그랬지. 각자 자기 나라에서 요리 솜씨를 인정받고 스파이로 이곳으로 파견되었네. 그리고 고생 끝에 성 안으로 들어온 순간 붙잡혀서 일을 시작하게 된 거야."

"그랬군요. 각국의 일류 요리사들이 모여 있으니 맛이 좋을 수밖에 없겠네요."

"하여간 이곳 왕은 정말 머리가 좋아. 가만히 앉아서 전 세계의 스파이를 불러 모으고, 그중 뛰어난 사람을 골라 공짜로 부려 먹는 거지. 이게 바로 그라니아의 최고 기밀이라네."

우정의 잔

어느 병원의 한 병실. 한 노인이 침대에 누워 있었다.
훌륭한 1인실로 간호사가 내내 옆을 지키고 있었다.

이것만 봐도 알 수 있듯이 노인은 상당한 자산가였
다. 좀 더 자세히 말하자면 그는 대형 제약회사의 회
장이었다. 지금까지 순탄하고 만족스러운 삶을 살아
왔으며 성공과 명예가 그의 것이었다. 그래서인지 그
는 자신에게 죽음이 가까이 다가왔음을 알면서도 딱
히 미련을 보이지 않고 담담했다.

노인이 누운 채 입을 열었다.

"이봐….."

"네. 무슨 일이신가요?"

옆 의자에 앉아 있던 젊은 간호사가 곧바로 대답하며 일어섰다. 노인은 낮은 목소리로 말했다.

"내 마지막 부탁 하나만 들어주지 않겠나?"

"물론이죠. 뭐든지 해드릴게요. 하지만 마지막이라는 말씀은 하지 마세요."

"위로해주려는 마음은 고맙지만 이제 얼마 남지 않았다는 건 나도 잘 알아."

"하지만…."

간호사는 더 이상 뭐라고 대답해야 좋을지 몰라 말끝을 흐렸다.

"곤란하게 만든 모양이군. 그럴 생각은 아니었는데. 하지만 솔직히 말해서 나는 인생을 충분히 즐겼고 꽤 오래 살았네. 이제 더 이상 미련은 없어. 단 하나를 제외하고는…."

"그게 뭔가요?"

간호사는 호기심을 느끼며 물었다.

"별로 어려운 일은 아닐세. 그걸 좀 도와줬으면 좋겠는데."

"제가 할 수 있는 일이라면요."

"입원할 때 가져온 물건 중에 오래된 양주병이 하나 있을 거야. 그걸 찾아줬으면 하네."

간호사는 방구석으로 가더니 병을 손에 들고 돌아왔다.

"이것 말씀이세요? 너무 오래돼서 라벨도 완전히 변색됐네요…."

"그래, 그거야. 딱 한 모금이라도 좋으니 그걸 마시게 해주게."

노인은 눈을 가늘게 뜨고 값비싼 보물을 바라보듯 그 병을 응시했다. 간호사는 조금 당황했다.

"하지만 술은 몸에 좋지 않아요."

"마시지 않는다고 계속 살 수 있는 것도 아니잖아. 살아 있는 동안 그걸 마시고 싶네. 아니, 마셔야만 하네. 그게 마지막 소원일세…."

실랑이가 거듭되었다. 노인의 지나친 간절함에 그녀는 대답을 망설이다 방을 나섰다. 담당 의사와 상담하러 간 모양이다. 이윽고 간호사가 병실로 돌아와서 말했다.

"한잔 정도라면…."

한잔 정도는 병세가 악화되지 않을 거라는 뜻인지,

아니면 어차피 마지막이 가까우니 하고 싶은 대로 하게 두라는 뜻인지, 이유는 알 수 없었다.

"아아, 그거면 충분해. 고맙네."

노인은 기뻐 보였다. 양주 뚜껑이 열리고 작은 잔에 술이 채워졌다. 그 잔을 내밀며 간호사는 말했다.

"뭔가 사연이 있는 술인가 보네요."

"그 이야기는 마시면서 하지. 하지만 그전에 남은 술은 버리고 병 안을 씻어 주게."

간호사는 이상하게 여기면서도 노인이 시키는 대로 했다. 그녀는 깨끗해진 병을 보여주며 물었다.

"왠지 다른 사람은 한 방울도 못 마시게 하시려는 것 같네요."

"그래. 이 술은 내가 결혼할 때 친구가 축하 선물로 준 거라네."

"낭만적인 이야기인가요?"

"글쎄, 과연 그렇다고 할 수 있을지…."

노인은 회상하는 듯한 표정으로 말을 이었다.

"…아주 오래전 일이야. 입사 이래 내게는 라이벌이 한 명 있었네. 재능면에서도 나와 우열을 가리기 힘든 남자였지. 어쩌면 나보다 더 뛰어났을지도 몰라. 그

땐 젊어서 그랬는지 서로를 의식하며 매사에 경쟁하
곤 했지. 일에만 그친 게 아니라 회사 창립자의 딸을
두고도 불꽃 튀게 경쟁했다네⋯."

노인은 술을 반쯤 마신 뒤 다시 말을 이었다.

"⋯창립자는 그를 더 높이 샀던 것 같지만 딸은 내
게 더 호감을 가졌지. 결국 그게 결정타가 되었고 나
는 승리했다네."

"잊을 수 없는 추억이시겠네요. 하지만 그 친구분은
얼마나 속상하셨을까요."

"물론 그랬지. 그는 혼이 나간 사람처럼 깊은 생각
에 잠겼고 한동안은 눈빛마저 이상할 정도였어."

흔한 연애 이야기였지만 간호사는 그 뒷이야기가
궁금해졌다.

"그분은 그 후 어떻게 됐나요?"

"나는 그가 회사를 그만둘 거라고 생각했네. 다른
회사로 옮겨도 얼마든지 두각을 드러낼 만한 실력을
갖추고 있었으니까. 나라면 그랬을 거야. 하지만 그는
그만두지 않았네. 오히려 어느 날 우리 집에 찾아와 약
혼을 축하한다며 이 술을 두고 갔지. 모든 것을 잊고
털어버리겠다는 태도였어."

"화해해서 다행이네요."

"아니, 단순한 화해 이상이지. 그 후로 그는 사람이 완전히 달라진 것처럼 행동했어. 창립자의 딸과 결혼한 덕분에 내가 더 빨리 승진하게 되었지만 그는 언제나 순순히 나를 받들고, 정말 성실히 노력했다네. 회사가 이만큼 성장한 것도 그의 공이 매우 커."

노인은 잔을 살짝 들어 올리며 감사의 건배를 하는 것처럼 남은 술을 조금 마셨다.

"정말 멋진 이야기네요. 남자분들의 우정은 쿨하고 강하고….."

"정말로 그렇게 말할 수 있을지 그게 문제야. 그의 성격이 너무나도 급격하게 변했다고 생각하지 않나? 또, 내가 그 술을 바로 마시지 않고 지금까지 고이 간직한 것도 이상하지 않아? 왜 그랬을까 라는 의문이 들지 않나?"

노인의 말에 간호사는 잠시 생각에 잠겼다. 병원에서 일하는 사람답게 이윽고 어떤 생각이 떠올랐다. 그녀는 무심결에 중얼거렸다.

"독…"

하지만 그때는 이미 노인이 남은 술을 다 마셔버

린 뒤였다.

"그래. 그 가능성도 생각해 볼 수 있지. 제약회사라는 특성상 마음만 먹으면 효과적인 독약에 대해 알아보는 것도, 그것을 입수하는 것도 보통 사람보다 훨씬 더 쉬울 테니까."

간호사는 눈썹을 찌푸리며 약간 떨었다.

"무서운 이야기네요…."

"하지만 나 역시 마음만 먹으면 그 술을 모르모트에게 먹여볼 수도 있었어. 또 시약을 준비해서 천천히 분석해볼 수도 있었지."

"그래서, 독이 들어 있었나요?"

당연히 누구나 묻고 싶은 문제였다. 하지만 노인은 바로 대답하지 않고 화제를 돌렸다.

"이런 경우 독을 넣은 당사자는 어떤 심정일까?"

"글쎄요. 선생님께서 죽지 않은 걸 보고 계획이 들통났다는 걸 알았겠죠. 아마 허둥지둥 도망치지 않을까요? 하지만 곧 수배당하겠죠. 체포될 각오를 하든가 무슨 보복을 당할지 전전긍긍하며 살아야 할 거예요…."

간호사는 곰곰이 생각하며 말했다. 노인은 답답한

듯이 말을 이었다.

"그렇겠지. 살인계획 증거를 오히려 상대방에게 넘겨준 꼴이니까. 한마디로 나는 그의 큰 약점을 쥐게 된 거야. 나한테서 도망칠 수도 없고, 평생 내 밑에서 죽도록 일할 수밖에 없지."

"살인계획은 물론 나쁘지만 왠지 불쌍하네요. 그건 과연 어떤 인생일지. 이렇게 잔혹한 일이 또 있을까요? 정말 그렇게 하셨나요? 그렇죠? 하긴 사업에 성공하려면 그 정도는…."

간호사는 비난하는 듯한 날카로운 눈빛이 보냈다. 하지만 노인은 고개를 저었다.

"그렇게 단정하면 곤란해. 나는 분석을 했다고 말하지 않았네. 실은 조사해보지 않았어. 그리고 이 일에 관해 그와 대화를 나눈 적도 없다네. 그 역시 몇 년 전에 이미 세상을 떠났지. 그러니까 오늘까지 그 술에 독이 들어 있는지 아닌지 나는 몰랐던 거야."

"조사해 보실 생각은…."

"그건 엄청난 도박이었네. 그가 진정한 우정을 지녔는지, 나를 향한 증오로 불타는 인간인지 바로 결론이 날 테니까. 내게는 그걸 확인할 용기가 없었어. 만

약 전자라면 나는 그의 고결한 인격 앞에서 평생 부
끄러워하며 도저히 함께 일할 수 없었을 거야. 반대로
후자라면 내 마음은 악마가 됐겠지. 복수를 위해 그를
끝없이 부려 먹었을 거야. 자네라면 어떻게 하겠나?"

"글쎄요…,"

"당연히 고민되겠지. 나도 그랬네. 계속 망설이며
모르는 채로, 아니, 몰랐기 때문에 오히려 친한 친구로
평생을 함께할 수 있지 않았을까. 때로는 그를 존경하
고, 때로는 그를 비웃고 싶어 하며, 그 감정의 교차 속
에서 헤어지지 않고 계속 함께했지. 남들에게는 우리
가 둘도 없는 친구로 보였을 거야. 하지만 우정 속에
도 이런 감정이 존재한다네. 아니면 우정이란 본래 이
런 것일지도 모르지."

"그래도 모르는 채로 끝내기는…."

"모르는 채로 끝나지 않아. 우정의 표시라고 할 수
있는 그 술을 내가 지금 마셨으니 말이야. 곧 답을 알
게 되겠지…."

노인은 혀끝으로 잔 안쪽을 핥고 있었다. 그녀는 어
떻게 해야 할지 몰라 잠자코 서 있었다.

이윽고 노인이 고통스러워하기 시작했다. 간호사

의 연락을 받고 담당 의사가 달려와 노인에게 물었다.

"어떠십니까, 몸은….."

"아니, 이제 아무것도 묻지 말게."

항상 의사에게 협조적이었던 노인이었지만 지금은 대답하기를 완강히 거부했다. 병의 발작일까. 술의 알코올 성분이 문제였던 걸까. 아니면 오랜 수수께끼의 해답을 알게 된 충격 때문일까. 혹은 술에 포함되어 있던 성분 때문일까. 그것을 남에게 알리고 싶지 않은 것처럼 보이기도 했다. 우정의 답은 자신의 마음에 간직한 채 저세상으로 가져가려는 것처럼….

의사는 어떻게 처치해야 할지 몰라 망설이다가 주사를 놓았다. 하지만 그 효과도 없이 노인의 숨결은 차츰 약해졌다.

간호사는 얼굴을 가까이 대고 노인의 표정에서 무언가를 읽어내려 했다. 하지만 그 표정은 너무나도 복잡하여 아직 젊은 그녀는 도저히 헤아릴 수 없었다.

도망치는 남자

오후 아홉 시경. 번화가라면 아직 불빛이 넘실거릴 시간이지만 이 주택가 주변은 조용하고 어둑하고 인적도 드물었다.

길 한쪽을 한 청년이 걷고 있었다. 발소리를 내지 않으려는 듯 조용한 걸음걸이였다. 모자를 깊이 눌러 쓰고 오버코트의 깃을 세우고 있었다.

청년은 때때로 겁에 질린 듯이 뒤를 돌아보았다. 하지만 미행하는 사람은커녕 인기척조차 없었다. 그럼에도 청년은 몇 번씩 확인하지 않고는 견딜 수가 없었다. 마치 누군가에게 쫓기는 사람처럼.

실제로 청년은 쫓기고 있었다. 약 한 달 전, 그는 어느 보석상에서 거액을 훔치는 데 성공했다. 쓸데없이 잔꾀를 부리지 않은 것이 주효했다. 복면도 선글라스도 없이 영업시간에 평범한 손님처럼 자연스럽게 들어갔다. 그리고 아무렇지 않게 계산대로 다가가 자연스럽게 돈을 집어 들고 재빨리 달아나 군중 속으로 섞여 버렸던 것이다.

이렇게 해서 거금을 손에 넣을 수 있었다. 물론 모든 것이 잘 풀린 것은 아니었다. 많은 사람 앞에 얼굴을 드러낸 탓에 목격자들의 진술을 토대로 몽타주 사진이 만들어졌다. 그 몽타주가 하필이면 제법 잘 만들어져서 청년은 이렇게 사람들 눈을 피해 도망치는 신세가 된 것이다.

청년은 한 작은 집에 도착했다. 주위를 조심스럽게 살피며 조용히 노크했다. 안에서 누군가가 물었다.

"누구세요?"

"나야, 나…."

청년은 낮은 목소리로 대답했다. 곧 자물쇠를 푸는 소리가 들렸다. 이곳은 청년의 유일한 친구의 집이었다. 다른 친구가 없는 것은 아니지만 이럴 때는 쫓겨나

거나 경찰에 신고당하거나 둘 중 하나다. 친구는 문을 열고 놀란 표정과 목소리로 그를 맞이했다.

"무슨 일이야, 이 시간에. 어서 들어와."

"미안하다. 신문에서 봤겠지만 그만 돈에 눈이 멀어서 저질러버렸어. 계속 도망 다니는 중이야. 하지만 믿고 털어놓을 수 있는 친구는 너뿐이라서 큰맘 먹고 찾아왔다."

"그건 경찰에서도 이미 아는 것 같아. 사건이 터진 후로 이 집은 계속 감시당하고 있어. 네가 찾아오면 바로 체포하려고."

그 말에 청년은 떨리는 목소리로 말했다.

"그럼 안 되겠네. 당장 도망가야지."

"아니, 서두를 필요 없어. 처음 2주 정도만 그랬고 요즘은 하루에 한 번 순찰하러 오는 게 다야. 무슨 일이 생기면 바로 전화하라고 하긴 했지만. 물론 그럴 생각은 없어."

"고맙다. 네 우정에는 진심으로 감사하고 있어."

청년은 안심했다. 친구가 손을 저으며 말했다.

"고맙다는 말은 안 해도 돼. 너를 밀고할 생각은 조금도 없으니까. 하지만 아까 말했듯이 숨겨줄 수는 없어. 하루에 한 번은 경찰이 오거든. 금방 들키고 말 거야. 나까지 연루될지도 몰라."

"아니, 그렇게까지 신세를 질 생각은 없어. 그저 지혜를 빌리고 싶을 뿐이야. 달리 상의할 사람이 아무도 없거든. 부탁이야, 앞으로 어떻게 해야 할지 알려줘."

"글쎄, 나도 모르겠네. 차라리 자수하는 건 어때? 도망 다니지 않아도 되고 마음도 편하고."

"농담 마. 감옥에 가긴 싫어. 술도 못 마시고, 맛있는 음식도 못 먹고, 늦잠도 못 자고, 여자들과 놀지도 못 하잖아. 감옥에 갈 거면 뭐하러 힘들게 도망 다니겠냐."

"그건 그렇지."

"감탄만 하지 말고 제발 좋은 아이디어를 떠올려봐. 네 일이라고 생각하고. 눈에 띄지 않는 일을 구해서 눈에 띄지 않게 살고 싶은데 몽타주 사진을 뿌려대는 바람에 도저히 답이 없어."

"정말 어쩔 방법이 없네. 하지만, 아니, 잠깐…."

친구는 뭔가 생각난 듯이 중얼거렸다. 청년은 몸을 앞으로 내밀었다.

"뭐 좋은 생각이라도 났어?"

"실은 성형수술이 생각났어. 수술해서 얼굴을 바꾸는 거야."

"그래, 그거 좋은 방법이다. 잘만 하면 대놓고 당당하게 살 수도 있겠네. 아는 의사라도 있어?"

"응, 그 분야에서는 최고라고 하더라. 내가 원장한테 미리 연락해줄게. 장소는 여기야."

친구는 병원 위치를 메모해줬다. 청년은 기뻐하며 손을 뻗다가 문득 얼굴을 찌푸렸다.

"아니, 안 돼. 수술할 때 얼굴을 보여줘야 되잖아. 경찰에 신고해서 바로 체포되고 말 거야."

"그건 걱정할 필요 없어. 그 원장은 융통성 있는 사람이라 돈만 주면 뭐든지 비밀로 해주거든. 그래서 장사가 꽤 잘된다더라고."

그 설명에 청년은 조금 안심했지만 딱히 믿음이 가지는 않는 모양이었다. 청년이 말했다.

"돈이 필요해?"

"당연하지. 그럼 공짜로 해주겠냐. 너 돈 있잖아. 꽤 거액을 훔쳤다면서. 안전을 위한 투자라고 생각하면 싼 거 아니냐."

"사실 그 돈은 전부 써버렸어. 사람들 눈을 피해 도

망 다니려니까 생각지도 못 하게 돈이 많이 들더라고. 이게 거의 안 남았어."

"난감하네. 빌려주고 싶지만 나도 돈이 없어. 시간 이 있으면 구할 수는 있겠지만 어디에 쓸 거냐고 의심 받을 수도 있고."

"아니, 괜찮아. 더는 신세지고 싶지 않아. 돈은 내 가 알아서 구해볼게. 성형외과 의사를 알려준 것만으 로도 큰 도움이 됐어. 조만간 얼굴 고치고 나서 천천 히 인사하러 올게."

청년은 메모를 주머니에 넣고 친구의 집을 나섰다.

다시 밤길을 걷기 시작했다. 해결 방법을 찾긴 했지 만 돈이 없다. 희망과 절망이 뒤섞인 초조한 기분으로 발걸음을 옮겼다.

이윽고 청년은 걸음을 멈췄다. 옆에 커다란 집이 보 였다. 경비가 허술해 보이는 집이었다. 그 집을 바라 보는 동안 청년은 결심했다. 그래, 훔치면 되잖아. 어 떻게든 돈이 필요하다. 실행을 망설일 때가 아니다. 담 을 넘어 마당에 내려섰다. 딱히 개를 키우는 것 같지 도 않았다. 조심스럽게 건물로 다가가 불이 켜진 방을 들여다보았다.

안에는 마흔 살 정도의 여자가 혼자 쉬고 있었다. 홍차를 마시며 한가롭게 TV를 보고 있었다. 얼핏 보기에도 돈이 많아 보였다. 청년은 창문을 열고 재빨리 안으로 들어가 소리칠 틈도 주지 않고 말했다.

"돈 내놔. 빨리!"

여자는 눈을 동그랗게 뜨고 두려움에 떨며 대답했다.

"제발 해치지 마세요. 돈은 저기 핸드백 안에 있어요. 그것만 가지고 가주세요."

"좋아."

청년은 끈을 찾아 여자의 손발을 묶었다. 또 입에 재갈을 물려 소리를 내지 못하게 했다.

책상 위의 핸드백을 열자 꽤 많은 지폐뭉치가 들어 있었다. 그것을 주머니에 쑤셔 넣고 다시 창문을 통해 밖으로 나갔다. 손발이 묶여 있으니 경찰에 연락하려면 시간이 걸릴 것이다. 여자에게 얼굴을 보이긴 했지만 그것도 문제될 것 없다. 이 얼굴과는 곧 작별할 테니까. 청년은 마음 깊이 안심했다.

다음 날, 청년은 친구가 적어준 메모를 들고 성형외과를 찾아 나섰다. 도심의 큰 빌딩 안에 위치한 병원은 제법 번창하고 있는 것처럼 보였다. 그는 접수대에서 친구의 이름을 말하며 원장과 면담하고 싶다고 전했다. 이미 연락이 돼 있었는지 바로 안내를 받았다.

"여기서 잠시 기다리세요. 곧 원장님께서 오실 겁니다"

모든 것이 순조롭게 흘러가고 있다. 청년은 깊이 숨을 내쉬며 오랜만에 웃었다. 주머니 속에는 어젯밤 손에 넣은 돈이 있다. 이것만 건네면 수술을 해줄 것이다. 돈의 힘은 웬만한 일을 모두 가능하게 만들어준다.

이제 더는 사람들의 눈을 피해 도망 다니지 않아도 된다. 마음 놓고 직장도 구할 수 있고 파출소 앞을 지날 때마다 움찔거릴 필요도 없다.

즐거운 공상에 빠져 있을 때 이윽고 문이 열리고 원장이 들어왔다.

"늦어서 죄송합…"

하지만 그 목소리는 이내 끊겼다. 청년도 고개를 들어 원장을 바라보았다. 무언가 말해야 하는데 목소리가 나오지 않았다. 설마 원장이 여자일 줄이야. 게다가 자신이 어젯밤 돈을 강탈한 여자일 줄이야….

눈의 여자

겨울 산장. 안에는 한 남자가 있었다. 번잡한 도시에서 일에 치여 사는 것이 따분해서 그는 이 고원 지방에 작은 별장을 지었다. 그리고 휴가 때면 대개 이곳에 와서 한가로이 시간을 보내곤 했다.

별장이라고는 해도 그렇게 대단한 곳은 아니었다. 차라리 산장이라고 부르는 편이 어울렸다. 그래도 바닥에는 카펫이 깔려 있고 창문에는 두꺼운 커튼이 드리워져 있다. 벽난로에는 불이 활활 타오르고 있어서 밖에 눈이 쌓여도 그 냉기가 안까지 스며들지는 못했다.

남자는 긴 의자에 비스듬히 누워 책을 읽고 있었다. 때때로 위스키를 마시기도 했다. 주위에는 따스하고 고요한 분위기가 감돌고 모든 것이 더할 나위 없이 좋았다. 졸리면 자고 아무런 구속도 없는 생활. 말할 필요도 없이 그는 대단히 만족하고 있었다.

남자는 일어서서 창문을 살짝 열었다. 실내 공기를 환기시키기 위해서였다. 밖은 밤이었고 하늘은 맑았다. 어느새 눈이 그친 모양이다. 무수한 별들이 차가운 바람에 흩뿌려진 것처럼 빛났다. 고요한 대기는 얼어붙을 듯 차가워 숨이 아릴 정도로 날카로웠다.

"으으, 정말 춥군. 밖은 모든 게 다 얼어붙었어."

남자는 중얼거리며 황급히 창문을 닫았다. 그리고 다시 책을 읽기 시작했다. 산장 안은 마치 늦봄이 찾아온 것처럼 따뜻했다. 남자는 잠시 조는 동안 뭔가 관능적인 꿈을 꾸었다.

그때, 문 쪽에서 노크 소리가 들렸다.

남자는 눈을 뜨고 귀 기울이며 의아한 표정을 지었다. 이 시각에 이곳을 찾아올 만한 사람은 아무도 없었다. 이곳은 자유로이 시간을 보내며 휴식을 즐기기 위한 곳이다. 그래서 친구들에게도 말하지 않았다. 조금 떨어진 곳에 마을이 있긴 하지만 그곳 주민들도 이 시간에 찾아올 리가 없다. 무엇보다 밖은 얼어 죽을 만큼 추웠으니까.

하지만 꿈의 계속은 아니었다. 노크 소리는 분명히 들렸다. 그렇다면 대답해야만 한다. 남자는 자리에서 일어서서 경계하며 물었다.

"누구십니까?"

"저, 잠깐만…."

젊은 여자의 아름다운 목소리가 들렸다. 남자는 조금 안심했다. 흉악한 범죄자나 무례한 청년이 아님을 알았기 때문이다. 하지만 남자는 바로 문을 열지 않고 문에 달린 작은 외시경을 통해 밖을 내다보았다.

여성의 얼굴이 보였다. 남자는 재빨리 주변을 살폈지만 그 밖에는 아무도 없었다. 경계심을 풀고 여자의 얼굴을 다시 찬찬히 바라보았다. 그리고 숨을 깊이 들이마셨다가 잠시 멈췄다.

아름다운 여자였다. 문 너머로 들려온 목소리도 청아했지만 외모는 그 이상이었다. 아름답다는 말로는 다 표현할 수 없는, 우아하고 고귀하고 그러면서도 어딘가 관능적이었다. 순진하고 로맨틱한 소년의 꿈과 동경 속에서 막 튀어나온 듯한….

피부는 눈처럼 하얗다. 주변에 쏟아지는 별빛과 눈에 반사된 빛 때문일지도 모른다. 때 묻지 않은 검은 커다란 눈동자와 긴 머리카락이 하얀 피부를 더욱 돋보이게 했고, 하얀 피부가 오히려 눈동자와 머리카락의 검은빛을 더욱 선명하게 만들어주었다. 남자는 몸 어딘가가 오싹 떨리는 것을 느꼈다. 신비로운 느낌이었다. 문득 이제야 바깥의 추위를 떠올린 남자는 여자에게 말했다.

"일단 안으로 들어오시죠. 안은 따뜻하니까요…."

자물쇠를 풀고 문을 열었다. 기다렸다는 듯이 차가운 바람이 안으로 몰려 들어왔다. 그런데도 여자는 이상하게도 문밖에 그대로 서 있었다. 남자는 무심코 여자의 온몸을 훑어보았다가 다시 한번 놀랐다. 여자는 오버코트를 입고 있지 않았다. 그뿐 아니라 아주 가벼운 차림이었다. 하얀 얇은 옷에 가슴 부분이 드러나고 소매도 짧았다. 흰 신발을 신었을 뿐, 양말도 없었다.

남자는 눈을 비비며 생각했다. 혹시 내가 환상을 보고 있는 건 아닐까. 여름옷을 입은 여자가 지금 이곳에 나타날 리 없다. 만약 이 여자가 실제로 존재한다면 이

산장 밖에는 뜨거운 햇살과 짙은 녹음, 수분을 머금은 나무들, 벌레 우는 소리, 그리고 열기를 머금은 붉은 달이 떠 있어야 할 테니까.

"무슨 사정인지는 모르겠지만 일단 안으로 들어와요. 그런 곳에 계속 서 있으면 얼어 죽고 말 겁니다."

남자가 말했다. 진짜 사람인지 아닌지는 대화를 계속해보면 알 터였다. 게다가 태어나서 처음 보는 이런 미녀를 그냥 돌려보냈다가는 두고두고 후회할 것이 뻔했다. 왜 이곳에 나타났는지 그 이유나 사정보다는 먼저 이 행운을 놓치지 않는 것이 가장 중요하다고 생각했다.

"하지만, 저는…."

여자가 맑고 아름다운 목소리로 대답하며 문가에서 망설였다. 그 몸짓마저도 매력적으로 보였다. 하지만 남자는 들이치는 찬바람에 몸을 떨며 조금 초조해졌다.

"너무 사양하지 않아도 돼요. 그럴 상황이 아니잖습니까. 자, 들어와. 안은 따뜻해요."

"저어, 그 따뜻한 게 곤란해서요. 저는 따뜻한 곳에 약해요."

여자는 묘한 말을 했다. 그러고 보니 그다지 추워하는 기색이 없었다. 가슴에도 목덜미에도 훤히 드러난 팔에도, 어디에도 소름조차 돋아 있지 않았다. 장난으로 이런 흉내를 낼 수는 없다.

"대체 어떻게…."

"저는 설녀예요…."

"설마…."

남자는 나직이 소리쳤다. 이 여자, 혹시 정신이 이상한 건 아닐까 라는 생각이 잠시 머릿속을 스쳤다. 하지만 아무리 정신이 온전치 않아도 이런 차림으로 한겨울 밤거리를 돌아다닐 수는 없다. 그럼 대체 뭘까?

온갖 가설을 떠올리려 했지만 달리 떠오르는 것이 없었다. 남자는 여자를 바라보았다. 어쩌면 진짜일지도 모른다는 생각이 들기 시작했다. 이 추위 속에 여름 옷차림으로 아무렇지 않게 서 있는 것, 그리고 이 세상의 것 같지 않은 아름다움. 설녀라면 모두 설명이 된다. 남자는 그 생각을 입 밖에 냈다.

"정말 설녀입니까?"

"아니라고 생각한다면 그래도 상관없어요…."

여자의 말투와 몸짓에는 약간의 불만과 그냥 돌아

가버릴까 라는 기색이 묻어 있었다. 남자는 그 사실을 눈치채고 당황했다. 지금 돌려보내면 아마 다시는 만날 수 없을 것 같은 예감이 들었다. 지금까지 만났던 그 어떤 여자보다 훨씬 특별한 이 여자를.

"잠깐만요. 가지 말아요. 믿을게요. 좀 더 이야기하고 싶어요."

"하지만…."

"어떻게 해야 안으로 들어와 주시겠습니까?"

"벽난로 불을 끄고 창문을 열어 주시면…."

"알겠습니다. 그렇게 하죠. 잠깐 기다리세요. 돌아가지 말아요."

남자는 시키는 대로 했다. 우선 불을 끄고 문 쪽을 신경 쓰면서 창문을 열었다. 쏟아져 들어온 추위로 실내의 따뜻함은 순식간에 사라졌다.

남자는 서둘러 스웨터를 몇 벌이나 겹쳐 입고 오버코트와 모자까지 착용했다. 별로 멋진 스타일은 아니었지만 어쩔 수 없었다.

"이 정도면 괜찮을까요. 불은 켜둬도 되겠죠? 어두우면 당신 얼굴을 볼 수 없으니까요."

얌전히 기다리던 여자는 냉기가 가득한 방 안으로

들어섰다.

"괜찮네요."

밝은 빛 속에서 보니 아름다움은 한층 선명했다. 피부는 섬세하고 순백의 비누나 소프트 아이스크림처럼 매끄러웠다. 방 안에 있던 하얀 물건들이 갑자기 칙칙하게 느껴졌다. 눈 같다고 남자는 생각했다. 그리고 설녀니까 당연하지 라며 고개를 끄덕였다. 하지만 대리석 조각상 같은 느낌이 아니라, 생기 있고 젊고 싱그러웠다.

맑은 눈동자 깊은 곳에는 어떤 감정이 숨어 있는 것 같았다. 남자는 의자를 권했다. 여자는 살짝 손으로 만져보고 얼마간 기다린 후에야 자리에 앉았다. 아마 온기가 조금 남아 있었던 모양이다. 남자는 무슨 말을 꺼내야 할지 망설이다가 평범한 말을 건넸다.

"당신처럼 아름다운 분은 처음입니다. 만나서 기쁩니다."

"그래요? 고마워요."

얼음으로 만든 정교한 악기 같은 목소리. 아주 솔직한 대답이었다. 자신의 아름다움을 전혀 의식하지 않는 태도였다. 남자는 드러난 팔과 가슴에서 눈부신 듯이 시선을 돌리며 물었다.

"그런데, 왜 이곳에 오신 겁니까?"

"그냥요. 저는 혼자 있는 걸 좋아하고 외롭지도 않지만 조금 심심했어요."

"하지만 설녀는 전설이나 이야기 속에서는 남자를 죽이는 무서운 존재라고 하던데…."

"어머, 그렇지 않아요. 뭔가 잘못 알고 계신 거예요. 내가 그렇게 보이나요? 하지만 불편하시다면 이만 실례할게요."

"아닙니다. 더 있다 가세요. 실언은 사과드립니다. 그건 그렇고…."

남자는 몸을 웅크렸다. 입김이 하얗게 퍼졌다. 주변을 둘러싼 추위가 오버코트와 스웨터를 뚫고 살갗을 파고들었다. 남자는 '춥다'고 말하려던 순간 여자는 정반대의 말을 했다.

"…덥네요. 창문이 작아서 바람이 잘 안 통하나 봐요."

여자는 더운 듯이 가쁜 숨을 내쉬었다.

얇은 옷 아래 가슴의 굴곡이 숨을 쉴 때마다 들썩였다. 여자가 옷깃과 목 사이를 손으로 벌리며 다리를 꼬았다. 너무 더워서 견딜 수 없으니 예의 없이 굴어도 너그럽게 봐 달라는 듯한 느낌이었다.

"신기하군요."

남자는 한숨과 함께 말했다. 달리 할 말이 떠오르지 않았다. 여자의 매력적인 몸짓이 이 얼어붙을 듯한 한기 속에 공존하고 있었다. 흥분과 이성이 교차하며 머릿속을 공격해서 다른 말이 나오지 않았다.

"신기하죠."

여자는 가볍게 웃었다. 반짝임이 리듬을 타고 흩어지는 듯한 웃음이었다.

"그런 차림으로 정말 괜찮습니까?"

"춥기는커녕 더워요. 설녀는 춥지 않으면 안 되거든요."

"그럼 여름에는 어떻게 지냅니까?"

"온도가 높아지면 몸이 기화해서 안개처럼 변해요. 나른하고 힘이 빠져서 공기 속을 떠돌아다니며 계속 잠들어 있는 거죠. 그리고 추운 계절이 오면 응결해서 원래대로 돌아오는 거예요."

"그게 정말 가능합니까. 비합리적인 것 같습니다만."

"내 눈에는 오히려 당신네들이 더 비합리적으로 보

여요."

여자는 남자를 바라보았다. 깜빡이지 않는 큰 눈에는 진심으로 신기해하는 마음이 담겨 있었다. 이런 얘기를 계속해 봐야 의미가 없다고 생각한 남자는 여자에게 권했다.

"술이라도 좀 드시겠습니까?"

뭔가 대접해야 하는데 커피 같은 건 안 될 것 같고, 술이라면 이제 몸 안까지 스며들기 시작한 추위를 조금이나마 누그러뜨려줄 것이다.

"그게 뭔데요…?"

설녀가 반대하지 않자 남자는 술을 준비했다. 문득 주머니에서 손을 빼고 유리잔을 잡으려는 순간 손이 얼어붙을 뻔했다. 그는 황급히 장갑을 꼈다. 위스키를 마시고 싶었지만 여성에게는 맞지 않을 것 같아서 포도주를 택했다.

"자, 드시죠…."

잔에 담긴 와인의 붉고 투명한 색과 여자의 가늘고 하얀 손은 선명한 대비를 이루었다. 설녀는 그것을 따뜻한 우유라도 마시듯 천천히 음미했다.

"맛있네. 이런 건 처음 먹어봐요."

"그렇다면 매일 밤이라도 와요. 대접해드리죠."

남자는 내심 기대를 담아 말했다. 여자는 와인이 마음에 들었는지 한잔 더 달라고 부탁했다. 남자도 빨리 몸을 녹이고 싶어서 잔을 더 채웠다.

그러던 중, 여자의 눈에 변화가 일어났다. 눈빛이 촉촉하고 부드러워지기 시작한 것이다. 취기가 오른 것일지도 모른다. 여자는 크게 숨을 들이쉬며 말했다.

"왠지 너무 더워요. 어쩌면 좋죠?"

"그럼 옷을 벗지 그래요."

남자는 친밀함을 높이기 위해 농담을 던졌다. 뼛속까지 얼어붙을 것 같은 이 추위 속에서 아무리 설녀라도 설마 그렇게까지 하지는 않을 것이라고 생각했다. 하지만 여자는 그 말을 곧이곧대로 받아들였다.

"그럼 실례할게요…."

벗는 모습을 보이고 싶지 않은지 여자는 방 한구석의 가구 뒤로 걸어갔다. 그리고 옷을 한 손에 들고 돌아왔다. 그녀를 맞이하는 순간 남자는 현기증을 느꼈다. 늘씬한 몸이었는데 옷을 벗으니 볼륨이 도드라졌다. 몸에 걸치고 있는 것이라고는 가슴과 허리의 비키니 정도. 그마저 새하얀 천이라 피부와 구분이 되지 않았다.

설녀는 다시 의자에 앉았다. 이성(異性)을 모르는 듯
한 천진난만한 동작이었다. 그러나 남자는 평정을 유
지할 수 없었다. 바로 눈앞에 빛나는 나신이 있다. 온
몸의 충동이 치밀어 올라 목구멍을 타고 터져 나왔다.

"아아…."

"왜 그러죠?"

"그게, 저어…."

여자의 피부가 점점 촉촉해지기 시작했다. 사람으
로 치면 땀이 나는 것과 비슷했다. 마치 빛의 미립자로
얇게 화장을 한 것만 같았다. 묽게 탄 와인처럼 살갗에
은은한 붉은빛도 감돌았다.

"저어, 술이라는 걸 마셔서 그런가 봐요. 이상한 기
분이에요. 나쁜 건 아니고 좋아요. 봄이 되어 내 몸이
아지랑이 속으로 돌아가기 전에 느끼는 기분 좋은 나
른함 같아. 실컷 놀고 이제 더는 할 일이 없어서 해방
되는 듯한. 하지만 그것과 비슷하면서도 조금 달라요.
그건 몸 밖에서 오는 거잖아요. 이건 몸 안에서 오는
거예요…."

설녀는 즐거운 듯이 재잘거렸다. 그 기분이 목소리

에도 고스란히 드러나 더없이 경쾌하고 활기찼다. 그
와 함께 긴 속눈썹이 감싸고 있는 눈을 졸린 듯이 감으
려다가 힘을 주며 남자를 응시하기도 했다.

전류가 떨리며 남자의 몸 안을 한 바퀴 돌았다. 하
나는 추위 때문이고, 하나는 마음속 깊은 곳에서 폭발
하려는 무언가 때문이었다. 그리고 또 하나. 이런 식으
로 설녀가 남자를 죽이는 것일까 라는 공포. 남자는 자
신을 다잡듯이 말했다.

"여기서 지면 죽을 거야…"

"무슨 소리예요. 나 아무도 죽인 적 없어요. 진짜예
요. 그런 말 하지 말아요. 나 돌아갈래요."

"미안해요. 지금까지 그런 전설만 들었으니까요. 그
리고 나도 취한 것 같아. 기분 풀어요…"

"그럼 술 한잔 더 줘요."

술기운은 여자를 더욱 축 늘어지게 만들었다. 하지
만 결코 흐트러진 느낌은 없었다. 기품 있는 천진난만
함은 그대로였다. 여자의 종알거림은 드문드문 끊기
기 시작했고 눈은 감긴 채 움직이지 않았다. 잠들어
버렸나보다.

남자는 어쩔 줄을 몰랐다. 어떻게 하면 좋을까. 눈

앞에서 잠들어 있는 나신의 미녀. 그리고 더욱 날카로워진, 사방에서 몸을 조이는 듯한 한기.

남자는 일어서서 위스키를 몇 잔 들이켰다. 입술이 얼어붙을 만큼 차가웠지만 목을 태우고 위장에 들어가 그곳에서 불길처럼 타올랐다.

술잔을 들고 여자를 내려다보았다. 온갖 아름다움의 향기를 흡수한 존재가 그곳에 있었다. 청초함도, 관능도, 곡선도, 반짝임도, 모든 것을 지닌 존재였다. 놓아주고 싶지 않았다. 위스키는 남자의 마음마저 불꽃으로 만들었다. 영원히 이곳에 두고 싶었다.

남자는 잔을 차가운 난로 위에 놓았다. 술이 내부에서, 추위가 외부에서 냉정함을 짓눌렀다. 남자는 몸을 숙여 덮치듯이 여자를 끌어안았다.

찌릿한 쾌감이 전해져야만 했다. 하지만 그렇지 않았다. 마치 비눗방울처럼 힘을 주어도 반응이 없었다. 아마 설녀는 열기에 극도로 민감한 존재였던 것 같다. 소리 없이 기화되어버렸다. 입술이 얼굴에 닿으려는 그 순간, 바로 눈앞에서 스르르 사라진 것이다. 남자의 눈에는 잔상이 어른거렸지만 이미 실체는 없었다.

정신을 차려보니 여자는 어디에도 없었다. 남자는

여자가 사라진 곳을 향해 애타게 불렀다.

"제발. 돌아와줘."

하지만 남자의 하얀 입김만 흩어질 뿐, 여자의 모습은 끝내 나타나지 않았다. 대답도 없었다. 그는 허망하게 서 있다가 결국 체념했다. 추위에 공허한 쓸쓸함이 더해져 견딜 수 없었다. 남자는 창문을 닫고 커튼을 치고 난로에 불을 피웠다.

불이 타오르며 방 안은 아까와 같은 따스함이 가득 찼다. 남자는 오버코트를 벗고 스웨터와 모자도 제자리에 돌려놓았다. 다시 긴 소파에 몸을 눕혔다. 하지만 전과 완전히 똑같은 상태로 돌아간 것은 아니었다. 머릿속에는 강렬한 인상이 남아 있었다.

눈을 감으면 설녀의 표정과 하얀 피부, 모든 것이 선명하게 떠올랐다. 남자는 그날 밤 흥분으로 잠을 이루지 못했다. 꿈이라면 단념이라도 할 텐데. 꿈이라면 이토록 세부적인 것까지 기억할 수 없다. 설녀는 정말로 이곳에 찾아와 이곳에서 대화를 나누고, 와인을 마시고, 웃고, 잠이 들었다.

남자는 새벽녘이 되어서야 겨우 잠시 눈을 붙였다. 잠에서 깨어난 후에도 계속 멍하니 시간을 보냈다. 하지만 머릿속의 설녀에 대한 기억만은 언제까지나 선명했다.

"단 한 번만이라도 좋으니 다시 만날 수 없을까…."

눈에 보이지 않는 상대에게 말하는 건지, 초조한 마음을 달래려는 건지, 남자는 허공을 향해 그 말만을 중얼거렸다.

해가 저물고 밤이 찾아왔다. 조금 전부터 내리기 시작한 가랑눈이 유리창을 스쳤다. 남자는 환상을 좇으며 누워 있었다.

노크 소리가 들렸다. 너무 기대한 탓에 들리는 환청이려니 하면서도 남자는 말했다.

"와준 겁니까."

"어머, 어제 약속했잖아요. 매일 밤 술을 마시게 해주겠다고…."

"다시는 오지 않을 줄 알았어요."

남자는 지난밤의 경솔한 행동을 후회했다.

"술 때문인가. 나는 아무것도 기억이 안 나요."

천진난만하고 그늘 없는 목소리였다. 너무 순식간에 사라져서 왜 사라졌는지도 모르는 걸까.

"하지만 녹아버렸을 텐데."

"추우면 다시 원래대로 돌아와요."

남자는 멍하니 대화를 반복했다. 다시는 만날 수 없을 거라 생각했기에 아직도 믿을 수가 없었다. 그러다 문득 깨달았다. 역시 여자는 다시 와 준 것이다.

벌떡 일어나서 문으로 달려가 서둘러 문을 열었다. 어제와 마찬가지로 가벼운 옷차림의 여자가 서 있었다.

"얼마나 보고 싶었는지 당신은 모를 거야. 계속 그 생각만 했어. 자, 어서 안으로 들어와요."

"어머, 안 돼요. 서두르지 말아요. 제발 거칠게 굴지 말아요⋯."

하지만 남자는 문밖으로 뛰쳐나가 여자를 안으로 밀어 넣으려 했다. 실내에서 흘러나온 온기 때문일까, 순간 아무런 감촉도 없이 여자의 모습은 홀연히 사라졌다. 문밖에서 들이닥치는 눈과 그 눈을 녹이는 따스함만이 서로 다투며 오래도록 그 자리에 남았다.

남자는 넋이 나간 채 24시간을 보냈다. 노크 소리. 이번에는 남자도 조심하며 살며시 그녀를 맞이했다. 매서운 한기, 스웨터와 오버코트, 와인, 담소, 나신, 여자의 졸린 눈.

하지만 거기까지다. 그리고 이별. 끌어안으면 허무

하게 사라져버린다. 그것은 참을 수 있어도, 추위는 그를 실신 직전까지 몰아붙인다. 견디지 못하고 난로에 불을 피운다. 여자의 모습은 차츰 흐려지며 사라진다. 다음 날 밤이 찾아올 때까지….

남자의 하루에서 휴식은 사라졌다. 이곳은 더 이상 편히 쉴 곳이 아니게 된 것이다. 설녀는 기억 속에서도 아름답고 실제로 만나도 아름답다. 그리고 그것으로 끝이다. 이런 일을 계속 되풀이하다가는 머리가 어떻게 되고 말 것이다. 남자는 마음을 굳게 먹고 짐을 싸서 도시로 돌아갔다.

하지만 보고 싶어 미칠 듯한 마음은 더욱 커진다. 밤이 되면 그 여자가 산장 문을 노크할 것이다. 그렇게 생각하니 곧장 되돌아갈 수밖에 없다. 설녀가 찾아오는 밤. 심술궂고, 아름답고, 도무지 어쩔 수 없는 시간. 이 순간에도 봄은 가차 없이 다가오고 있다. 봄, 그리고 여름과 가을로 이어지는 길고 긴 시간. 그동안 어떻게 해야 할까. 도저히 견딜 수 없다.

아니, 그런 것보다 지금 이 순간을 후회 없이 보내야 한다. 하지만 어떻게 해야 할까. 함께 녹아내릴 수 있다면 얼마나 좋을까. 마치 미쳐가며 파멸로 나아가는 것 같다. 미쳐버리는 것과 봄이 오는 것, 어느 쪽이 더 빠를까. 더러움을 모르는 여자. 남자를 모르는 여자. 죽이는 것도 모르는 여자. 설녀는 죽인다는 손쉬운 방법 따윈 알지 못한다.

목걸이

데일 씨에 대한 형사 사건 재판이 열리고 있었다. 한 단 높은 좌석에서 재판장은 위엄 있는 어조로 발언했다.

"피고는 다른 행성에서 온 보석 밀수 조직에 가담하여 지구 내에서 판매하는 역할을 담당하고 부정한 이익을 취했습니다. 이는 사회 질서를 어지럽히는 행위이며…."

그 말을 들으면서 데일 씨는 피고석에서 얌전히 머리를 숙이고 있었다. 더 이상 발버둥 쳐도 소용없다. 정교한 거짓말 탐지기가 존재하는 이 시대에는 범죄를 아무리 숨기려 해도 무의미했다.

체포되어 조사를 받으면 결국 모든 것이 밝혀진다. 행성간 로켓 조종사를 포함하는 대규모 밀수 조직이 존재했다는 것, 금전적인 유혹에 넘어가 데일 씨가 거기에 가담했다는 것, 그리고 단물을 빨았다는 것까지 모든 것이 밝혀졌다.

저 거짓말 탐지기라는 것만큼 불쾌한 것은 없다. 보석을 숨긴 장소까지 전부 밝혀져 증거물로 압수당하고 말았다. 그렇다고 이제 와서 한탄해 봐야 소용없다.

이것저것 자세히 설명한 후 재판장은 선고했다.

"명백히 유죄이다. 피고에게 징역 3년형을 선고한다."

"네. 알겠습니다."

데일 씨는 일어서서 주눅 든 목소리로 대답했다. 유배 행성에서 중노동을 하는 이야기는 소문으로 조금 들어본 적이 있다. 재미있는 것은 하나도 없고 광석 채취 일을 하게 된다고 한다. 하지만 자업자득. 이제는 체념할 수밖에 없다.

이것으로 판결이 끝난 줄 알았는데 재판장이 말을 이었다.

"피고는 3년 형기를 유배 행성에서 보내고 싶나, 아

니면 이 도시에서 생활하며 보내고 싶나."

잠시 멍해 있던 데일 씨는 이내 어리둥절한 표정으로 되물었다.

"방금 뭐라고 하셨습니까? 유배 행성에 가지 않아도 되는 방법이 있다는 의미로 들렸는데, 제가 잘못 들은 겁니까? 한 번만 더 말씀해주십시오."

"아니, 잘못 들은 것이 아니다. 이 도시에서 생활하면서 선고받은 형기를 보내는 방법도 있다. 원하는 쪽을 선택해도 좋다."

"그럴 경우 형기가 늘어나는 겁니까?"

"아니, 그렇지 않다. 기간은 같다."

믿을 수 없는 기분으로 데일 씨는 질문했다.

"그런 방법이 있는 줄은 전혀 몰랐습니다. 그렇다면 오락이라고는 전혀 없는 유배 행성에 가고 싶어 하는 사람은 아무도 없을 것 같은데요."

"아니, 그렇지 않다. 대부분 도중에 유배 행성에 보내달라고 자청하지. 남은 형기를 거기서 치르고 싶다고 말하기 시작한다. 물론 그렇게 요청하면 재판소는 그 요청을 받아들인다."

"그런 사람들의 마음을 이해할 수 없군요. 저는 쭈욱

이곳에서 지내겠습니다. 집에서 살아도 괜찮은 거죠?"

"물론이지. 공원 벤치에서 자라고 할 생각은 없다. 다만 이 금속제 고리를 목에 차야만 한다."

재판장은 은빛 고리를 꺼내 들었다. 개목걸이를 고급스럽게 만든 듯한, 메카닉한 느낌이 드는 물건이었다. 그렇지만 눈에 띄게 크지는 않았다. 목에 차더라도 옷깃에 가려져 다른 사람에게는 들키지 않을 듯했다.

데일 씨는 호기심 가득한 얼굴로 물었다.

"이게 뭡니까? 설마 인체에 해가 되지는 않겠죠? 서서히 목을 조이기라도 하면 끔찍한데. 그 점은 어떻습니까?"

"그건 걱정할 것 없다. 건강에는 아무 영향도 없으니까. 그 점은 재판소의 명예를 걸고 보증하지. 이건 너의 행동을 어느 정도 제약하는 작용을 가진 물건이다. 도시 생활을 허락한다 해도 죄수는 죄수. 무제한의 자유가 허용되는 것은 아니다. 그게 싫으면 유배 행성으로 가면 된다."

"알겠습니다. 아니, 잘은 모르겠지만 어쨌든 유배 행성에서 일하는 것보다는 나은 것 같습니다. 그걸 착용하겠습니다."

재판장은 고개를 끄덕이며 데일 씨의 목에 고리를 두른 후 연결 부위에 자물쇠를 채웠다. 조금 차가웠지만 곧 익숙해졌다. 딱히 아프지도 간지럽지도 않았다. 재판장이 말했다.

"이제 돌아가도 좋다."

"감사합니다."

데일 씨는 머리를 숙이고 법정을 나섰다. 이렇게 죄수 생활이 시작된 셈인데 그다지 실감이 나지 않았다. 묘한 기분이었다. 무죄로 결정되어 석방된 듯한 심정이었다.

데일 씨는 거리를 걸었다. 딱히 아무도 뒤따라오지 않았다. 이렇게 한가해도 되는 걸까. 왠지 미안한 기분이었다. 이런 형벌로 끝날 줄 알았으면 더 나쁜 짓을 저지를걸 그랬다는 생각마저 들었다.

꿈은 아닐까. 도저히 믿을 수 없다. 도시에서 살면서 예전처럼 생활할 수 있다니….

길 건너편에서 한 여성이 걸어오고 있었다. 멀어서 잘 모르겠지만 젊고 늘씬했다. 분명 미인일 것이다.

데일 씨는 다가오는 여자를 자세히 보려고 했다. 정말 미인이라면 말을 걸고 식사라도 함께하자고 청할 생각이었다. 그는 지금 축배를 들고 싶을 만큼 기분이 좋았다.

그러나 여자의 얼굴은 볼 수 없었다. 왠지 목이 돌아가지 않았다. 이럴 리가 없는데. 데일 씨는 멈춰 서서 몸을 그쪽 방향으로 돌렸다.

몸은 돌아갔다. 하지만 목은 여전히 여자와 다른 방향을 향하고 있었다. 마치 옆에 자석이 놓인 나침반이 그 자석에 반발하여 엉뚱한 방향만 가리키는 듯한 느낌이었다.

데일 씨가 이 현상을 이상하게 여기며 우왕좌왕하는 사이에 미인은 곁을 지나쳐 갔다. 정말 미인이었는지 아닌지는 확인할 길이 없었지만 우아한 향수 냄새가 남아 데일 씨의 아쉬움을 격렬하게 자극했다.

잠시 생각에 잠긴 후 데일 씨는 조금씩 이해하기 시작했다. 그래, 이 이상한 목걸이의 작용이 이거였구나, 하고. 하지만 실망하지는 않았다. 이런 장치 따위에 질 수는 없다.

또 다른 여자가 스쳐 지나갔지만 이번에도 얼굴을 볼 수 없었다. 하지만 뭔가 방법이 있을 것이다. 데일 씨는 작전을 짜 보았다. 여자가 오른쪽으로 오면 목은 왼쪽을 향한다. 왼쪽으로 오면 목은 오른쪽을 향한다. 그렇다면 여자가 많은 곳으로 가면 어떨까? 주변이 모두 여자라면 누군가는 얼굴을 볼 수 있을 것이다.

하지만 그는 장치의 힘을 얕보고 있었다.

데일 씨는 용기를 내어 도시의 번화가로 향했다. 여자는 확실히 많았다. 하지만 그는 그들의 얼굴을 볼 수 없었다. 그의 목이 자연스레 아래를 향해서 보는 것이 불가능했기 때문이다.

데일 씨는 분해하며 다른 방책을 찾기 시작했다. 그러다 문득 좋은 생각이 떠올라 거울을 하나 샀다. 이것을 사용하면 성공하지 않을까.

하지만 거울의 각도를 조절하여 여자의 얼굴이 비치려는 순간 이번에는 눈이 감겨버렸다. 무슨 수를 써도 도저히 볼 수가 없었다.

어쩔 수 없이 말이나 걸며 만족하기로 했다. 하지만 이번에는 목소리가 나오지 않았다. 쇼핑을 할 때는 남자 점원이 있는 가게를 찾거나 자동판매기를 이용할 수밖에 없었다.

여자 쪽에서 말을 걸어올 때도 있었지만 데일 씨가 고개를 돌린 채 대답을 하지 않자 화를 내며 가버렸다.

속으로는 좀 더 말을 걸어달라고 빌어도 소용없었다.

또한 여자와 접촉할 수 없다는 사실도 알게 되었다. 슬쩍 손을 잡으려고 해도 손에 힘이 들어가지 않아 뜻대로 되지 않았다. 물론 다른 물건은 자유롭게 만질 수 있었다.

데일 씨는 단념하고 집으로 돌아왔다. 뭐, 이 정도는 어쩔 수 없을지 모른다. 나는 죄수다. 유배 행성에 가지 않아도 되는 것만으로도 다행이다. 여자를 보거나 만질 수 없는 것쯤은 감수해야 한다.

집에 돌아온 그는 의자에 앉아 TV를 보며 기분을 달래려 했다. 스위치를 켜는 것까지는 괜찮았지만 그다음부터가 문제였다.

TV 화면 쪽으로 고개가 돌아가지 않는 것이다. 여가수가 달콤한 목소리로 노래를 불러도 그 얼굴은 볼수가 없었다.

재미가 없어서 이번에는 술이라도 마셔볼까 했다. 술병을 들어 잔에 따르고 입까지 가져가는 것은 할 수 있었다. 그러나 거기까지였다. 입이 열리지 않는 것이다. 잔을 기울여도 술은 닫힌 입 주변을 흐르고 옷만 적실 뿐이었다.

데일 씨는 잔 속의 술을 다시 병에 담고 그 병을 찬장 깊숙이 넣었다. 어차피 마실 수 없다면 보거나 냄새를 맡지 않는 편이 낫다.

아무래도 상상했던 것 이상으로 잔혹한 장치였다. 목에 두른 고리 내부의 장치가 신경에 작용하여 근육을 통제하는 듯했다. 그 때문에 일정 수준 이상의 행동이 억제되어 버리는 것이다. 아마 유배 행성에서 허용되는 범위와 같을 것이다.

술뿐만 아니라 식사도 마찬가지였다. 사치스러운 식사를 하려고 하면 입이 닫혀서 먹을 수가 없었다. 쳐다보면서 분해하는 것밖에 방법이 없었다.

독서를 하려고 해도 역시 마찬가지였다. 오락 잡지를 읽으려고 페이지를 펼치면 목이 다른 곳을 향했다. 오직 딱딱한 교양서적만 읽을 수 있었다. 그런데 아이러니하게도 신문의 TV란은 읽을 수 있었다.

라디오는 들을 수 있었다. 하지만 그것도 좋기만 한 것은 아니었다. 관능적인 드라마를 듣거나 술 광고, 고급 레스토랑 안내 등을 들으면 욕망만 자극될 뿐, 현실에서는 아무것도 할 수 없었기 때문이다.

날이 갈수록 데일 씨는 초조해졌다. 차고 넘치는 물

건들 속에 살고 있으면서도 그 혜택을 누릴 수 없는 것이다. 바로 곁에 존재하는데도 완전히 차단되어 있다.

마지막 저항으로 그는 어떻게든 목의 고리를 풀려고 노력했다. 하지만 불가능했다. 쇠톱으로 잘라내려 했지만 아주 단단한 금속으로 만들어졌는지 흠집조차 나지 않았다.

오기로라도 잘라내고 말겠다며 무리하게 계속하자 찌릿하고 전격이 발생하여 그만둘 수밖에 없었다.

결국 데일 씨는 항복했다. 그는 재판소를 찾아가 요청했다.

"유배 행성에서 일하게 해주십시오."

규정에 따라 요청은 수리되었고, 데일 씨는 우주선을 타고 유배 행성으로 보내졌다. 유배 행성에는 물론 여자도 없고 TV도 없고 술도 없었다. 하지만 그 지구에서의 생활보다는 훨씬 마음이 편했다.

데일 씨는 남은 형기를 그곳에서 보냈다.

숙명

그 별에는 언제부터였는지 로봇이 있었다. 오직 로
봇만이 존재했다. 대기 속에 포함된 성분에 독성이 있
어서인지 동식물 같은 것은 존재하지 않았다. 오로지
로봇들만이 움직이고 있었다. 그 외에는 끝없이 펼쳐
진 암석의 대지와 시커먼 바다뿐….

로봇들은 광석을 캐고, 정련하고, 가공해서 부품을
만들고, 그 부품을 조립해서 자기들과 완전히 똑같은
로봇을 만들었다. 몸 표면의 번호까지 똑같이 새겨 넣
었다.

비가 내리는 날에도, 혹한의 계절에도, 태양이 작렬

하는 혹독한 더위에도 로봇들은 쉬지 않고 작업을 계속했다. 그리고 수는 점점 늘어갔다.

때때로 로봇들은 서로 이야기했다.

"우리는 왜 이런 곳에 있는 걸까?"

"먼저 처음에 한 명이 이 지상에 나타났어. 그 녀석이 이런 식으로 동료를 늘리기 시작해서 이렇게 된 거야. 그 이상은 알 수 없어."

최초의 한 명. 그것은 사실이었고 신화가 아니었다. 로봇의 전자두뇌는 정확했으며 모호하거나 미화된 부분은 있을 수 없었다.

로봇은 새로운 동료가 생길 때마다 모든 기억을 그에게 전달했다. 그래서 모두가 그 사실을 알고 있었다. 이쯤 되면 최초의 한 명이 누구였는지는 더 이상 문제가 되지 않는다. 모두가 평등하게 지식을 갖고 있기 때문이다.

하지만 최초 출현 이전의 기억은 아무것도 남아 있지 않았다. 그 지점부터 과거로는 완전히 공백이었다. 이곳의 역사는 전부 그때부터 시작되었다.

그 후의 정황으로 미루어보아 하늘에서 내려온 것이 아닐까 라는 추측도 가능했지만 근거도 없고 어디

까지나 가정에 불과했다. 또한 그런 것들을 생각하기
보다는 마음 깊은 곳에서 치솟는 욕구에 따라 로봇들
은 동료를 늘리는 일에 더욱 몰두했다.

그러나 어느 정도의 수에 도달하자 로봇들은 더 이
상 동료를 늘리지 않았다. 물론 놀기 시작한 것은 아
니었다. 대신 우주선을 만드는 데 노력을 집중했다.

이전보다 더욱 열심히 작업했다. 땅을 파고, 바위를
부수고, 광물을 정련하고, 새로운 부품을 만들었다. 항
행의 에너지원으로 필요한 광물을 얻기 위해 깊고 깊
은 구멍을 파야 할 때도 있었다.

낙반으로 부서진 로봇도 몇 대 있었다. 주변에서 스
며 나오는 더러운 물에도 아랑곳하지 않고, 쉬지 않고
로봇들은 쉴 새 없이 작업을 계속했다.

거센 폭풍이 지나가기도 하고 낙뢰도 있었다. 격렬
한 지진이 발생하기도 했다. 온몸으로 막아보려 했지
만 역부족이었다. 우주선 건조는 몇 번이고 처음으로
돌아갔다. 하지만 결코 포기하지 않았다.

"우리는 왜 이런 일에 열중하고 있는 걸까?"

"의무감이나 사명감 같은 게 우리를 몰아붙이기 때
문이지. 어쩔 수 없는 충동이야. 우주선을 완성해서 별

들의 바다로 나아가면 분명 뭔가 좋은 일이 있을 것 같지 않아? 그런 기분이 들어."

"응, 맞아. 이유는 모르지만 반드시 우주를 향해 나아가야만 할 것 같아. 아마 그게 숙명이나 운명이라고 부르는 거겠지."

마침내 우주선이 완성되는 날이 왔다. 모든 로봇이 절반쯤 망가졌고 멀쩡한 로봇은 거의 남아 있지 않았다.

그중 가장 상태가 좋은 로봇 한 대가 그 우주선에 올라 모두의 배웅을 받으며 출발했다. 우주선은 불꽃을 뿜으며 하늘 너머로 상승했다.

우주선이 무중력 공간에 도달하자, 로봇의 두뇌에 변화가 일어났다. 새로운 사고가 되살아났다. 앞으로 나아갈 경로가 명확하게 지시되어 있었다. 그 지시에 따라 로봇은 무수히 흩어진 별들 중 하나를 목표로 방향을 잡았다.

로봇이 탄 우주선은 허무가 펼쳐진 공간을 뚫고 응고된 정적을 헤치며 오로지 그 별을 향해 나아갔다. 서둘러야 했다. 어디선가 힘이 작용하고 있는지 속도는 이미 한계치에 다다르고 있었다.

그리고 마침내 여행의 끝이 찾아왔다. 로봇은 주저 없이 착륙을 시도했다. 하지만 착륙장치는 제대로 작동하지 않았다. 속도는 줄지 않았고 우주선은 그대로 대지에 격돌해 산산조각이 났다.

멀리서 사람들의 환호성이 점차 가까워졌다 들어왔다. 그중 유난히 또렷하게 들리는 목소리가 있었다. 마이크를 든 남자의 목소리였다.

"여러분, 드디어 한 대가 돌아왔습니다! 세기의 게임. 각 행성에 하나씩 뿌려 놓은 로봇 중 어느 로봇이 가장 빨리 지구로 돌아오는지를 겨루는 거대한 게임입니다. 오랫동안 우리를 애태우더니 드디어 그 첫 번째 로봇이 돌아왔습니다. 지금 파편을 조사하고 있으니 곧 넘버가 밝혀질 겁니다. 여러분께서 구매하신 복권의 번호와 일치하면 높은 배당금을 손에 넣는 행운을 누리게 됩니다…."

로봇은 부서져서 이미 전자두뇌가 작동하지 않았다. 만약 계속 작동하고 있어서 이 말을 들었다면….

그래도 로봇은 아무 감정도 느끼지 못했을 것이다. 원래 그런 존재였으니까.

뜻밖의 효과

N씨가 F박사의 연구소를 찾아갔을 때 박사는 이상한 기계를 만지고 있었다. 원통형의 커다란 손전등처럼 생긴 물건이었다. 거기에 복잡해 보이는 부품들이 이것저것 달려 있었다.

N씨는 그것을 바라보며 물었다.

"도대체 그게 뭡니까 어디에 쓰는 겁니까?"

"이건 내가 오랫동안 연구해서 마침내 완성한 알레르기 치료기입니다. 이 끝부분에서 치료 효과가 있는 방사선이 나옵니다. 그걸 쬐면 환자가 낫게 되지요."

F박사가 대답했다. N씨는 또다시 물었다.

"그 알레르기라는 게 뭡니까? 쉽게 설명해 주십시오."

"쉽게 말해서 어떤 물질에 민감한 체질을 말합니다. 예를 들어 생선 초밥을 먹으면 두드러기가 나는 사람이 있습니다. 어떤 종류의 감기약을 먹으면 몸이 붉게 부어오르는 사람이 있습니다. 또, 어떤 꽃의 냄새를 맡으면 천식을 일으키는 사람이 있습니다. 이런 것들이 바로 알레르기성 질환입니다."

"과연, 훌륭한 발명이군요. 많은 사람이 도움을 받겠네요. 모든 알레르기를 한 번에 고쳐주는 장치라니…."

N씨는 크게 감탄했다. 그러나 박사는 고개를 저으며 대답했다.

"아닙니다. 전부 한 번에 고칠 수 있는 건 아닙니다. 무엇에 대한 알레르기인지 확실하게 알 경우에만 가능합니다. 이 장치를 보세요. 뒤쪽에 용기 같은 것이 붙어 있지요. 생선 알레르기가 있는 사람은 거기에 생선을 넣습니다. 달걀 알레르기가 있는 사람은 달걀을 넣죠. 그 다음 다이얼을 마이너스 방향으로 돌리면 각각의 증상에 맞는 방사선이 나와 그 사람의 체질에서 생선이나 달걀에 대한 민감성을 없애는 것입니다."

고개를 끄덕이며 듣고 있던 N씨는 문득 한 가지 의문을 떠올렸다.

"다이얼이 플러스 방향으로도 돌아가는 것 같군요. 그러면 어떻게 됩니까?"

"작용이 반대가 됩니다. 예를 들어 생선을 넣고 플러스로 돌리면 지금까지 아무렇지도 않던 사람이 알레르기가 생겨서 생선을 먹으면 두드러기가 나게 됩니다."

"왜 그런 기능까지 넣은 겁니까? 이 장치에는 필요 없지 않나요. 뿐만 아니라 악용될 우려도 있습니다. 만약 누가 저걸 사용해서 누군가를 철 알레르기로 만들었다고 가정해보죠. 그럼 그 사람은 가위를 쥐거나 포크로 식사도 할 수 없을 겁니다. 또 플라스틱 알레르기가 생기면 단추만 채워도 두드러기가 나고 생활이 엄청나게 불편해지겠죠."

N씨는 길게 자신의 의견을 주장했다. 그에 대해 박사는 이렇게 설명했다.

"예, 그 점은 물론 생각해봤습니다. 하지만 장치 자체에는 죄가 없습니다. 문제는 사용하는 사람의 마음가짐에 달렸죠. 사람을 다치게 할 위험이 있다고 총을

금지하면, 밭을 망치는 곰을 쫓아낼 수 없습니다. 이 장치도 유용하게 사용하도록 주의하면 됩니다."

"그건 그렇지만 누군가를 일부러 알레르기 체질로 만들어서 도움이 될 일은 있을 것 같진 않은데요."

"아닙니다. 유용한 경우도 있습니다. 몸에 해로운 걸 알면서도 술이나 담배를 끊지 못하는 사람이 많지 않습니까. 그럴 때 이걸 써서 알레르기가 생기게 하면 됩니다. 그때마다 두드러기나 천식 같은 반응이 나타나면 저절로 끊게 될 테니까요."

"아하, 듣고 보니 그렇군요…."

N씨는 새삼 감탄했다. 그리고 감탄하는 와중에 어떤 묘안을 떠올리고 박사에게 말했다.

"그래서 한 가지 부탁이 있습니다만…."

"뭡니까?"

"잠깐이라도 좋으니까 그 장치를 빌려주십시오."

"어디에 쓰시려고요? 아까 본인도 말씀하셨듯이 악용되면 곤란한 물건입니다."

"지금 제 처지가 얼마나 힘든지 먼저 설명드리죠. 사실 요즘 아내가 밍크코트를 사달라고 계속 조릅니다. 물론 아내를 사랑하지만 밍크는 너무 비싸요. 말리려고 해도 마땅한 말도 떠오르지 않고요. 그래서 아내를 '밍크 알레르기' 체질로 만들어버릴 생각입니다. 제발 사람 하나 살리는 셈 치고 빌려주십시오."

"그랬군요. 사정은 잘 알겠습니다. 빌려드릴 수는 없지만 아내분을 여기에 데리고 오시는 건 어떻습니까? 그러면 제가 이 장치를 사용하여 아내분께서 눈치채지 못하시도록 밍크 알레르기로 만들어 드리겠습니다. 그럼 되겠지요."

"네, 충분합니다. 잘 부탁드립니다. 당장 내일이라도 데리고 오겠습니다…."

다음날, 약속한 대로 일이 진행되었다. 장치의 효과를 믿는 N씨는 한시름 놓은 기분이었다. 그래서,

"나 밍크코트 사도 돼?"

라고 아내가 졸라도 태연하게 대답할 수 있었다.

"좋아, 모피점에 가서 마음에 드는 걸로 사와."

"정말이지? 기뻐라."

아내는 N씨의 마음이 바뀌기 전에 사러가야겠다며 당장 외출했다. 그리고 호화로운 코트를 사서 집으로 돌아왔다. 코트를 입어보는 모습이 정말 즐거워 보였다.

예상과는 다른 결과에 N씨는 의아했다. 아무리 기다려도 두드러기 같은 증상은 전혀 없었다. 어떻게 된 걸까. 그는 고개를 갸웃거리며 실망했다.

N씨는 박사의 연구소에 찾아가서 따졌다.

"장치가 정말 효과가 있는 겁니까? 결국 밍크를 사주고 말았습니다."

"그럴 리가 없습니다. 장치는 확실합니다. 학자로서 명예를 걸고 단언합니다."

이렇게까지 단호하게 말하니 더는 따질 수가 없었다. N씨는 돌아가는 길에 모피점에 들렀다.

"제 아내가 산 밍크코트 말입니다만…."

말을 꺼낸 순간 가게 주인은 당황하며 N씨를 안쪽 방으로 안내한 후 조용히 말했다.

"제발 조용히 넘어가주십시오. 지불하신 돈은 전부 돌려드리겠습니다. 코트도 그냥 드리겠습니다. 그러니 제발 아무에게도 말하지 말아주십시오. 그런데 용케 아셨네요. 사실 그 코트는 어떤 종류의 토끼 모피에 특수한 가공을 해서 밍크처럼 보이게 만든 모조품입니다. 절대 알아보지 못할 거라고 자신했는데. 지금까지 모두 진짜라고 믿고 아무도 눈치채지 못했는데…."

"뭐 약간의 직감이라고 해두죠. 저도 일을 크게 만들 생각은 없습니다. 아무에게도 말하지 않겠다고 약속합니다."

N씨는 돈을 돌려받고 내심 크게 기뻐했다. 아내는 그 코트를 진짜라고 믿고 좋아하고 있다. 그리고 자신은 돈을 되찾았다. 박사가 발명한 새로운 장치는 아무래도 예상했던 것보다 큰 효과를 발휘한 모양이다.

은밀한 즐거움

N씨에게는 일상 속에서 남몰래 즐기는 비밀스러운 즐거움 하나가 있었다.

보통 사람이라면 굳이 그렇게까지 숨길 일은 아니었지만 그의 경우에는 사정이 달랐다. 그의 아내는 남들보다 훨씬 머리가 비상한 데다 잔소리도 심한 성격이었기 때문에 아무래도 비밀로 할 수밖에 없었다.

N씨는 회사가 끝나면 다른 곳에 들르지 않고 곧장 집으로 돌아왔다. 중간에 기분전환 삼아 한잔 하고 싶다는 생각이 들 때도 있었지만 그런 짓을 했다간 곧바로 아내의 심문이 시작될 것이다.

N씨는 거짓말이 서툴러서 곧 들켜버리기 일쑤였고 결국 한바탕 아내의 잔소리를 들어야했다. 그걸 생각하면 빨리 집에 가는 편이 나았다.

저녁식사를 마치고 잠시 TV를 보거나 하다보면 어느새 잘 시간이 된다. 침대를 정돈하는 것은 아내의 역할이고 우유를 데우는 일은 N씨의 몫이다. 자기 전 우유를 마시는 것이 두 사람의 오랜 습관이었다.

N씨는 이때 부인이 마실 우유에 알약 한 알을 넣는다. 금방 녹고 아무 맛도 나지 않는 약이다. 그걸 가져가서 둘이 함께 마신다.

"그럼 잘 자요."

서로 인사하고 침대에 눕는다.

곧 아내는 고른 숨소리를 내며 잠에 빠진다. 약효가 나타난 것이다. 이 약은 잠이 잘 오게 해줄 뿐 아니라 즐거운 꿈을 꾸게 해주는 작용도 있다.

이 약은 N씨가 친구에게서 얻은 것이다. 그때 시험 삼아 먹어봤는데 아름다운 화원에서 놀거나 호수에 한가로이 보트를 띄우는 꿈을 꿨다.

아내도 그런 꿈을 꾸고 있는지 기쁜 표정을 짓고 있었다. 무서운 꿈이라면 도중에 깨겠지만, 즐거운 꿈이라면 그럴 염려가 없다.

N씨도 베개에 머리를 대고 잠시 잠든 척을 계속했다. 그리고 아내가 잠든 것을 곁눈질로 확인한다.

그러고 나서 기대에 찬 웃는 얼굴로 침대에서 일어나 외출복으로 갈아입었다. 슬그머니 집을 나와서 밤거리로 놀러나간다. 뭐라 형용할 수 없는 해방감이 퍼져나간다. 자유롭고 누구의 잔소리도 듣지 않는 시간이 시작된 것이다. 모든 게 생기가 넘친다.

N씨에게는 단골 바가 있다. '엘프'라는 이름의 가게로 늦게까지 영업하는 곳이었다. 내부는 세련되게 꾸며져 있고 좋은 술도 갖춰져 있다. 가격은 그리 비싸지 않다. 안으로 들어서자 여종업원이 그를 맞이했다.

"어머, 어서 오세요."

모두 예쁜 여자들이었다.

"브랜디 한 잔 주겠나."

이윽고 주문한 술이 나오고 여종업원이 말을 걸어온다.

"항상 밤늦게 오시는군요."

"응, 일 때문에."

"바쁘셔서 힘드시겠어요…."

부인이 잠들기를 기다렸다 나온 것이라고는 차마 말할 수는 없다. 술을 마시며 이런저런 대화를 나누다 보면 어느새 기분도 좋아진다.

정말이지 이 가게에서 보내는 한때가 없다면 숨이 막혀서 못 살 것이다. 회사에서 열심히 일하고, 곧장 집에 가서 저녁 시간을 얌전히 보내는 날들이 반복된다면 머리가 이상해지고 말 것이다. 이 정도는 허용되어야 하지 않을까. 그에게는 이곳이 바로 삶의 낙이었다. 술도 마시고, 대화도 나누고, 때로는 노래도 부르고 춤도 춘다. 언제까지고 이곳에서 놀고 싶은 기분이다.

하지만 끝없이 마실 수는 없다. 어느 정도 마음의 답답함을 털어낸 뒤 N씨는 계산을 한다. 외상으로 해도 되지만 혹시라도 깜빡 잊고 있다가 전화로 독촉이라도 받으면 곤란하기 때문에 항상 현금 결제를 고집했다.

'엘프'를 나와 집으로 가는 길, 그는 꼼꼼하게 점검한다. 바의 성냥이나 영수증이 주머니에 남아 있어서는 안 된다. 셔츠에 립스틱 자국이 남아 있다면 잘 닦아야 한다. 아내에게 들키기라도 하면 분명 난리가 날 것이다.

　밤놀이의 증거가 될 만한 것은 아무것도 가져가서는 안 된다. 모든 것을 확인한 후에야 N씨는 집으로 돌아가 옷을 갈아입고 침대에 누워 잠이 든다. 옆 침대에서는 아내가 즐거운 얼굴로 곤히 잠들어 있다. 계속 좋은 꿈을 꾸고 있을 것이다.

　이것이 N씨의 일상이었다. 딱히 다음 날 업무에 지장을 주는 일도 없었다. 아마도 마음이 풀려 오히려 피로가 사라졌기 때문일 것이다. 그래서 아내에게 들키지 않고 이 생활을 계속할 수 있었다.

　N씨는 낮 동안은 바 근처에 가지 않으려고 조심했다. 무슨 계기로 아내에게 들킬지 알 수 없었기 때문이다.

　퇴근길에 들르고 싶은 마음이 들어도 꾹 참았다. 불안에 떨며 마시는 것보다 부인을 재운 뒤에 안심하고 마시는 것이 더 즐거웠기 때문이다.

　그러던 어느 날 오후, N씨는 회사 일로 그 근처를 지나가게 되었다. 밤에 다시 와야겠다고 생각하며 바라보는데 어떻게 된 일인지 '엘프'가 보이지 않았다. 늘 다니던 가게가 없는 것이다.

그 자리에는 이미 다른 가게가 들어서 있었다. 과자 가게였다. 이름도 인테리어도 완전히 달랐다. 도대체 어떻게 된 걸일까. 오늘 갑자기 문을 닫은 걸까. 하지만 어젯밤까지는 평소처럼 영업했고 폐업이나 이전한다는 얘기는 듣지 못했다. 그야말로 환상처럼 흔적도 없이 사라진 것이다.

N씨는 과자 가게에 가서 물어보았다.

"여기 있던 '엘프'라는 바는 어떻게 되었습니까?"

"네? 그런 가게는 모릅니다만."

뜻밖의 대답이었다.

"하지만 어제까지 분명 여기에 있었는데요…."

"아뇨, 저희는 계속 이 자리에서 과자 가게를 해왔고 바 같은 건 들어본 적도 없습니다."

이게 어떻게 된 일일까. 매일 밤 나가서 술을 마시고. 즐겁게 떠들고, 꼬박꼬박 돈을 지불했던 것은 대체 무엇이었을까. 성냥이나 영수증은 갖고 있지 않지만 분명 여기에 가게가 있었다.

N씨는 근처 가게 몇 군데를 돌아다니며 물어봤지만 아는 사람은 아무도 없었다.

그날 밤 N씨는 침대 위에서 생각했다. 엎드려서 베

개를 만지작거리며 수수께끼를 풀어보려 애썼다. 하지만 아무리 생각해도 알 수가 없었다.

'엘프'가 사라졌으니 외출할 마음도 생기지 않았다. 그러던 중 그는 만지작거리던 베개가 조금 이상하다는 것을 깨달았다. 안에 뭔가 들어 있었다.

꺼내 보니 정체를 알 수 없는 작은 장치였다. 무엇인지는 짐작이 가지 않았지만 제법 정교해 보였다.

N씨는 그곳에 쓰여 있는 제조사 이름을 읽고 전화를 걸었다.

"여보세요, 댁은 어떤 제품을 만드는 회사입니까?"

야근 중이던 직원이 대답해줬다.

"꿈을 꾸게 해주는 베개 제조사입니다. 혹시 고장이라도 났습니까? 실례지만 누구신지…."

N씨가 이름을 밝히자, 상대방이 말했다.

"…아, 고객님이라면 사모님이 주문하셔서 제작해드린 것입니다. 베개에 머리를 대는 순간 바로 잠들고, 집을 몰래 빠져나가 바에서 술을 마시는 꿈을 꾸는 타입입니다. 꿈은 선명하셨나요?"

너무나 선명했다. N씨는 드디어 상황을 이해했다. 이 베개 때문에 속았단 말인가. 바에서 썼다고 생각한 술값은 아침에 먼저 일어난 아내가 그의 지갑에서 슬쩍 꺼내갔을 것이다.

역시 아내가 머리가 더 좋은 것 같다. N씨는 그녀 앞에서 도무지 고개를 들 수 없었다.

유리꽃

유리로 만든 꽃. 유키코는 그것을 신경질적일 정도로 소중히 여겼다. 장미꽃 한 송이였다. 유리로 만들었으니 물론 투명하다. 하지만 매우 정교하게 만들어져 있었다.

손에 들고 가만히 바라보고 있으면 잎 부분이 초록색을 띠기 시작하는 것만 같았다. 기분 탓일지도 모르지만 정말 그렇게 보였다. 또 꽃 부분은 분홍색으로 물들고 꽃잎은 촉촉하게 젖어들며 향기가 피어오르는 듯했다.

그녀는 그것을 특별히 만든 유리 용기 안에 눕혀

선반 위에 장식해 두었다. 남편이 출근한 후 아침 시간, 유키코는 부드러운 천으로 유리꽃의 먼지를 닦는다. 조심스럽게, 부드럽게, 정성껏. 조금이라도 손을 미끄러뜨리면 바닥에 떨어져 깨져서 돌이킬 수 없게 될 테니까.

어느 날, 이웃에 사는 친구 도모코가 놀러 와서 수다를 떨다가 그 이야기가 나왔다.

"너 그 유리꽃을 정말 소중하게 다루더라. 그걸 만질 때면 표정이나 눈빛이 완전히 달라져. 뭔가 예사롭지 않은 느낌이야…."

도모코는 그저 가볍게 놀린 것뿐이었다. 하지만 유키코는 진지한 어조로 대답했다.

"맞아. 예사롭지 않은 물건이야. 평범한 물건과는 달라."

뜻밖의 진지함에 도모코는 호기심이 생겨 물었다.

"뭔가 사연이 있는 것 같네. 얘기해 줘."

"마스코트 같은 거라고 할까. 저 꽃에는 마력이 숨겨져 있어. 어떻게 내 손에 들어오게 됐는지는 말해 줄 수 없지만 지금은 이렇게 내 것이 됐지."

"그런데 그게 왜 소중한데?"

"행복이 계속되는 건, 내가 지금 행복할 수 있는 건 저 유리꽃 덕분이니까."

"설마. 말도 안 돼. 미신이야. 겨우 유리 세공이잖아."

"그냥 유리 세공인지 아닌지, 네가 직접 들고 봐. 하지만 조심해야 해."

유키코가 유리 용기를 열었다. 도모코는 그 꽃을 손에 들었다. 손에서 생기가 흘러 들어가는 것처럼 유리꽃은 생기를 머금었다. 꽃잎은 손가락으로 만지면 탄력이 느껴질 것만 같았다. 도모코는 더 이상 가볍게 웃어넘길 수 없었다. 그녀는 조심스럽게 꽃을 돌려놓으며 말했다.

"어쩌면, 정말일지도 모르겠네. 그런데 만약 이게 깨지면⋯."

유키코의 얼굴이 일그러지며 새파랗게 질렸다.

"그만해. 농담이라도 그런 말 하지 마. 이게 깨지면 불행이 닥칠 거야. 어떤 불행일지는 모르지만 끔찍한 불행이⋯."

"하지만 지진이 나거나 도둑이 들면⋯."

"이 케이스는 특수 유리로 만든 거야. 자동차 앞 유리랑 같은 재질이라 웬만한 충격에는 끄떡없어. 집이 무너지면 소용없겠지만 그때는 나도 끝장이겠지 뭐. 그리고 도둑은 슬쩍 보고 그냥 유리 공예품이라고 생각해서 가져가지 않을 거야. 그래서 투명한 용기에 넣어 둔 거야. 금고 같은 곳에 넣어 두면 오히려 귀중품인 줄 알고 훔쳐갈 테니까. 그보다 이 얘기는 아무에게도 말하지 말아줘…."

"물론이지."

도모코는 맹세했다. 하지만 비밀을 듣고 난 후에는 이전처럼 냉정할 수 없었다. 틈만 나면 유키코의 유리꽃에 대해 이것저것 생각하게 된 것이다.

그 생각은 마음 한구석에서 조금씩 자라나 저런 마스코트를 가지고 있는 유키코가 부럽다고 생각하게 되었다. 마스코트 덕분에 행복을 유지하고 있는 유키코에게 질투를 느꼈다.

도모코의 생활은 딱히 비참하지 않았다. 오히려 축복받았다고 할 수 있었다. 하지만 마스코트의 존재를 알게 된 이상 예전처럼 태연할 수 없었다. 그 감정은 차츰 뒤틀려 못된 계략으로 발전했다. 저걸 훔쳐서 부숴버리면 어떻게 될까?

유키코는 불행이 닥칠 거라며 두려워하고 있었다.

하지만 지금까지 저것 덕분에 행복했으니 그래야 공평해지는 것 아닐까. 나는 유키코가 미신에서 벗어나게 도와주려는 거야. 도모코의 악한 마음은 점점 커졌고 스스로 만든 억지논리로 더욱 단단해졌다. 마침내 도모코는 계획을 실행에 옮기기로 했다.

어느 날 유키코가 외출한 틈을 타서 도모코는 몰래 집 안으로 들어갔다. 열쇠를 숨겨둔 곳을 알고 있었기 때문에 그걸 사용해서 쉽게 들어갈 수 있었다. 케이스에서 꽃을 꺼냈다. 그것을 손에 들고 집안을 원래대로 정리한 뒤 밖으로 나섰다.

인적이 없는 길가에서 유리꽃을 땅바닥에 내던졌다. 날카로운 소리와 함께 유리꽃은 산산조각이 나서 빛의 안개처럼 흩어졌다. 순간 도모코는 뭔가 불길한 기분을 느꼈다. 역시 부수지 말았어야 했나. 그런 생각이 머릿속을 스치고 지나갔다. 하지만 이미 돌이킬 수 없었다.

도모코는 아무 일 없었다는 듯 태연하게 발길을 돌렸다. 유키코의 집 안에서는 막 돌아온 그녀의 울음소리가 새어 나오고 있었다. 도모코는 놀란 표정을 지으며 물었다.

"무슨 일이야?"

유키코는 텅 빈 케이스를 가리키며 말했다.

"유리꽃을 도둑맞았어. 끔찍한 일이 벌어질 거야. 어쩌면 좋지…."

"하지만 어쩔 수 없잖아. 단념해."

도모코는 마음속의 잔혹한 기쁨을 감추고 아무렇지 않게 위로했다. 유키코가 대답했다.

"나는 단념할 거야. 하지만 가져간 사람이…."

그 말에서 뭔가 마음에 걸리는 것을 느낀 도모코는 유키코에게 물었다.

"왜? 어떻게 되는데?"

"저건 가지고 있어봤자 좋은 건 하나도 없어. 하지만 저 꽃을 부수면 그 순간 꽃을 갖고 있는 사람에게 저주가 걸려. 한 마디로 가져간 사람에게 불행이 닥치는 거야. 어떤 사람이 훔쳐갔는지는 모르지만 부수는 순간 그 사람이 누리던 행복은 전부 끝나고 말 거야."

"그랬구나…."

"응, 그래서 그 유리꽃은 남에게 주지도 못하고 내가 소중히 간직할 수밖에 없었어. 이유를 말하면 받아줄 사람이 없을 테고, 말하지 않고 주자니 양심이 허락하지 않고….”

이야기를 듣던 도모코는 말없이 일어섰다. 힘없는 걸음으로 가슴의 술렁임을 억누르며 자신의 집으로 돌아갔다.

집 안에서는 전화가 울리고 있었다. 도모코는 수화기를 들었다. 수화기 너머 상대방의 목소리는 도모코에게 슬프고 불행한 소식을 전하기 시작했다.

신선함의 약

　어느 날 밤, F박사는 거리의 바에서 술을 마시고 있었다. 그러던 중 손님들 사이에 있는 한 중년의 신사를 발견했다. 다른 손님들과는 달리 F박사의 시선을 끄는 뭔가를 가지고 있었다.

　그 신사는 옷차림도 단정하고, 교양 있어 보이고, 돈도 많을 것 같았다. 그런데도 따분한 표정으로 잔을 입으로 가져가고 있었다. F박사는 옆으로 다가가 말을 걸었다.

　"실례합니다. 괜찮으시면 함께 한잔 하시겠습니까?"

　"네…."

시큰둥한 대답이었다. F박사는 개의치 않고 옆에 앉았다.

"기운이 없어 보이시는데 괜찮습니까?"

"따분합니다. 제 기분은 '따분하다'는 한마디로 설명할 수 있습니다. 요즘 계속 이렇습니다."

그리고 신사는 정말 따분한 듯이 술을 마셨다. 술이나 마시는 것 말고는 할 일이 없다는 듯한 모습이었다. F박사가 물었다.

"여행이라도 떠나시는 건 어떻습니까? 새로운 풍경을 접하는 것은 즐거운 일이죠."

"보통 사람이라면 그렇겠지요. 하지만 저는 부모님께 물려받은 무역 회사를 운영하고 있습니다. 덕분에 국내외를 막론하고, 온갖 지역을 돌아다녔죠. 물론 아직 가보지 않은 곳도 있지만 지금까지의 경험만으로도 대충 상상이 되고 굳이 가보고 싶은 마음도 들지 않습니다. 한마디로 여행은 질렸습니다."

"스포츠나 게임 같은 건 안 하시나요?"

"했죠. 웬만한 건 다 해봤습니다. 운동 신경도 좋은 편이고 승부욕도 있어서 뭐든 남들보다 조금 더 잘했습니다. 그런데 한번 해보면 금방 싫증이 나요. 제가 싫증을 잘 내는 성격인지도 모르겠습니다. 스포츠나 게임은 지금은 별로 하고 싶지 않습니다."

"부인은 계신가요?"

"경제적으로 넉넉한 덕분에 많은 여성들을 만났습니다. 그 많은 여성들 중에 모든 면에서 가장 뛰어난 여성을 골라 결혼했지요. 매력적이고 가정적이고 머리도 좋습니다. 흠잡을 데 없는 여성이죠. 하지만 왠지 싫증이 납니다. 바람을 피우면 되겠지만 아내보다 나은 여성은 찾을 수가 없더군요. 어떤 여성을 봐도 감흥이 없습니다."

"사치스러운 고민이군요."

F박사가 맞장구를 쳤다. 신사는 고개를 끄덕이며 말을 이었다.

"그렇긴 하죠. 웬만한 음식은 다 맛보았고 특별히 읽고 싶은 책도 더는 없습니다. 희극 연극은 전부 다 봐서 더 이상 웃을 수도 없습니다. 비극도 다 봐서 더는 울 수도 없어요. 이 지독한 무료함을 보통 사람들은 이해할 수 없을 겁니다. 죽기 직전에 이런 상태가 된다면 이상적이겠지만 저는 젊은 시절부터 인생의 쾌락을 전부 알고 싶다고 너무 의욕을 부렸습니다. 게다가 싫증을 잘 내는 성격까지 더해져 이렇게 되고 말 았지요. 즉 할 일이 없어서 멍하니 술을 마시고 있는 겁니다."

"상당히 중증이시군요."

"뭔가 좋은 방법은 없을까요? 새로운 재미를 줄 수 있는 사람만 있다면 어떤 사례라도 하겠습니다만…."

신사는 작게 하품을 했다. 그것을 기다렸다는 듯이 F박사는 몸을 앞으로 내밀었다.

"그게 바로 저의 전문 분야입니다. 실은 제가 당신 에게 말을 건 것도 혹시 이런 고민을 가진 분이 아닐 까 싶어서였지요."

"그 말은 삶의 의미를 다시 느끼게 해주겠다는 겁 니까? 그게 사실이라면 보상은 얼마든지 드리겠습니 다. 하지만 믿기지 않는군요. 이 세상에 그렇게 깜짝 놀랄 만한 재미 있는 일이 아직 남아 있을 줄이야…."

신사는 반신반의했다. 그러나 F박사는 단언했다.

"정말입니다. 효과가 없을 경우 돈은 받지 않겠습 니다."

"확실한 것 같군요. 대단하네요. 지금 당장 부탁드 립니다."

신사는 간절히 부탁했다. F박사는 신사를 데리고 자신의 집으로 갔다. 그리고 어느 방으로 안내했다. 장식이라고는 없는 방이었다. 책상과 의자, 그리고 벽 쪽에 약병을 정리해 둔 선반 정도만 보일 뿐. F박사는 가지런히 놓인 약병 중 하나에서 알약을 꺼내 내밀었다.

"이걸 드십시오. 절대 해가 되진 않으니 걱정하지 않으셔도 됩니다."

신사는 고개를 갸웃거리며 망설였지만 곧 물과 함께 약을 삼켰다.

"새로운 재미를 얻기 위해서라면 뭐든지 하겠지만 이런 걸로 정말 그게 가능할까요···."

"뭐 편히 쉬고 계십시오. 지금 차를 끓여오겠습니다."

F박사는 방을 나갔다가 홍차와 비스킷을 가지고 돌아왔다. 그리고 권했다.

"자, 사양 말고 드십시오."

신사는 비스킷을 한입 베어 물고 홍차를 마셨다. 순간 큰 소리로 외쳤다.

"음. 이거 정말 맛있군요. 이렇게 맛있는 음식은 처음 먹어봅니다. 이게 뭡니까?"

"지금 드신 것은 비스킷이고 함께 마신 건 홍차라

는 겁니다. 약효가 나타나기 시작한 것 같군요. 제가 오랫동안 연구하고 고심 끝에 만들어낸 약입니다. 그리고 맛에 관한 기억을 모두 지워버리는 작용을 가지고 있습니다. 이 약을 먹은 사람은 음식에 관해서만큼은 어린아이 같은 상태로 돌아가는 셈이죠. 질리도록 먹었던 음식들도 다시 새롭게 느껴지고 무엇을 먹어도 전부 처음 맛보는 것처럼 느껴집니다."

F박사가 단팥빵을 가져오자 신사는 이렇게 맛있는 것은 처음이라고 말했고, 귤을 내놓자 이렇게 신선한 맛은 처음이라고 외치며 감격에 겨워 펄쩍 뛰었다. F박사가 물었다.

"어떻습니까? 만족하셨습니까? 혹시 만족스럽지 못하다면 원래대로 되돌리는 약도 있습니다만…."

"아니, 이대로가 좋습니다. 정말 굉장하군요. 앞으로 매일, 매 끼니 식사할 때마다 얼마나 즐거울까요."

신사는 비싼 값을 치르고 집으로 돌아갔다.

며칠 뒤, 신사는 다시 F박사의 집을 찾았다. 박사가 물었다.

"어떠십니까, 인생에 대한 감상은?"

"덕분에 하루하루가 너무나 재미있습니다. 어제 점

심에는 돈가스 덮밥을 먹었고 저녁에는 튀김을 먹었습니다. 세상에 이렇게 맛있는 게 있을 줄은 몰랐습니다. 튀김의 맛이란…."

신사는 그 감격을 하나하나 세세하게 설명하기 시작했다. F박사는 손을 내저었다.

"저한테 설명하실 필요는 없습니다. 어쨌든 기뻐하셔서 다행이군요."

"그건 그렇고 오늘은 부탁이 있어서 찾아왔습니다. 선반에 약병이 아주 많던데 그중에 혹시 다른 종류의 약도 있습니까? 그것도 먹게 해주세요. 돈은 얼마든지 내겠습니다."

"그럼 이걸 드십시오. 그리고 좋은 기념품을 하나 드리겠습니다."

F박사는 선반에서 다른 약병을 꺼내 알약 하나를 건넸다. 그리고 셜록 홈즈 책을 한 권 선물했다. 이 약에는 추리 소설에 관한 기억을 전부 지워버리는 효과가 있었던 것이다.

아니나 다를까, 신사는 곧 또다시 보고하러 왔다.

"이렇게 재미있는 책은 처음입니다. 그 후로 매일 밤 추리 소설을 읽고 있습니다. 가슴이 두근거리고 시간 가는 줄도 모를 정도입니다. 이 모든 게 선생님 덕분입니다. 혹시 다른 약도 나눠주실 수 있을까요? 더 많은 것을 새롭게 맛보고 싶습니다."

하지만 F박사는 고개를 저었다.

"안 됩니다. 약은 있지만 제 지시에 따라 신중하게 사용해야 합니다."

"애태우지 말고 나눠주세요. 돈은 드리겠습니다."

"안 됩니다. 조만간 드릴 때가 오겠지만 지금은 안 됩니다."

"안 됩니까⋯."

신사는 아쉬워하며 돌아갔다.

그로부터 사흘쯤 지나, F박사는 선반의 약이 조금 없어졌다는 사실을 알아차렸다. 바닥에 떨어져 있던 이름이 새겨진 손수건으로 보아 지난번 그 신사의 소행인 것 같았다. 한밤중에 차를 몰고 와서 몰래 침입해 가져간 모양이다.

"어처구니없는 사람이군. 무슨 약을 가져갔지⋯."

없어진 약을 확인하던 F박사는 당황하며 외쳤다.

"⋯큰일 났군. 하나는 여성에 관한 약이다. 그걸 먹으면 여성에 관한 기억이 전부 사라져서 처음 만난 여성에게 순식간에 빠져들게 되지. 이상한 여자든 기혼자든 상관없이. 다른 하나는 도박에 관한 약이군. 어린아이처럼 자제심이 완전히 사라져서 쓸모없는 내기에 열중하게 되지. 이대로는 돌이킬 수 없는 일이 벌어질지 몰라. 빨리 조치를 취해서 원래대로 되돌려야 돼…."

F박사는 신사의 집으로 달려갔다. 하지만 이미 때는 늦은 후였다. 신사는 첫사랑에 빠진 것처럼 반짝이는 눈빛으로 아내를 바라보며 열렬한 사랑을 속삭이고 있었다. 그리고 아내를 상대로 트럼프를 하면서 거의 모든 재산을 빼앗기고 있었다.

옷을 입은 코끼리

해질 무렵 동물원.

한 남자가 코끼리 우리 앞을 지나가고 있었다. 그는 최면술 분야에 아주 뛰어난 재능을 가진 사람이었다. 하지만 딱히 볼일이 있어서 동물원에 온 것은 아니었다. 기분전환 겸 산책을 하며 이리저리 돌아다니는 중이었다.

코끼리 한 마리가 그를 향해 코를 들었다. 혹시 먹을 것을 주지 않을까 기대한 것이다.

그때 그는 코끼리에게 말했다.

"너는 코끼리가 아니야. 인간이란다. 인간의 마음을

가지고, 인간으로서 생각하고, 인간의 말을 할 수 있지. 알겠니, 너는 인간이야."

그저 재미삼아 한 행동이었다. 설마 최면술이 정말로 코끼리에게 통할 거라고는 생각하지도 않았다. 그래서 뒤도 돌아보지 않고 걸어가 마침 폐장 시간이 된 동물원을 빠져나갔다.

그러나 코끼리에게는 변화가 일어났다. 코끼리는 주위를 둘러보며 이상하다는 듯이 중얼거렸다.

"어라, 내가 왜 이런 곳에 있지? 주변엔 온통 코끼리들뿐이잖아. 한시라도 빨리 이곳을 나가야 해."

코끼리 우리에는 자물쇠가 걸려 있었다. 그 자물쇠는 코끼리의 지능으로는 열 수 없지만 인간이라면 쉽게 열 수 있는 것이었다. 이 코끼리는 겉모습은 코끼리 그대로지만 최면술에 걸려 자신을 인간이라고 확신하고 있었다. 즉, 자물쇠를 열 수 있었던 것이다.

코끼리는 우리에서 나와 다시 문을 잠갔다. 그리고 달빛을 받으며 유유히 걸어서 잠시 동물원 안을 구경했다. 도중에 길바닥에 떨어진 동전을 주워 자판기에 넣고 병에 담긴 주스를 마셨다. 인간처럼 사고하고 있으니 이상할 것은 전혀 없었다.

코끼리는 담을 넘어 거리로 나섰다. 먼저 한 양복점을 발견하고 코로 노크를 했다. 가게에서 나온 주인은 혼비백산했다. 거대한 동물이 찾아왔으니 당연한 반응이다.

"이게 도대체 무슨 일이지."

"실은 알몸으로 밖을 돌아다는 게 너무 보기 흉해서요. 옷이 필요합니다."

코끼리가 말을 하는 것을 듣고 주인은 또다시 놀랐다. 무슨 장난인가 싶었지만 만져보니 인형 같은 것이 아니라 진짜 코끼리였다. 게다가 의외로 얌전했다.

일단 안심하고 놀라움이 가신 주인은 생각했다. 이건 좋은 홍보가 될지도 몰라. 정성껏 대접해야지.

"그러시군요. 하지만 안타깝게도 기성복 중에는 손님 몸에 맞는 것이 없습니다. 특별히 만들어 드리겠습니다."

치수를 재고 엄청난 양의 천을 사용해서 간단한 옷한 벌이 완성되었다. 코끼리는 그 옷을 입어보고 기쁜 듯이 말했다.

"잘 어울려?"

"딱 맞습니다."

그러자 코끼리는 쑥스러워하며 말했다. 그 모습은 훈훈하면서도 기묘했다.

"옷값 말인데요, 실은 지금 가진 돈이 없어요. 일해서 돈을 벌면 그때 드려도 될까요?"

"괜찮습니다. 당신처럼 덩치 큰 분은 몰래 도망치지도 못하실 테죠."

"고맙습니다."

"그보다 일을 하시겠다고요. 일할 곳은 있으십니까?"

코끼리가 아직 생각해보지 않았다고 대답하자 주인은 아는 연예 기획사 사장을 떠올리고 그곳에 가보라고 소개했다.

코끼리는 또다시 걸어서 그곳으로 향했다. 도중에 경찰관이 코끼리를 제지했다.

"이봐, 허가 없이 코끼리를 데리고 다니면 안 돼. 책임자는 누구야?"

"저는 인간입니다. 혼자 걸어 다녀도 문제없지요."

"하지만 그렇게 큰 인간은…."

"큰 인간은 인간이 아닙니까."

경찰은 할 말을 잃었다.

무엇보다 말도 하고 옷까지 차려입고 있다. 인간

과 코끼리를 구분하는 명확한 선은 도대체 무엇일까? 이런저런 생각을 하는 동안 코끼리는 슬그머니 자리를 떠났다.

코끼리는 연예 기획사에 도착했다. 사장은 크게 기뻐하며 코끼리를 맞이했다.

"정말이었군. 전화로만 들었을 때는 믿기 힘들었는데. 코끼리가 말을 하다니…."

그 말에 코끼리는 항의했다.

"코끼리라니요. 저는 인간입니다. 말을 할 수 있으니 인간이지요. 코끼리가 말을 할 수 있습니까? 당신도 누가 돼지라고 부르면 기분 좋겠습니까?"

사장은 즉시 사과했다. 여기서 난동이라도 부리면 큰일이고 다른 기획사로 가버려도 손해다.

"아, 실례했습니다. 그보다 어떻습니까. TV에 출연해보실 생각 없습니까? 보수는 넉넉히 드리겠습니다. 코끼리 역할인데 마음에 안 드십니까?"

"역할이라면 코끼리든 뭐든 하겠습니다."

그리하여 코끼리는 연예인이 되었다. 두 번 정도 뉴스쇼에 출연한 후 어린이용 예능 프로그램의 사회자로 발탁되었다. 그리고 순식간에 인기인이 되었다. 그는 다정하고 명랑하고 친근했다. 아이들이 열광적으로 빠져드는 것도 무리는 아니었다.

단숨에 유명해진 연예인은 대부분 거만해지기 마련이다. 하지만 이 코끼리는 코의 신경이 섬세해서인지 그렇게 되지 않았다.

열심히 일하고, 쓸데없는 유흥에 빠지지 않고, 틈만 나면 독서에 몰두했다.

덕분에 돈도 많이 모였다. 식비에 돈이 많이 들었지만 수입이 더 많았다. 이윽고 이런 제안을 하는 사람도 나타났다.

"어떻습니까. 그 돈으로 놀이공원을 운영해보지 않겠습니까? 아이들에게 꿈을, 어른들에게 휴식을 주는 공간이지요."

"한번 해볼까요."

코끼리는 놀이공원의 경영자가 되었다. 하지만 사장이 되어도 거만하게 굴지 않았다. 부하 직원들은 늘 배려있게 대했고 손님들에게는 진심을 담아 서비스를 제공했다. 놀이 기구도 일일이 직접 타서 점검했다. 코끼리가 타도 괜찮을 정도니 사고는 결코 일어나지 않았다. 필연적으로 수익도 늘어갔다.

코끼리는 그 수익으로 과자 회사와 장난감 회사도 만들었다. 매우 양심적으로 경영했으며 수익금 중 일부는 어려운 이웃에게 아낌없이 기부했다.

코끼리와 만나 이야기를 나눈 사람들은 모두 그의 확고한 생각에 감탄했다. 은행에서도 그의 인품을 믿고 돈을 빌려줬다. 모든 사업이 점점 번창했다.

누군가가 코끼리에게 물었다.

"당신은 엄청난 성공을 거뒀습니다. 대체 그 비결은 뭡니까…?"

"글쎄요, 딱히 떠오르는 건 없지만 굳이 꼽자면 한 가지 있습니다."

"그게 뭡니까."

"제 마음 깊은 곳에 너는 인간이다 라는 목소리가 숨어 있습니다. 하지만 인간이란 무엇인지 저는 잘 몰랐죠. 그래서 책을 읽고 공부했습니다. 인간이란 어떤 존재인지, 인간이라면 무엇을 해야 하는지. 늘 배우고, 고민하고, 그대로 실천했을 뿐입니다. 제가 세상에 도움이 되고 있다면 아마 그 때문일 겁니다. 당신은 자신이 인간이라고 생각해본 적이 있습니까?"

"글쎄요…."

지적을 받은 질문자는 입을 다물었다. 그러고 보니 그런 것은 생각해본 적도 없다.

인간은 누구나 한 번쯤은 최면술사에게 부탁해서 너는 인간이다 라는 암시를 받아보는 것이 좋을지도 모른다.

마이 국가

초라하지도, 호화롭지도 않은 평범한 집이었다.

어디서나 볼 수 있는 작은 주택으로 딱히 특징을 찾기가 어려웠다. 현관 문패에는 마이 구니조(真井国三)라고 적혀 있었다. 딱히 특이한 이름도 아니어서 누구라도 신경 쓰지 않고 지나쳤을 것이다.

어느 날 한 청년이 그 앞에서 걸음을 멈추고 의욕이 넘치는 말투로 중얼거렸다.

"좋아, 딱 한 집만 더 들러보자…"

그는 은행의 외근 직원이었다. 즉 여러 가정을 방문해서 "우리 은행에 예금해주세요"라고 권유하는 것이 그의 일이었다. 청년은 은행원답게 성실하고 일에 대한 열의도 높았다. 방문을 받은 사람들도 어느 은행에 저금하든 별 차이 없다는 생각에 승낙하는 경우가 많아서 실적도 제법 좋았다.

오늘도 그는 내내 그 일을 계속했다. 오후 세 시를 지나 슬슬 회사로 돌아가려던 그는 나온 김에 마이라는 사람의 집에 들러보기로 했다.

초인종을 눌렀지만 고장이 났는지, 집에 아무도 없는지 아무리 기다려도 반응이 없었다. 무심코 문을 당기자 가볍게 열렸다. 집에 아무도 없다면 조심성 없는 집이군. 청년은 현관으로 들어서며 목소리를 높였다.

"실례합니다. 아무도 안 계세요?"

그러나 역시 대답은 없었다. 포기하고 돌아가려던 순간 집 안에서 소리가 들렸다. 사람의 신음소리와 유리가 부딪히는 소리였다.

신경 쓰여서 차마 돌아갈 수가 없었다. 누가 있는 모양이다. 환자일까. 혹시 범죄라도 일어난 것은 아닐까. 들려오는 소리로 짐작하건대 괴로워하며 물이라도 마시려는 것 같았다. 그냥 두고 가면 안 되지 않을까.

휴머니즘이니 호기심이니 하는 감정은 가끔 예기치 못한 행동을 하게끔 사람을 부추긴다. 청년은 홀린 듯이 신발을 벗고 현관으로 들어서서 복도를 지나 소리가 들려온 방의 문을 열었다.

세 평 정도 크기의 방에는 테이블과 의자 몇 개가 놓여 있었다. 그러나 불쌍한 환자도, 참극의 흔적도 그곳에는 없었다.

마흔 살쯤 되어 보이는 남자가 의자에 앉아서 TV를 보며 양주를 마시고 있었다. 청년은 자신이 착각했음을 깨달았다. 신음은 드라마 속 인물의 목소리였고 유리 소리는 위스키를 따르는 소리였던 것이다.

남자는 고개를 들고 의아한 듯이 청년을 바라보았다. 그 시선에 청년은 붉어진 얼굴로 머리를 숙이며 황급히 말했다.

"안녕하십니까. 저는 은행의 예금 권유 담당입니다. 실례를 용서해주십시오. 마이 씨 맞으십니까…?"

먼저 명함을 책상 위에 놓고 가방 안에서 은행 팸플릿과 홍보물을 차례차례 꺼냈다. 멋대로 들어온 것이 내심 찔렸다. 그래서 이 홍보물들을 내밀어 자신이 수상한 자가 아니라는 것을 증명할 생각이었다. 그리고 오해를 설명하고 사과하려 했다.

그러나 남자는 나무라기는커녕 TV를 끄고 기분 좋은 목소리로 말했다.

"뭐 거기 앉게. 같이 한잔 하지 않겠나. 느긋하게 있다 가도록 해."

"아뇨, 괜찮습니다. 그럴 생각으로 찾아온 게 아니라….."

"사양 말게. 기분 좋게, 즐겁게 한잔 하자고."

"그럼 한잔만….."

참으로 넉살 좋은 사람이다. 대낮부터 한가하게 술을 마시는 걸 보면 제법 형편이 여유로운 사람일지도 모른다. 그러면 혹시라도 얼마 정도 예금을 해주지 않을까. 냉정하게 거절해서 상대의 기분을 상하게 하는 것도 좋지 않고 무단으로 들어왔다는 꺼림칙함도 있다.

"그래, 그렇게 나와야지. 한잔만이라고 했으니 특별히 좋은 술을 줘야지….."

남자는 유쾌하게 웃으며 옆 선반에서 고급스러워 보이는 병을 꺼냈다. 그리고 잔에 술을 따라 청년에게 권했다.

"…자, 건배."

"네. 잘 마시겠습니다."

청년은 공손하게 인사한 후 술을 마셨다.

"제법 잘 마시는군. 잔을 드는 손놀림이 좋아. 어때, 한잔 더 하겠나."

"이제 됐습니다. 괜찮으시면 예금에 대해 설명을 드리고 싶습니다만…."

"좋아, 들어주지. 한잔 더 마신다면 말이야."

이런저런 이유로 계속 술을 권하는 바람에 청년은 네 잔이나 술을 마시고 말았다. 그런데도 이 집을 방문한 목적은 조금도 진전되지 않았다. 상대는 청년의 이야기를 들을 생각조차 없어 보였다. 술을 권하며 혼자 즐거워할 뿐이다.

심심함을 달래줄 술 상대 노릇이나 하고 있을 수는 없다. 이쪽은 근무 중이다. 게다가 술에 취해 돌아가면 상사에게 혼날 것이다. 한잔쯤이야 괜찮지만 이렇게 많이 마시면 술을 깨기 힘들다. 이쯤에서 포기하고 돌아가는 게 현명한 선택일지도 모른다.

"실례 많았습니다. 그럼 다음에 다시 인사드리겠습니다…."

청년은 인사를 하고 일어서려고 했다. 그러나 왠지 의자에서 일어설 수 없었다. 허리에 힘이 들어가지 않았다. 그렇게 많이 취한 것도 아닌데.

의아해하는 청년을 보며 남자는 당연하다는 듯이 말했다.

"아하하. 어때. 못 일어나겠지? 사실은 술 안에 마비약을 넣었거든. 다리 근육을 마비시키는 약이지. 이제 돌아갈 수 없어."

"왜 그런 농담을…."

"농담이 아니야."

웃고 있지만 남자의 표정에는 묘하게 진지한 구석이 있었다. 청년의 얼굴이 새파랗게 질렸다.

"이 가방에 든 수금한 돈을 빼앗을 작정이었나. 은행을 터는 것보다 쉽겠지. 신종 범죄로군. 그걸 눈치채지 못하다니 이런 실수를…."

"이봐, 무슨 수준 낮은 소릴 하는 거야? 후회를 하려면 좀 더 그럴 듯한 소리를 해. 잘 들어, 너는 포로야. 우리나라에 불법 침입해서 포로가 된 거지. 네가 어떤 무기를 갖고 있는지 모르니까 환영하는 척하며 방심시켜서 약을 넣은 술을 먹인 거야. 작전은 완벽하게 성공했지."

청년은 상대가 무슨 말을 하는지 도무지 이해할 수 없었다. 다만 다리에 힘이 들어가지 않는 걸 보면 약을 먹은 것만은 분명했다. 하지만 머리까지 이상해진 것은 아니다.

상대의 말투로 보아 돈이 목적은 아닌 모양이다. 생각해보면 계획적으로 이렇게까지 치밀하게 함정을 준비할 리 없다.

"포로라니 무슨 말씀입니까. 설명해주시겠습니까."

"흠, 알면서 시치미 떼는 솜씨가 제법이군. 하지만 좋아, 말해주지. 별것 아니야. 간단한 일이지."

"아, 네…."

"여기는 독립국이다. 국가라는 게 뭔지 아나? 일정한 영토와 국민, 그리고 정부, 즉 통치 기구. 이 셋이 갖추어진 것을 말하지. 영토는 이 집, 국민은 나, 정부도 나. 작지만 훌륭한 국가다. 그런데 외국인이 불법으로 침입했다. 이는 침범이며 침략의 전조일 수도 있다. 우리 국가는 그자를 체포했다. 어떻게 처리하든 내마음이지. 국가는 그 영토 내에서 최고의 지배권을 가진 존재니까."

"재미있는 장난이군요."

범죄가 아니라는 것을 알고 청년은 미소를 지었다. 그러나 남자는 엄숙한 목소리로 진지하게 말했다.

"장난이 아니야. 현실이다."

"그런 말도 안 되는…."

"장난이니 말도 안 된다느니, 어떻게 그런 말을. 우리나라의 존엄에 대한 중대한 모욕이다. 그 발언은 도저히 용서할 수 없군. 하지만 불만이 있다면 들어주지. 합리적인 반론이 있다면 말이지만."

"그건…"

청년은 입을 달싹거렸지만 목소리는 나오지 않았다.

어떻게 반박해야 좋을지 떠오르지 않아서 할 말이 없었던 것이다. 한순간 상대의 말이 옳다는 생각조차 들었다. 게다가 예고도 없이 이상한 약을 먹은 충격으로 머릿속이 정리되지 않았다.

변명을 하든 설득을 하든 뭐가 어떻게 된 건지 일단 상황을 파악해야 한다. 혹시 이 모든 게 장난이라면 괜히 상대를 거스르지 않는 게 좋다. 장단을 맞춰주면 기분이 좋아져서 적당히 끝내줄지도 모른다. 청년은 두 경우에 모두 통할 만한 말을 생각해냈다.

"정말 실례했습니다. 길을 잘못 들어선 것 같습니다. 그런데 이 나라의 이름은 뭡니까?"

"마이국이라고 한다. 국가 마크는 가로줄 세 개다. 국경선에 분명히 표시해뒀을 텐데."

그러고 보니 〈마이 구니조(真井国三)〉라는 문패가 걸려 있었던 것 같다.

"아, 그게 그거였군요. 그런데 국경이라니⋯."

"봐봐라, 표시를 똑똑히 보고도 길을 잃고 헤매다 들어왔다니 말이 되나. 국경이란 물론 현관문이다. 다만 현관 안의 신발을 신고 벗는 공간은 중립지대로 인정해서 들어와도 문제 삼지 않기로 하고 있지. 이렇게 관대한 방침을 가진 나라는 드물어. 그런데도 너는 그곳을 넘어 무단으로 침입했다."

"아, 네⋯."

"그건 인정하겠지? 목적이 뭐냐. 스파이냐. 국가 전복 임무를 맡은 공작원인가? 아니면 이곳을 공격하기 위해 보낸 제1차 정찰대인가?"

슬슬 웃음을 터뜨리며 이 새로운 장난을 자랑할 때가 됐는데. 하지만 남자는 더욱 진지해지며 눈빛도 날카로워졌다. 대체 어떻게 된 걸까.

"절대 아닙니다. 여기가 독립국이라는 것은 전혀 몰랐습니다. 언제부터 그렇게 된 겁니까."

청년은 물었다. 이 사람은 조금 이상하다. 계속 질문을 던지면 언젠가 모순이 드러날 것이다. 그걸 지적하는 것도 한 가지 방법이라고 생각한 것이다.

남자는 고개를 끄덕이며 자세를 가다듬고 말했다.

"아주 먼 옛날이다. 달력으로는 헤아릴 수 없을 만큼 먼 옛날 일이지. 그 무렵 이 세상은 이곳에서 천국과 맞닿아 있었다. 이 땅은 현세이자 천국이기도 했지. 그 후 인류의 타락으로 잠시 그 접촉이 끊겼는데 어느 날 내 머릿속에 천국에서 계시가 내려왔다. 지금 지상의 나라들은 어찌하여 이 모양인가, 그대 이 유서 깊은 땅에 모든 나라의 모범이 되는 나라를 재건하라, 라고. 나는 그 신성한 지시를 따랐지. 그러니 그 기원은 유구히 먼 옛날이라고 할 수 있다."

"그렇군요…."

청년 또한 고개를 끄덕이며 마음속으로 판단했다. 역시 생각했던 대로다. 이 사람은 미쳤다. 아니면 술에 취해 망상을 만들어내고 그 세계에 푹 빠져서 기뻐하고 있는 것이다. 소름이 끼쳤다. 어느 쪽이든 정상은 아니다. 이런 상대를 어떻게 다뤄야할지 도무지 알 수가 없었다.

그러자 남자는 잠시 보이지 않던 웃음을 슬며시 드러내며 말했다.

"머리가 이상한 인간이라고 생각했지? 하지만 이건 건국 신화야. 국가가 존재하려면 그럴 듯한 신화 하나쯤은 있는 게 좋잖아. 그래서 내가 만들었지. 어때, 제법 그럴싸하지 않나."

"아, 네. 그렇군요…."

당황한 청년은 시선을 떨궜다. 이 사람은 그냥 미친 게 아니라 그보다 한 단계 더 심각한 상태인 것 같다. 쉽게 풀려나기는 힘들지도 모른다. 말로는 이길 수가 없다. 최대한 저자세로 용서를 비는 수밖에 없다. 다른 방법은 없다.

"…부탁입니다. 살려주세요. 정말 아무것도 몰랐습니다."

"그 점은 뭐라고 말하기 어렵군. 하지만 너희 나라와 전화통화만은 허락해주지. 단 3분만이다. 또 우리나라의 국익에 반하는 내용이 있을 경우 도중에 통화를 중지한다."

남자는 방구석에서 전화기를 가져왔다. 그것을 보고 청년은 안심했다. 전화 한 통 하는데 더럽게 거창하다 싶었지만 이제 살았다. 경찰에 걸어야 할까. 아니, 상대를 자극하면 안 되니까 은행 동료에게 거는 게 좋겠지.

하지만 남자는 멋대로 전화를 걸고 수화기를 내밀었다.

"자, 곧 받을 거다. 통화해라."

약기운이 손까지 퍼져서 수화기를 드는 것도 힘겨웠다. 그래도 청년은 힘을 쥐어짜서 수화기를 귀에 대고 말했다.

"여보세요….."

또렷한 여성의 목소리가 들렸다.

"네. 외무성입니다."

"뭐라고요? 그게 무슨….."

"혹시 잘못 거셨나요. 아니면 무슨 용건이라도….."

청년은 이 기회를 놓치면 안 된다는 생각에 다급히 말했다.

"부탁입니다. 마이국에 잡혔습니다. 구해주세요….."

"타이를 말씀하시는 건가요?"

"아뇨, 마이국입니다. 마 · 이….".

"장난이라면 그만하시죠. 그런 나라가 어디 있습니까."

"아뇨, 정말입니다. 제발 부탁입니다….".

매달리는 듯한 필사적인 목소리. 그 마음이 통했는지 교환원이 말했다.

"잠깐 기다리세요….".

잠시 후 무슨 과의 담당자라는 사람이 전화를 받았다. 하지만 어떻게 설명해야 좋을까. 우물쭈물하는 사이에 3분이 지났는지 수화기를 빼앗기고 말았다.

"이걸로 국제전화는 끝이다. 안됐군. 너희 나라 정부는 널 상대해주지 않은 모양이야. 철저하게 대비해뒀군. 파괴공작을 위해 보낸 스파이니까 정보는 인정하려 들지 않겠지. 모른 척하고 죽게 내버려둘 생각이야. 뭐 당연하지. 너도 그걸 각오하고 들어왔겠지만…."

"말도 안 돼. 다시 한번 경찰에 전화하게 해주세요. 제가 요주의 인물 리스트에 올라있는 수상한 사람이 아니라는 걸 알 수 있을 겁니다. 제 명함에 있는 은행에 전화를 거셔도 돼요. 확실하게 증명해줄 겁니다."

"그럴 수는 없지. 알겠나, 이건 국제분쟁이다. 반드시 외교 창구를 거쳐야 해. 너도 보기 흉하군. 붙잡힌 스파이는 발버둥 치지 않는 법이다."

전화기는 다시 원래 위치로 돌아갔다. 설령 경찰과 연결해줬다 해도 결과는 마찬가지였을지 모른다. 이상한 전화 걸지 말라고 혼나거나 비웃음만 샀을 것이다. 나를 죽일지도 모른다고 소리치면 옆에 있는 남자가 검열이라는 이름으로 전화를 끊어버리겠지.

탈출 방법은 따로 생각해야 할 것 같다. 하지만 좋은 생각이 떠오르지 않는다. 이제 어떻게 되는 걸까. 청년은 한숨을 쉬며 눈을 감았다. 한동안 기묘한 침묵이 이어졌다.

남자는 뭔가 생각에 잠겨 있었다. 이윽고 그가 손뼉을 치며 말했다. 표정도 확 달라졌다.

"뭐 그렇게 처량한 얼굴 하지 마. 일단 실컷 마시자고. 기다려봐⋯."

그리고 방에서 나갔다. 지금이다. 청년은 급히 도망치려 했지만 역시 일어설 수가 없었다. 전화기까지 걸어가는 것도 불가능해 보였다.

애를 태우는 사이에 남자가 돌아왔다. 치즈와 소시지가 담긴 접시, 얼음과 맥주 등을 가져왔다.

"사양 말고 먹어. 뭘 마실래? 위스키와 맥주 중에서."

"그럼 맥주를…."

눈앞에서 병뚜껑을 따야 하는 맥주라면 독도 들어 있지 않겠지. 하지만 이 갑작스러운 변화가 무엇 때문인지, 순순히 안심해도 되는지 알 수 없었다.

그런 심정 따윈 아랑곳없이 남자는 점점 쾌활해졌다. 라디오를 켜자 음량은 크지 않지만 밝은 클래식 음악이 흘러나왔다.

"안 좋은 일은 잊고 즐겁게 놀아보자고. 그건 그렇고 어때? 요즘 그쪽 나라 국정은…."

"아, 뭐 그럭저럭 잘 굴러가고 있습니다."

대답할 말이 없지 않은가. 갑자기 국정이라는 말을 꺼내면.

"너는 너희 나라의 정부를 어떻게 생각하지?"

"글쎄요. 깊이 생각해본 적이 없습니다."

"조금은 좋은 일도 하고 있나."

"뭐 저소득층을 위해 생계 지원도 하고, 건강보험에 돈을 내주기도 하는 것 같습니다. 그밖에 연금이나 재해구조 같은 것도….”

막상 말하려니 좀처럼 떠오르지 않았다. 그러자 남자가 말했다. 방금 그 이상한 질문은 단지 대화의 물꼬를 트기 위한 것이었던 모양이다.

“그게 문제라는 거야. 정말 바보 같은 짓이지. 정부란 그럴 듯하게 포장한 일종의 의적이야. 그것도 지독히 비효율적인 의적이지. 대대적으로 국민들한테 돈을 뜯어서 우선 두목이 제일 많은 돈을 챙기고, 나머지를 불쌍한 사람들에게 나눠주라며 부하들에게 넘겨주지. 위에서 아래로 부하들의 손을 거치는 동안 돈은 점점 줄어들고, 말단에 이르면 쥐꼬리만 한 금액만 남는다. 그걸 생색내면서 가난한 사람과 병자들, 딱한 사람들에게 베풀어주는 거야.”

“듣고 보니 그렇군요.”

“옛날 의적들은 눈치를 보며 그런 일을 했지. 그런데 관리들은 자기들이 부자한테서 돈을 걷어 약한 자를 돕는다고 우쭐대고 있어. 그뿐인가, 근사한 빌딩 안에서 거들먹거리고 있지. 노자라는 옛 중국인은 이렇게 말했어. 백성들이 굶주리는 것은 세금을 축내는 자들이 위에 많기 때문이라고. 자기들이 가난한 사람을 만들어놓고 겨우 조금 도와주는 척하는 거다. 정말 어이없지 않나."

어떻게 맞장구를 쳐야할지 몰라 청년은 맥주를 마시며 말했다.

"당신은 무정부주의자입니까."

"그렇지는 않아. 어떤 주의를 내세워 남을 움직일 생각도 없고, 그런 소릴 했다가는 정부에서 바로 탄압에 들어가겠지. 당연하지 않나. 제약 회사 앞에서 비타민은 쓸모없다고 주장하면 영업방해잖아. 어느 시대, 어느 나라에서도 위험인물로 몰려서 잡혀가게 되어 있어. 물론 나도 무정부주의당을 만들어 합법적으로 정권을 잡아볼까 생각해본 적은 있지. 하지만 이 계획도 어딘가 이상하지 않나."

"맞는 말씀입니다."

"정부라는 존재의 한심한 점은 더 많지만 제일 참을 수 없는 건 억압이야. 눈에 보이지 않는 위압이지. 법률이라는 그물을 촘촘하게 펼쳐서 행동을 제한하고 있어. 이제 정신건강에 정말 안 좋거든."

"아, 네에. 어떻게 안 좋은가요…."

청년은 고개를 끄덕이며 말했다. 이 남자가 어떤 사

람인지 조금씩 감이 오기 시작했다. 제법 말이 되는 구석도 있는 것 같다. 이건 이 남자의 무엇일까. 사상일까, 철학일까, 인생관일까, 취미일까. 아니면 젊은이들의 유행에 물든 것인지, 알코올 중독으로 인한 망상인지, 광기의 산물인지, 도무지 알 수가 없다. 뭐가 됐든 사실 별 차이도 없다.

"외적인 조건이 스트레스를 유발하기 때문이야. 이유도 없이 불안해지고, 비굴해지고, 소심해지고, 이상하게 반항적이 되기도 하고, 체념에 빠지기도 하고…."

"저도 그런 기분입니다."

"제대로 된 길을 걷는 사람이 아무도 없어. 하지만 나는 달라. 독립한 뒤로 내 마음은 맑은 파란 하늘같아. 아니, 파란 하늘 저 멀리 무중력 공간에 떠 있는 것 같아. 작은 나라들이 독립해서 해방의 기쁨에 춤추는 심정이 이해가 돼. 그걸 몇 배로 부풀린 것이 우리나라의 현재다. 완전한 자유지."

"그럴지도 모르겠네요."

"우리나라에는 자유, 평등, 박애가 모두 갖추어져 있어. 서로 조화를 이루며 살아가고 있지. 골치 아픈 인종 문제도 없고 단일민족, 단일 지도자, 단일국가야.

또 이상적인 국민의, 국민에 의한, 국민을 위한, 국민의 나라이기도 하지….”

남자는 연설을 시작했다. 확실히 기분 좋을지도 모른다. 모방이라는 점은 어쩔 수 없지만 단순한 이상론이 아니라 나름대로 근거도 있다. 그런 점에서는 본래 이 문구를 만들어낸 사람도 부러워할지 모른다.

“…어떤 힘으로도 우리나라를 둘로 나눌 수 없다. 국내 분열도 없고, 국민의 마음은 곧 정부의 마음이며, 정부의 행동은 국민의 요구다. 정부가 나쁘다고 불평하는 사람은 이곳에는 없다.”

“그건 그렇겠죠. 말씀 잘 들었습니다. 이렇게 신선한 사고방식은 처음입니다. 감탄했습니다. 세계 연방을 만들자는 주장은 들어본 적이 있습니다만 전 인류가 각각 독립국이 되자는 발상은 정말 멋지군요….”

청년은 찬사를 늘어놓았다. 역시 아부가 최고다. 저 남자를 거스르지만 않으면 분명 무사할 것이다. 과연 남자는 미소를 지었다.

“자네 본심은 모르겠지만 우리나라를 칭찬해줘서 기쁘군. 자, 더 먹고 마셔. 걱정할 필요 없어.”

“아뇨, 이제 충분합니다. 이만 귀국하겠습니다. 마

이국 만세."

장단을 맞추며 슬쩍 빠져나가려 했지만 소용없었다. 상대의 말투가 명령조로 바뀐 것이다.

"안 돼, 더 마시고 즐겨라."

"돌아가게 해주세요. 저에 대한 의심은 풀렸잖아요. 걱정할 것 없다고 하시지 않았습니까."

"걱정하지 않아도 되는 건 술이다. 술은 아직 잔뜩 있어. 사실은 조금 전에 정부의 방침이 결정됐다. 너는 국경침범과 스파이행위로 인해 처형당하기로 결정됐지. 다만 처형 전에는 즐거운 시간을 보내게 해주는 것이 우리나라의 관례. 그래서 이렇게 대접해주는 거다. 나도 꾹 참고 너의 이야기상대가 되어준 거야."

"이럴 수가. 말도 안 돼. 이건 폭력이야."

비명을 질렀지만 효과는 없었다.

"폭력이라니 무슨 소리냐. 이건 정식 재판 결과다. 게다가 3심까지 거쳤고, 국회에서도 가결됐고, 국민투표도 끝났다. 국가원수의 재가도 있었다. 신중한 절차를 밟아 결정한 일이야. 이게 폭력이라면 다른 나라의 재판도 전부 폭력이지. 이미 결정된 일이다. 이 결정을 뒤집으면 우리나라의 질서가 근본부터 무너진다."

"미친…."

청년의 외침도 남자에게는 아무 소용없었다.

"그렇게 말하면 안 되지. 우리나라를 모욕하면 처형을 앞당기겠다. 우리나라가 미쳤다면 너희나라는 그보다 더 미친 나라다. 세상 모든 나라가 구제불능의 미치광이야."

"살려줘…."

마침내 청년은 울음을 터뜨렸다. 하지만 남자는 들은 척도 하지 않았다. 창문이 닫혀 있어 밖에서는 소리가 들리지 않는다. 불안하고 두려웠다. 해외여행 중에 비밀경찰에게 붙잡혀 강제로 감금된다면 이런 심정일까. 지금 이 상황도 사실상 다르지 않다.

남자가 어디선가 흉기를 가져왔다. 번뜩이는 칼날 끝이 날카롭게 빛났다. 현실을 부정하던 마음이 한순간에 사라졌다. 이 남자, 진심인 모양이다. 청년은 반사적으로 외쳤다.

"치워주세요. 그런 위험한 흉기를…."

"흉기라니. 군비(軍備)라고 해라. 자위권은 국가 고유의 권리다. 그것을 위해 필요한 무기 소지와 사용은 당연히 허용되지. 어느 나라든 마찬가지잖아. 우리나라는 평화를 사랑하지만 패배주의는 아니다. 적이 불법침입하면 단호하게 소탕한다."

"저를 죽이면 경찰이 가만있지 않을 겁니다."

"다른 나라의 경찰 따윈 상관없어. 그리고 살인이라니 무슨 소리야. 자유와 독립을 지키기 위한 정당한 행위다. 조국을 방어하기 위한 애국심의 발로 아닌가. 이 일을 계기로 너희 나라 군대가 침략해오면 정의를 위해 끝까지 싸울 거다. 우리 국토가 잿더미가 될지라도 반드시 반격할 거야."

"아아…."

이 미친 돈키호테 놈. 이러다가 옆집에 다이너마이트라도 던질 기세다. 언젠가 체포되더라도 심신미약으로 무죄 방면될 게 뻔하다. 무슨 좋은 방법 없을까. 청년은 일단 말만이라도 해보았다.

"…돈이라면 드릴 테니 목숨만 살려주세요."

"돈이 무슨 소용이지. 원조자금이 필요해서 사건을 조작하는 나라라고 생각하나. 거래 따윈 할 수 없다. 국가의 존엄과 명예를 돈으로 더럽힐 수는 없지. 원칙에 어긋나는 행동으로 역사에 오점을 남겨서는 후세의 국민들에게 미안하지 않은가. 어때, 이토록 당당하게 정론을 주장하는 국가가 어디 또 있겠나."

"아아…."

청년은 울기 시작했다. 걱정하지 말라는 말에 일단 안심했던 만큼 절망감은 더욱 컸다. 어떻게든 저항해보려 했지만 손에 힘이 들어가지 않았다.

눈앞에서 칼날이 번뜩였다. 곧 처형당한다.

어디를 찔릴까. 죽는 건 얼마나 아프고 얼마나 고통스러울까. 이렇게 인생이 끝날 줄은 이 집에 들어오기 전까지는 꿈에도 상상 못 했는데….

청년이 눈을 감고 있을 때 남자가 말했다.

"한 가지 기쁜 소식을 알려주지."

"뭡니까…."

청년은 힘없이 말했다. 어차피 별것 아니겠지. 기대하지 않는 게 낫다.

"특별 사면을 해줄 생각이다. 생각해보니 오늘이 독립기념일이더군. 용서할 수 없는 범죄자지만 이런 좋은 날에 처형할 수는 없지. 석방시켜주기로 결정했다."

"정말입니까. 거짓말은 아니겠죠. 감사합니다."

청년은 슬며시 눈을 뜨고 조심스럽게 대답했다. 남

자는 진짜로 그럴 생각인 듯했다.

"진짜다. 자, 그럼 성대하게 마셔볼까. 축하파티를
하는 거야."

"더는 못 마십니다. 빨리 결정대로 국경 밖으로 송
환해주세요."

"그럴 수는 없다. 우리나라의 축하의식을 함께 기
뻐해줄 수 없단 말인가? 국제우호의 정신을 짓밟을 셈
인가? 원래 너는 처형될 몸이었다. 감사 인사를 하지
않으면 우리 국민들을 자극하게 된다. 그 결과 중대한
사태가 벌어진다 해도 책임은 전적으로 너에게 있다."

"아니, 그런 뜻이 아니라…."

결국 또다시 술을 마셔야 했다. 정신을 차리고 보니
식은땀이 온몸에 흥건했다. 그러나 지금은 밝게 행동
해야 한다. 축하인사도 건네는 것이 좋겠지.

"…귀국의 번영을 위하여. 국가원수와 국민의 빛나
는 미래를 위하여."

"고맙다."

남자는 너그럽게 대답했다. 이 변화는 또 무슨 의미
일까. 국가라는 요괴에 씌이면 이렇게 되는 걸까.

"질문이 있습니다. 이곳, 아니, 이 나라에 세금은 없

345

습니까?"

"그런 건 없다. 언제였더라, 너희 나라 세무관계자
가 찾아와서 고정자산세인지 뭔지를 내라고 하더군.
현관 중립지대에서 회견을 하고 협상했지. 여기는 독
립국이고 다른 나라의 지시는 받지 않는다고….."

"그걸로 끝났습니까?"

"그러자 그자는 이건 국제 공동분담금이라고 하더
군. 그런 거라면 우리나라에서도 부담할 수 있지. 긴급
히 결정을 내리고 지불했다."

그 말을 듣고 청년은 이를 악물었다. 공무원 중에도
영리한 자가 있는 모양이다. 적당히 장단을 맞춰서 필
요한 금액을 받아낸 것이다. 그때 왜 좀 더 문제로 삼
지 않았나. 덕분에 자신은 이런 황당한 소동에 휘말리
고 말았다. 청년은 별생각 없이 물었다.

"그런데 당신은 대체 어떻게 생활하고 계신 겁니까."

"쓸데없는 참견이군. 왜 그런 걸 묻지…?"

남자가 화를 내기 시작했다. 분위기가 급변했다.

"…국가운영 기밀은 외국에 공개하지 않는 것이 원
칙이다. 그걸 알아내는 게 목적이었나. 역시 스파이였
군. 아까부터 뭔가 마음에 걸려서 잘 생각해보니 독

립기념일은 내일이었다. 그 말은 특별사면 조건을 적용할 수 없게 됐다는 뜻이지. 인정 때문에 국법을 어길 수는 없다. 안됐지만 아까 내린 결정은 취소다. 각오해라."

또다시 칼날이 번득였다. 이제는 생각할 힘조차 거의 남지 않았지만 그래도 청년은 어렴풋이 머리를 굴렸다. 이 남자는 왜 화가 난 걸까.

스파이를 잡아 처형하고 소지품을 몰수해서 국가 재정에 보태고 있는 것일까.

작은 나라들 중에는 관광에 의존하거나 우표를 발행해서 돈을 버는 나라도 있다고 한다. 하지만 그것조차 불가능한 마이크로 국가라면 새롭게 강압적인 방법을 고안해낼 수도 있다.

남자는 청년에게 재갈을 물리고 손수건으로 눈을 가렸다. 처형이 시작되는 모양이다.

그러나 청년은 더 이상 울지 않았다. 이미 평생 흘릴 눈물을 흘렸다. 생각조차 하지 않았다. 이미 평생 할 생각을 다 해버린 것 같았다.

그러자 이제 웃을 수밖에 없었다. 모든 게 엉망진창이다. 웃음소리가 멈추지 않았다. 재갈 너머로 새어

나오는 웃음은 기묘한 소리로 울려 퍼졌다. 아까부터 예측할 수 없는 변화의 연속. 생과 사를 몇 번이나 오가는 사이에 감정을 통제할 힘을 잃어버리고 말았다.

이건 악몽이다. 어이없는 악몽. 울어도 깨지 않는 악몽이라면 웃으면 깰지도 모른다. 어쨌든 황당하기 짝이 없다. 공허한 웃음소리는 계속 이어졌다.

남자는 고개를 갸웃거리며 그럴싸하게 말했다.

"이 녀석 미쳐버렸군. 이래서는 형을 집행할 수 없겠어. 국외추방이다."

그리고 청년을 부축해서 일으켜 세운 후 현관 밖으로 밀어냈다. 약기운이 풀리기 시작했는지 청년은 불안한 발걸음으로 가방을 안고 비틀비틀 걸으며 큰소리로 웃었다.

지나가던 사람들이 이상하다는 듯이 그를 쳐다보았다. 이윽고 그중 한 사람이 다가와서 말을 걸었다.

청년은 마이국에서 체포된 사건을 이야기했다. 이야기하면서 큰소리로 웃었다. 모두가 그를 어찌할 바 몰랐다.

도무지 정상이라고는 생각할 수 없는 모습이었다.

경찰이 다룰 사건이 아닌 것만은 분명했다. 이야기를 단편적으로 믿는다 해도 강제로 술을 먹였을 뿐 빼앗긴 물건은 아무것도 없었다.

그가 일하는 은행의 관계자들이 상의 끝에 청년을 병원에 입원시켰다.

치료를 거듭하는 동안 청년의 웃음은 멈췄다. 그러나 의사들은 그의 머릿속에 새겨진 망상을 지울 수 없어서 고심했다.

웃음은 멈췄지만 그 대신 청년은 골똘히 생각에 잠기게 되었다. 그 생각의 주제는 국가였다. 자신이 독립해서 세울 나라의 명칭, 국기 디자인, 헌법, 건국 신화 등을 가만히 상상하는 것이다. 때때로 무척 즐거운 듯이 회심의 미소를 지었다. 뭔가 좋은 생각이 떠오른 듯하다. 또 기묘한 멜로디를 흥얼거렸다. 장중한 곡이었다. 국가를 작곡하고 있는 모양이다.

이건 비정상적인 상태일까. 정신이상이라면 미쳤다고 판단해서 처형을 중단하고 그를 풀어준 마이국 정부의 결정은 옳았던 셈이다.

그럼 청년의 머리에 이상이 없으면 어떨까. 그렇다면 이 경우 또한 마이국의 존재가 옳은 것이다.

해설

도키와 신페이常盤新平

중학생 소녀가 '어서 오세요, 지구 씨'를 읽고 있었다. 그녀는 나의 질문에 호시 신이치를 좋아한다고 대답했지만 이유는 말하지 않고 그저 미소만 지었다. 내성적인 소녀였다. 나는 그 소녀에게 호감을 느꼈다.

호시 신이치를 애독하는, 이 소녀를 포함한 젊은 여성들은 왠지 모르게 지적이고 총명하며 청결한 느낌을 준다. 아마도 그들에게 호시 신이치는 지극히 신사적인 엔터테이너임에 틀림없다. 어떻게 이렇게 신기한 이야기를 쓸 수 있을까, 그녀들은 읽을 때마다 이렇게 생각하지 않을까. 게다가 어떻게 이런 쇼트-쇼트(초단편)를 끊임없이 만들어낼 수 있을까.

하지만 '어서 오세요, 지구 씨'를 읽던 그 소녀는 아마 이런 생각은 하지 않을 것이다. 그녀는 호시 신이치가 들려주는 현대의 동화를 그저 순수하게 즐기고 있을 뿐이다. 그녀에게 이해할 수 없는 단어는 하나도 없고, 이해할 수 없는 문장도 없다. 쉽다, 정말 쉽다. 다 읽고 나서 다시 한번 스토리를 생각해 볼 필요도 없다. 그러면서도 지적인 호기심이 충족되고 상쾌한 뒷맛이 남는다.

소녀는 그쯤에서 자신도 쇼트-쇼트를 쓸 수 있을 것 같다고 생각할지도 모른다. 호시 선생님의 소설에는 어려운 부분이 하나도 없으니까 이건 누구나 할 수 있는 일이야, 라고. 어려운 부분이 하나도 없는 소설을 쓰는 것이 얼마나 어려운 일인지 소녀는 실제로 써 보고 실패를 겪을 때까지는 절대 알지 못할 것이다.

어쩌면 쓸 수 있을지도 모른다. 하지만 세월을 견딜 수 있는 작품을 남기는 것은 지극히 어려운 일이다. 호시 신이치는 그 어려운 일을 '세키스트라' 이후 꾸준히 해냈다. 일본인치고는 키가 큰 호시 씨를 생각하면 다소 유머러스하게 느껴지기도 한다.

호시 신이치에 대해 이야기하자면 아무래도 나 자신의 부끄러움을 드러내야만 한다. 거기서부터 이야기를 시작하지 않으면 결국 거짓말을 쓰게 될 것 같기 때문이다.

아마 1960년이나 1961년쯤이었을 것이다. 추리소설, SF의 세계에서 쇼트-쇼트 전성기가 찾아오고 글 좀 쓴다는 사람은 모두 일제히 쇼트-쇼트를 쓰기 시작했다. 어떤 추리 소설 잡지는 아예 증간호 전체를 쇼트-쇼트만으로 채워서 발행하기도 했다. 이러한 풍조를 씁쓸하게 여겼던 나는 부추김에 넘어가 '쇼트-쇼트는 바보라도 쓸 수 있다'라는 졸문을 쓰고 말았다.

그 글에 가장 먼저 반론한 것이 호시 신이치 씨였다고 기억한다. 호시 씨가 크게 화가 났다는 말을 전해 듣고 내가 새파랗게 질렸던 것은 두말할 필요도 없다. 하지만 지금 돌이켜봐도 내가 쓴 글의 일부는 틀리지 않았다고 생각한다.

쇼트-쇼트 붐은 비 온 뒤 죽순처럼 많은 작가들을 배출했지만 세월이 흐를수록 더욱 분명해지는 사실이 있다. 호시 신이치는 처음부터 그런 붐과는 무관한 존재였다는 것이다. 쇼트-쇼트라는 외래어조차 호시 씨의 작품을 설명하기에는 너무 가벼워 보일 정도다. 하지만 달리 적당한 말이 없고 쇼트-쇼트하면 호시 신이치라는 인식이 굳어져 버렸다.

호시 신이치의 소설은 아주 쉽지만 놀라울 만큼 단

단하다. 이 '마이 국가'(1968년 7월 신초샤 간행)를 다시 읽으며 그 느낌은 더욱 깊어졌다. 호시 신이치의 소설은 시간과 공간을 초월한 곳에서 쓰여 그렇게 살아 움직이는 것처럼 느껴진다.

세계 어느 나라에서 읽어도 좋은 작가라고 하면 안이하게 들릴지도 모르지만 호시 신이치의 작품집이 영어나 불어로 번역 출간되지 않았다는 점은 참으로 신기하다. 하지만 생각해보면 딱히 이상하지도 신기하지도 않다. 호시 신이치의 소설을 번역하는 것은 글을 쓰는 것만큼이나 어려운 일이다. 영어로 번역할 수는 있지만 마치 일본어 문장을 어색하게 영어로 옮긴 것처럼 되어버릴 위험이 있다. 호시 신이치의 문체를 영어로 옮기는 것은 그만큼 어려운 일이다.

호시 신이치는 수필작가로서도 일류다. 이상하게도 추리작가 중에는 수필을 쓰는 사람이 별로 없지만 SF 작가들은 호시 신이치, 고마쓰 사쿄, 쓰쓰이 야스타카처럼 탁월한 수필을 쓰는 사람이 많다. 이 세 사람의 수필은 웃음이 있고, 맹점을 찌르는 날카로운 비평이 있어서 SF에 무지한 나도 이들의 수필을 즐겨

읽었다.

호시 씨는 TV에서 홈드라마가 성행했던 시절(지금도 계속되고 있지만) 드라마의 주요 무대인 거실이나 다실에 TV가 없는 건 이상하다는 내용의 수필을 잡지에 쓴 적이 있다. 확실히 이상한 일이지만 말해주기 전에는 아무도 눈치채지 못했다. 동시에 그 지적 덕분에 TV홈드라마의 거짓 또한 선명해진다.

이런 비평적인 시선은 호시 신이치의 쇼트-쇼트에서도 엿볼 수 있다. 진짜와 가짜를 구분하는 것이 그의 특기인 모양이다. 상식과 통념을 쉽게 뒤집어버리는 것도 그의 특기다. 예를 들면 이 책의 '국가기밀' 같은 작품이 그렇다.

여기서 '국가기밀'의 줄거리를 소개하는 것은 의미가 없다. 이 쇼트-쇼트의 우화적인 측면을 설명하는 것도 무의미하다. 그런 설명이나 해설을 읽을 시간에 '국가기밀'을 읽을 수 있고 독자들은 각자 감상을 가질 수 있다.

또 '국가기밀'의 줄거리를 말해준다 해도 듣는 사람은 그다지 감탄하지 않을 것이다. 읽어보지 않으면 모른다. 평이한 문체 뒤에 숨어 있는 작가의 강인한 정신을 알 수 없다.

10년 정도 출판사에서 일하는 동안, 나는 운 좋게 도 호시 신이치 씨에게 몇 차례 원고를 부탁할 수 있었 다. 대체로 마감일보다 일찍 원고가 도착할 때마다 어 떻게 이런 글을 쓸 수 있을까 감탄하곤 했다. 그 시절, 조금 거칠거칠한 400자 원고지에 싸구려 펠리컨 만 년필로 쓴 꼼꼼한 글씨체는 왠지 내용과 어울리지 않 는 느낌이었다. 동시에 치기가 있는 글씨체이기도 했 다. 지금은 어떤 만년필로 어떤 원고지에 쓰시는지 살 짝 엿보고 싶기도 하다.

호시 신이치를 애독하는 분들에게는 '인민은 약하 고 관리는 강하다'라는 책을 추천하고 싶다. 또 '조부 고가네이 요시키요의 기록'이나 '메이지, 아버지, 아메 리카'도 읽어보길 바란다. 나는 '인민은 약하고 관리는 강하다'를 읽기 전까지 호시 신이치라는 작가를 제대 로 이해하지 못했던 건 아닐까 라는 생각이 들었다. 지 금 언급한 세 권은 내 애독서다.

'인민은 약하고 관리는 강하다'와 '조부 고가네이 요시키요의 기록'은 호시 신이치의 쇼트-쇼트를 이해하는데 최고의 해설서가 되어줄 것이다. 그가 왜 쇼트-쇼트를 쓰게 됐는지, 그의 작품이 어째서 이토록 많은 사람들을 사로잡는지, 그 이유가 어렴풋이 보이기 시작할 것이다.

과장된 표현일 수도 있지만 그는 젊은 나이에 지옥과 수라장을 모두 보았다. 원래라면 보지 않아도 될 세계까지 말이다.

호시 신이치의 소설에는 그것을 보고 만 슬픔과 인간에 대한 절망, 그리고 애정이 담겨 있다. 만약 그의 인생이 순탄하기만 했다면 쇼트-쇼트는 평생 쓰지 않았을 것이다. 단정한 신사이자 미식가, 대식가로 유명한 경영자가 되었을 것이다.

추한 것도, 불쾌한 것도 그가 쓰면 그렇지 않게 된다. 읽기는 편해지지만 그 점이 수상하다. 처음에 그를 단단한 작가라고 한 것도, 강인한 정신이라고 한 것도 그 읽기 편한 문체에 속아서는 안 되기 때문이다.

그렇다고 호시 신이치의 소설은 사실은 무서운 소설이라고 말할 생각은 없다. 호시 신이치는 세상 누구보다도 짧은 쇼트-쇼트라는 소설형식에 고독한 정열을 바쳐왔다. 잠시 상상해 보기 바란다. 훤칠한 키에 머리가 희끗희끗한 호남형 신사가 한밤중에 책상에 앉아 '대상 당첨자'나 '변명하는 고우베', '유리꽃'을 집필하는 모습을.

실은 '어서 오세요, 지구 씨'를 읽던 중학생이 호시 신이치를 좋아한다고 말했을 때 나는 놀랐다. 그의 폭넓은 독자층에 놀란 것이 아니었다. 호시 신이치를 좋아한다는 그 소녀가 갑자기 지적으로 보여서 놀란 것이다. 만약 내가 그 소녀의 아버지였다면 훌륭한 딸을 뒀다고 생각할 것이다. 내 딸은 호시 신이치 애독자라고 사람들에게 자랑하고 싶은 마음도 들 것이다.

그렇다고 호시 신이치의 소설이 안전하고 무해하다는 뜻은 아니다. 오히려 강력한 독을 품고 있다. 마지막의 '마이 국가'를 읽어보라. 세상에는 언뜻 보기에는 독이 가득할 것 같고 위험해 보이지만 실은 독도, 약도 되지 못하는 소설이 의외로 많다.

그런 소설은 금방 구식이 된다. 길어야 1년쯤 지나면 도저히 읽을 수 없게 된다. 좋은 소설과 나쁜 소설을 선별해주는 것은 비평가가 아니라 시간이라는 생각도 든다. 특히 호시 신이치의 소설은 비평가도, 해설

가도 필요 없다. 그것이 불필요하다는 사실을 그의 수많은 쇼트-쇼트가 증명하고 있지 않은가.

호시 신이치의 소설의 비밀을 알고 싶다면 그의 소설을 읽기만 하면 된다. '봇코짱'이나 '번역지수', '허풍선이 남작 현대의 모험', '도련님과 악몽', '악마가 있는 천국'을 차례대로 읽어보라. 단 짧다고 해서 한편의 쇼트-쇼트를 5분이나 10분 만에 읽고 치우려는 여유 없는 마음을 가져서는 안 된다. 호시 신이치의 소설을 제대로 음미하려면 느긋한 분위기와 충분한 시간이 필요하다. 왜냐하면 그의 소설은 일체의 군더더기를 덜어낸, 더할 나위 없이 호사스러운 것이기 때문이다. 내가 '어서 오세요, 지구 씨'를 읽는 중학생 소녀에게 호감을 느낀 것도 그런 호사스러운 맛을 일찍부터 알고 있는 그녀의 생활이 부러웠기 때문이다.

1976년 3월

호시 신이치 쇼트-쇼트 시리즈 06.

마이 국가

1판 1쇄 인쇄	2025년 12월 15일
1판 1쇄 발행	2025년 12월 30일
지은이	호시 신이치
옮긴이	김진수
발행인	황민호
본부장	박정훈
책임편집	김선림
기획편집	신주식 최경민 윤혜림
마케팅	이승아
국제판권	이주은 정유정
제작	최택순
발행처	대원씨아이㈜
주소	서울특별시 용산구 한강대로15길 9-12
전화	(02)2071-2019
팩스	(02)749-2105
등록	제3-563호
등록일자	1992년 5월 11일
ISBN	979-11-423-3668-3 04830
	979-11-6979-492-3 (SET)